KEITAI
SHOUSETSU
BUNKO
野いちご SINCE 2009

世界から音が消えても、泣きたくなるほどキミが好きで。

涙鳴

○ STARTS
スターツ出版株式会社

『なにも……聞こえなくなればいい！』
そう願って、世界から音が消えた日。
それは、私にとって償いの始まりだった。

そんなときに出会ったのは……。
生き物を撮れなくなった写真部の善くん。
『俺は……人は撮らないことに……してるんだ……』

永遠を信じられないキミと、罪悪感に生きる私。
あのとき、私たちは過去ばかりを見ていたね。
そんな私たちが、傷つきながらも歩きだした先に
聞こえたのは……奇跡の音。

『なぁ愛音、俺の声が聞こえる？』
『うん……ちゃんと、聞こえたよ……善の声っ』

あぁ、こんなにも……愛おしい。
聞こえるはずのない、キミの声。
始まりの音は、キミの愛だった。

第1章
変化する世界

音が消えた日	8
運命の出会いと奇跡の再会	18
はじまりの予感	49
写真部の歓迎会	76
世界を変える女の子	98

第2章
誰しも悲しみを抱えて

そばにいさせて	112
キラキラ太陽の笑顔	131
過去の傷跡	164
キミのために、できること	173

第3章
優しさにさよならを

好きになってはいけない人	188
さよならの涙	223
想いを届けたくて	236
神様ひとつだけ	245

第4章
迷宮の果てに

隣合わせの罪と幸福　264

見つからない答え　305

守るということ　324

希望を探して　340

弱い心、最悪の選択　362

第5章
届ける想い、愛の形

誰より大好きなキミへ、届け　370

生きる意味　399

かけてほしかった言葉　423

これから歩むふたりの未来　447

最終章
はじまりの音は、キミの愛だった　456

あとがき　464

第1章
変化する世界

音が消えた日

【愛音side】
　1分、1秒を時計の針が刻むたびに、どこかで命が生まれ、死んでいく。
　それが自然の摂理だと思いながら、私は……。
　大切な人の死に悲しい思いをしている人がいる一方で、世界には喜びの絶頂にいる人間がいるのだと思うと、心の汚れた私は、やっぱり妬んでしまう。
　どうして、私だけがこんなに不幸なのかと。
　世界は理不尽と悲しみにあふれかえっていると思うんだ。
　私、鈴原愛音は、しゃれっ気のない地味な高校2年生。
　長いストレートの黒髪はアレンジもせず、膝下まであるスカートも、まくらずそのままにしている。
　もともと明るい方ではなかったし、みんなでワイワイ集まって遊ぶよりかは、静かに音楽を聞きながら読書をする方が好きだった。
　そんな私は、あることがきっかけで両耳が聞こえなくなってしまった。
　片耳の難聴が特徴的な突発性難聴の中でもめずらしい、両耳の難聴。
　病気になってからは、もっと人から距離を取るようになったし、内気になったと思う。

私の世界は、家族と親友以外はすべてがどうでもいい他人だった。
　こうなったきっかけは、今でも忘れない。
　それは暗く、先の見えない時間に取りのこされたような、空っぽの日常。

＊＊＊

『……壊れてる……』
　私は、お酒に飲まれて、仕事もしない父親を見てつぶやいた。
　酔った父親が家族に当たり散らす毎日。
　そんな父親の機嫌ばかりを取る母親。
　崩壊していく家庭を、どこか他人事のように見ていた高校1年の春。
　たぶん、自分と切り離さなきゃ、心が壊れてしまいそうだったんだ。
　そんなある日、父親が病に倒れた。
『アルコールの過剰摂取による肝硬変です。だいぶ進んでいますので、余命はあと3ヶ月くらいでしょう。覚悟をしておいてください』
　病院の先生から告げられた言葉に、お母さんは泣きくずれ、私は放心状態で立ちつくした。
　あんな父親でも、私の親だ。
　友達の優しいお父さんの話を聞くたびに、天と地ほどの

差があるうちのお父さんに、いつも切なくなった。
だけど……。
もっと、お父さんに優しくしておけばよかった。
まだ、遅(おそ)くないのなら……。

お父さんの残りの時間は、お父さんのためになにかしようと思っていた矢先。
『さっさと酒をよこせ!! 使えねぇな、誰が食(く)わせてやったと思ってるんだ!! この、クソ女!! 子供のしつけもできないのか!!』
お父さんが肝硬変で入院して1ヶ月。
病室には似つかわしくない怒鳴(どな)り声が響(ひび)いた。
私はお父さんから、つねにお酒を切らさないようにと言いつけられていた。
お酒が家にないとわかれば、お母さんと私は激しく罵倒(ばとう)された。
今は入院しているっていうのに、その習慣が抜けないのか、お母さんを責(せ)めるお父さん。
病気になっても、入院をしても、お父さんは変わらなかった。
心が黒くドロドロとした感情に包まれていくのを感じた。

ひとしきり騒(さわ)いだお父さんが、疲(つか)れたのか眠(ねむ)りについた頃。

第1章 変化する世界 >> 11

『……いなくなれ……』

それは、ほとんど無意識に出た言葉だった。

ハッとして口を押さえるけど、罪悪感がジワジワとこみあげてきて、苦しくなる。

私は……なんてことを……っ。

目の前で眠るお父さんを見つめながら、自分がひどく汚いものになったかのように思えて仕方がなかった。

『あなた……それでも、和彦の娘!?』

突然聞こえた怒鳴り声に振り返ると、派手な化粧と服、茶色いパーマの髪が印象的なお父さんの姉、前原紀子さんがいた。

『っ……すみま、せ……』

『謝ってすむ問題じゃないわよ！ あんたみたいな娘がいるから、和彦は酒に溺れたんじゃないのっ!!』

紀子さんは、お父さんがお酒に溺れるようになってから、私とお母さんを目の敵にしていた。

『あなた……お願い、死なないで……っ』

お母さんは、眠るお父さんのそばにすがるように座りこんでいた。

でもやっぱり、お父さんがお母さんを、私を苦しめているように思えて、黒い感情が顔を出す。

『愛音さん……だったわよね？』

『え……』

すると、ひとりの看護師が私のそばにやってきた。

まだ20代くらいだろうか、胸に三枝由美と書かれたネー

ムプレートをつけている。

　お父さんの担当看護師なのか、私をいたわるような眼差しで見つめていた。
『お父さん、今はあんな状態だけど、愛音さんやお母さんのこと、大切に思って……』
『そんなの、ありえない……。だって、あの人は私たちをずっと苦しめてきたの!!』
　口先だけのなぐさめなんていらないっ。
　大切だなんて簡単に言わないでよ。
　大切にされてるだなんて思ったこと、一度もない！
『これ以上……私たちを苦しめないで……早く、いなくなってよ……っ』
　看護師さんに当たり散らすように叫んだ。
　そう願ってしまったからだろうか……。
　次の日、お父さんは余命よりも2ヶ月早く、この世を去った。

『私が、あんなこと言ったから……？』
　お父さんのお葬式の日。
　私は淡々と進むお焼香中、ひとりつぶやいた。
　喪服に身を包み、遺族席に座る私とお母さん。
　そして……紀子さん。
　お父さんにひどいことを言ってしまった罪悪感から、私は隣に座る紀子さんの顔を見ることができなかった。
　今日はあいにくの雨なのに、あんなお父さんのために、

たくさんの参列者が来てくれた。
『若かったのにね……』
『顔も見られなかった、こんな形で再会するとは……』
『もっと早く会いにくればよかったな……っ』
　お父さんの友達、元同僚（どうりょう）、親戚（しんせき）が順番に、お父さんに別れのあいさつをしていく。
　私は……お父さんを大切に思っている人たちから、お父さんを奪ったんだ……。
　罪の意識が、心に重くのしかかってくる。
　私の一言が、お父さんを……殺したんだ……。
『あなた……っ……うう……』
　隣で泣きだすお母さんを見つめる。
　私のせいで、お母さんが泣いている……。
『泉（いずみ）さん、気をたしかにね……』
『細野（ほその）さん……』
　お母さんと私のそばへ、年配の女性が近寄ってきた。
　……細野さんだ。
　お母さんが働いている細野クリーニング店の女主人。
　そして、お父さんの親友、貴之（たかゆき）さんの奥さんのお母さんでもある。
　貴之さん……貴之お兄ちゃんは、私が小さいときによく遊んでくれた人。
　貴之お兄ちゃんと奥さんの早苗（さなえ）さんとは、ふたりがお父さんのお見舞いに来てくれたときにも、少し話をしたことがあった。

ふたりは、『力になれることがあれば、いつでも連絡してくださいね』と、私たちのことも心配してくれたのを覚えている。
『愛音ちゃんも、今回は本当に……なんて言ったらいいのかしら。本当に、辛かったわね』
　細野さんは、まるで自分のことのように涙を流して、お母さんと私の背中をトントンとあやすように軽くたたいた。
　おばあちゃんって、こんな感じなのかもしれない。
　その優しさに、私はやっぱり罪悪感が湧いた。
　私はこんな風に、優しくされる権利はないのに……。
『私も行くわね』
『細野さん、ありがとうございます』
　お焼香の列に並ぶ細野さんに、お母さんは深々と頭をさげた。

　お焼香が終わると、私たちは控え室で参列者へのお菓子やお茶出しに追われた。
　控え室の奥のテーブルに準備されたお菓子とお茶をお盆にのせながら、遠くのテーブルで親戚と話しているお母さんを見つめる。
『かわいそうにね』
『お子さんもまだ高校生でしょ』
『お母さんひとりで育てていくのは大変よね……』
　お父さんの死を悼むたくさんの声と、鼻をすする音、泣

第1章 変化する世界 》》 15

き声。

　私たちもまだ、お父さんの死を整理できていない。

　なのに、お葬式の手配をしたり、参列者へのあいさつをしたり、やることがたくさんあって、体がというより、心がどっと疲れていた。

　そんな私の隣に、紀子さんがドンッと音を立てて湯呑みを置いた。

『……アンタが殺したのよ』

　空になった湯呑みにお茶をそそぎながら、紀子さんは私にしか聞こえない声でボソリと言った。

"……いなくなれ……"

　紀子さんが言っているのは、私のあの一言のことだ。

『い、いやっ……私っ……』

　そういう意味で言ったんじゃない……。

　あのときは……お父さんに優しくしようと思った私の気持ちを、踏みにじられたみたいで、苦しかったの！

　言葉にしないと、胸が張りさけそうでしかたなかったんだ。

『あんたは、和彦を死に追いやった悪魔よ』

『あ……ぁ……っ』

　もう、やめて……。

　なにも聞きたくない、私を責めないで……っ。

『最低ね』

　紀子さんの言葉、周りの声、音。

　すべてが私を責めている気がした。

傷つきたくない。
　えぐられるような胸の痛みも、こみあげてくる後悔の涙も全部……なくなってよ!!
　そう思った瞬間、私の中でなにかが壊れた。
『なにも……聞こえなくなればいい!!』
　私は耳を両手でふさぎながら大声で叫んだ。
　何事かと、参列者たちが私を見る。
　集まる視線すら、私を責める千の針のように思えて、体が震えた。
『愛音……?』
　私のそばにやってきたお母さんが、私の両肩をつかんで顔をのぞきこんでくる。
　キーンと、マイクがハウリングするような耳鳴りがして、私は顔を歪めた。
『い、痛っ……』
『愛音っ、愛……』
　お母さんの声が、途中で切れる。
　そして、人のざわめきも聞こえなくなった。
　世界から、音が消えた……?
『ーーーーーー』
　え、え……?
　お母さんが、目の前でなにかを叫んでいるけど、耳に水が入ったようにグワングワンと、お母さんの声が反響してうまく聞こえない。
　お母さんの言ってることがわからないっ。

どうなってるの……!?
　心臓が、恐怖でバクバクと激しく鳴りだす。
『お母……』
　そう声に出した瞬間、自分の声まで耳の奥でくぐもったように響く。
『うっ……!』
　同時にめまいがして、ふらついた。
　そんな私の体を、お母さんが支えてくれる。
　なに、これ……。
　まさか私、両耳が聞こえなくなっちゃうんじゃ……?

　その不安は的中した。
　この日から、日ごとに私の耳は音を拾えなくなっていき、1ヶ月後には、自分の声すら聞こえなくなっていた。
　私が『なにも聞こえなくなればいい』と願ったから。
　私がお父さんに、『いなくなればいい』なんて言ったから……。
　神様は私から音を奪っていったんじゃないか。
　私に罪を思い知らせるかのように、この日、世界から音が消えた。
　痛みだけは消えずに、この胸に根深く、傷跡を残して。

運命の出会いと奇跡の再会

【愛音side】

　カーテンの隙間から差しこむ太陽の光に、目を覚ます。

　まぶたを持ちあげると、すぐに枕もとに手を伸ばして、ある物を探した。

　あ、よかった、ちゃんとあった……。

　探していたある物……猫のノートを手に取って、ホッと笑みを浮かべた。

　このノートは私の一部で、肌身離さず持ち歩いてる物。

　難聴である私の……声、耳のかわりだ。

　聴力を失ってからは、相手の口の動きを見て、なにを話しているのかがわかるようになったけど、それもすべて聞き取れるわけじゃない。

　私は、生まれつきの難聴ではないから、しゃべることはできるんだけど……。

　自分の声が聞こえないせいで、声が大きくなったり小さくなったり、声量が場に合わないのか、学校でヘンな目で見られるようになった。

　それからは、家族以外の前ではしゃべることを控えて、学校ではこのノートで筆談している。

　私は、そっとお気に入りの猫のノートに触れた。

　今日も、お願いね。

　ゆっくり体を起こして、きしむベッドから両足をおろす

と、心の中でそう声をかけた。
　開けばたくさん書かれた文字。
　そして、机に並べられたいくつものノート。
　1年前、聴力を失ってからたまったノートたちは、なんとなく捨てられずにとってある。
　私を支えてくれた物だからなのかな……。
　そんなことを考えながら、ハンガーにかかった学校の制服に身を包み、鏡台の前に立った。
　4月、父の死から1年がたった高校2年生の春。
　憂鬱（ゆううつ）な学校に、支度する手もノロノロとゆっくり。
　長い黒髪を肩から払って、まっすぐに自分を見つめる。
　相変わらず暗い顔……。
　人見知りで内気な性格がにじみ出ていて、苦笑いする。
　由真（ゆま）もいるし、がんばらなきゃ……。
　佐々木（ささき）由真は高校1年のときからの親友で、私のよき理解者。
　難聴になる前はそれなりにいた友達も、私の耳が聞こえないとわかると、ひとり、ふたりと離れていった。
　由真はそんな私のそばにいてくれて、優しくしてくれる。
　学校で唯一（ゆいいつ）気を許せる、大切な人だ。

　着替えてリビングへ向かう途中、お父さんの部屋の前を通りかかった。
　部屋の扉（とびら）が少しだけ開いていることに気づいて、取っ手に手をかける。

だけど……。

それは……見たくないもの、忘れたいもの。

お父さんの死は、私にとっても、お母さんにとっても苦しみでしかないんだと思う。

見たくないものは見ないふり、忘れたいものには触れずに、私はお父さんの死から目をそらしてきた。

だから……。

——ガチャン。

私は、お父さんが死んでから一度もその部屋には入っていない。

今日もそっと扉を閉めて、お父さんを殺したという自分の罪から目をそらすように、その場を立ち去った。

リビングに入ると、お母さんが私に「おはよう」と声をかけたのが口の動きでわかった。

「おは、よう」

耳が聞こえなくなってから、周りの人にヘンに思われるようになったこともあり、こうしておそるおそる話すようになってしまった。

たどたどしく返事をして席に着くと、お母さんが私の向かいに座る。

今日は、お味噌汁に焼いた鮭、ほうれん草のおひたしという和風の朝食だった。

——トン、トン。

ほうれん草のおひたしを口に入れたところで、テーブルについていた肘に振動を感じた。

第1章 変化する世界 》》 21

　顔をあげると、お母さんがテーブルを指でトン、トンとたたいたのだとわかる。
「愛音、学校はどうなの？」
　私に声をかけるときの、お母さんの合図。
　音が聞こえない私は、振動やタッチングがないと声をかけられても気づけないから……。
　私の耳のことを知ってる人は、こうして合図を送ってくれる。
「なにも……普通、だよ」
「そう……」
　お母さんはなにか言いたげに私を見つめて、言葉をのみこんだように見えた。
　そう、お父さんが死んだあの日から、お母さんはこんな風に言葉をのみこむようになった。
　まるで、腫れ物にさわるみたいに、どんな言葉も私を傷つけるんじゃないかって、怖がっているような……。
　言いたいことがあっても、言わないようにしているように見えた。
　それに気づいていても……私はなにも言えない。
　なんて声をかけていいのか、わからない。
　だって、私自身がお母さんを苦しめている原因だから。
『……いなくなれ……』
　お父さんに言ってしまった一言。
　自分のお父さんに向かって、私はひどいことを言った。
　酒を買ってこいとか、たしかにお父さんの言葉はひどい

ものだったけど、死を前にしてやるせない思いから出た言葉だったのかもしれない。

　そんな傷ついたお父さんに向かって、私は絶対に言ってはいけないことを言ってしまった。

　だから、きっと神様は私に罰を与えたんだ。

『なにも……聞こえなくなればいい!!』

　この願いに応えるかのように、私の世界から音と呼ばれるものすべてが消えた。

　失ってなお、苦しんで生きることが、償いなんだ。

　ご飯を食べおえ、私は食後の薬を飲むために、いつも持ち歩いているタブレットケースを開ける。

　ここには、突発性難聴を治すためのステロイドと呼ばれる薬が入っている。

　1年前、耳が聞こえなくなって1ヶ月くらいは、お母さんに心配をかけたくなくて、耳が聞こえないことを黙っていた。

　けれど、話しかけても振り向かなかったり、返事がない私の様子がおかしいと思ったお母さんに連れられて、私は病院を受診することになった。

　病院の先生の話では、私は治療を始めたのが遅かったことや、突発性難聴にしてはめずらしい両耳の難聴であったことから、治療は難しくなるとのことだった。

　そのせいか、1年たった今も、耳は聞こえないままだ。

　一般には、発症して約1ヶ月で聴力は固定すると考えら

れているらしく、それ以降の場合、聴力の回復は難しいと先生からも説明されていた。

重度の場合は、入院して点滴での治療をするらしいけど、私はそれを断った。

理由は……音を失ったことが、お父さんへの罪滅ぼしだと思っているから。

お母さんは、私に入院するよう説得したけれど、それだけは嫌だと断った。

だって、私だけのうのうと生きるなんて、できない。

「ならせめて薬は続けて」と泣きだしたお母さんに、私は仕方なく、投薬治療だけは続けている。

まったく効果がないわけじゃないけれど、進行してしまった私の難聴の場合、投薬治療だけで治る見込みはあまりない。

それは、効果を感じない私が一番わかってる。

それでも、お母さんの気が少しでも晴れるならと、手のひらに転がした薬を飲みこんだ。

ローファーを履いて、肩にスクールバッグをかけた私は、お母さんを振り返る。

「行って、きます」

「行ってらっしゃい、愛音」

お母さんの笑顔に見送られて、家を出る。

外は快晴で、春の暖かい風が私の長い黒髪をなでた。

本当なら、両耳が聞こえない私は、養護学校に通った方がいいらしい。

だけど、1年通った高校から転校するのは嫌だった。

慣れた環境だし、なにより親友と離れたくなかったから。

先生にもお願いして、授業の内容はなるべく黒板に書いてもらえるよう配慮(はいりょ)してもらっている。

おかげで、今の高校でなんとか過ごすことができていた。

ただ、周りの目は冷たいけど……。

特別扱(あつか)いの私は、クラスメイトからすると、おもしろくないんだろう。

「っ……」

嫌なことを思い出して、私はノートをギュッと抱きしめた。

私は自分の声がわりであるノートを、いつも手に持ち歩いている。

このノートを持っていると、話せないという不安が少しだけ和(やわ)らぐ気がするから。

桜並木を歩きながら、ハラハラと空から降っては落ちる花びらをぼんやりと見あげる。

今日は英語の授業がある……。

授業の始め、必ずあるリスニングの小テストの時間。

私には聞こえないから、いつもいたたまれない気持ちでCDが終わるのを待ってなきゃいけない。

そういうとき、私はやっぱり他の人とはちがうんだって、思い知らされた。

目の前に、いつも渡る横断歩道が見えてくる。

よかった、青だ……。

確認して、安心して歩きだした私の前に、同じ制服の男の子がいた。
　すでに横断歩道を渡りおえようとしている男の子と、渡りはじめた私。
　学校までの通学路であるこの道に、同じ制服の人がいたっておかしくはないのに……。
　なぜか気になって、そのうしろ姿を見つめてしまう。
　その視線に気づいたかのように、ふいに前を歩いていた男の子が振り向いた。
　……え？
　急に振り向いて、どうしたんだろう。
　不思議に思って立ちどまってしまう。
　すると、全速力でこっちに走ってきた。
　な、なに……っ？
　何事だろうと困惑していると、周りの空気がおかしいことに気づいた。
　どこか、肌に感じるビリビリとした緊張感。
　音が聞こえない分、恐怖感が増す。
　なにが起こってるの……？
「ーーーーっ!!」
　走ってきた男の子が、なにかを叫んでいる。
　この距離からだと、口の動きが見えなくて、なんて言ってるのかわからないよ……。
　固まっていると、こっちまで戻ってきた男の子が、体当たりするようにぶつかってきた。

体にぶつかる男の子の衝撃が私を襲った。
「っ!!」
　わぁっ!?
　心の中では悲鳴をあげながら、声にならない声を出す。
　普通の風とはなにかがちがう、生温かく激しい風が吹いた。
　そして、地面にぶつかる瞬間、男の子がギュッと私を胸に抱きこむ。
　ガンッと、男の子の体を通して、地面にぶつかった衝撃が伝わった。
　そのままふたりで歩道に転がる。
「っ……え？」
　顔をあげれば、私は男の子の上に乗っている。
　体……は、痛くない。
　この人は誰だろう。
　私、思いっきり体重かけてるけど……大丈夫かな？
「あっ……の！」
　少しだけ体を起こして声をかけると、すぐそばのガードレールに、大きなトラックがぶつかってるのが見えた。
　う、嘘……。
　まさか私、あのトラックに轢かれそうになった？
　トラックが迫ってきてたなんて、全然気づかなかった。
　だって、信号は青だったから……。
　ってことは……この男の子が私を助けてくれたんだ!!
　どうしよう、この人、大丈夫かな？

「あっ……のっ」
　たどたどしく声をかけると、男の子は後頭部に手を当てながら、ゆっくりと起きあがる。
「大丈夫か!?」
　私の顔をのぞきこんで、あわてたようにそう言ったのがわかった。
　命の恩人を、あらためて見つめる。
　チョコレート色の少しクセのある髪に、スッと通った鼻筋。
　澄んだ二重の目、シャープな輪郭。
　表情から伝わる、私をいたわるような気持ちに、なぜかホッとした。
　まじまじと男の子の顔を見ると、頰に傷があることに気づく。
　あ……私をかばったせいで、ケガしたんだ。
　私のために戻ってこなければ、こんな目にあうこともなかったのに……。
　ケガさせちゃってどうしよう……！
　傷、痛いはずだよね。
「ごめ……な、さ……い」
　その頰に手を伸ばして謝ると、男の子は目を見張って、それからニッと笑った。
　どうして、こんな目にあったのに笑ってるの……？
　その表情の意味がわからずに首を傾げると、男の子はポンッと私の頭をなでた。

えっ……。

　驚いてパチパチと瞬きをしながら男の子を見あげる。

「キミに、ケガがなくてよかった！　俺ってば不死身じゃね？」

「あ……」

　もしかして、わざと明るくしてくれてる……？

　ニコニコしている男の子に、胸がじんわりと温かくなる。

　私のせいでケガしたのに、優しくしてくれた。

　この人は、心が綺麗なんだな……。

「なんだ、怖いのか？」

　ホッとしたら、なんだか手が震えてきた。

　私、怖かったんだ……。

　男の子に言われて初めて、自分の気持ちに気づいた。

　カタカタと小刻みに震える手をおさえるように、両手を握りしめる。

「もう大丈夫だからな、よしよし」

　また頭をなでる男の子に、少しずつ震えがおさまってきた。

「……っ」

　わぁ……魔法みたい……。

　触れられた部分から、スーッと不安が消えていく。

　どうして、初めて会った男の子なのにこんなに安心できるんだろう。

　不思議に思って笑顔の男の子を見つめていると、周りにいた人が駆けよってくるのがわかった。

「……う……かい、キミたち！」
「救急車……いい……ないか!?」

ふたり同時に話しかけられて、うまく口の動きが読めない。

騒ぎはじめる周りの空気になにもできずにいると、男の子が「俺たちは大丈夫です、トラックの運転手は？」と、答えているのがわかった。

そうだ、運転手さんは……。

ガードレールに突っ込んだトラックの方を見ると、車の横に男の人が立っているのがわかる。

どうやら、無事みたい。

よかった……。

その後、あわてたように運転手さんがやってきて、曲がり角が死角だったということもあり、私に気づかず発進してしまったのだと謝ってきた。

「キミたち、ケガはないかい？」

運転手さんが呼んだのか、警察官が私たちのところへ駆けつける。

「はい、俺は大丈夫です」
「キミは、痛むところはないかな？」

警察官が、私にも答えを求めるように顔をのぞきこんでくる。

私は、「大丈夫だ」という意味をこめて、うなずいた。

「この子も、大丈夫だって言ってましたよ」

補足するように、男の子が警察官に伝えてくれた。

「無事でなによりだよ。もし、なにかあったときのために、連絡先を教えてくれるかな」
　私たちは警察官に言われたとおり連絡先を伝え、事情聴取(じじょうちょうしゅ)が終わると、ようやく学校へ行けることになった。

「あぁ、もう完璧(かんぺき)に遅刻(ちこく)だな……ほら、これ!」
　男の子は、私のスクールバッグとノートを拾ってくれた。
「あ……」
　ありがとうと言おうとして、私は口をつぐむ。
　私の話し方、またヘンだって思われるかもしれない。
　そう思った私は、ペコリと頭をさげて荷物を受け取った。
　そして、ノートに【ありがとう】と書いて見せる。
「なんで、筆談?」
　不思議(ふしぎ)そうな顔をする男の子に、私はまたノートに【耳が聞こえない、うまく話せないから】と説明して見せた。
「あ……そうだったのか!?　俺の言ってること、わかってるみたいだったし、気づかなかった……って、聞こえないのに、ペラペラしゃべっちまった!」
　男の子は「んー」とうなりながら、考えるように視線を宙へと向ける。
　すぐにハッとしたような顔をして、「きーづーかーなかったー、ごーめーんー!」と、ゆっくり話そうとしてくれてるのが唇(くちびる)の動きでわかった。
「えーと、動きもあった方がいいか?　うん、よし!」
　ひとりで納得(なっとく)したようにうなずくと、手を振ったり、両

手を合わせて謝るジェスチャーをする男の子。

必死に言葉を伝えようとしてくれてるんだ。

私のためにしてくれてることだから、笑っちゃいけないと思うけど……。

「ぷっ……」

「え、なにかおかしかったか!?」

まっすぐな人……。

考えてることがわかりやすくて、なんだかなごんだ。

見ているだけでこんなにも明るい気持ちになるなんて、不思議だな。

【口の動きで、言いたいことはわかるよ】

そうノートに書いて見せると、男の子ははずかしそうに顔を少し赤らめた。

「なんだ!! って俺、超ヘンなヤツじゃん！ つか、すげーな、読唇術ってやつ？」

「う、ん」

コクンッとうなずくと、男の子は感動したように目を輝かせる。

「俺、漫画以外でそういうの、初めて見た！ 忍者みたいだな！」

「ふふっ」

本当に、不思議。

私は耳が聞こえないから、人よりどこか劣っているように感じてしまうことがあった。

たとえば授業のとき、私は聞こえないからと、先生に当

てられることはない。
　そんな私を、クラスメイトも聞こえないから仕方ないと言う。
　周りからそんな風に扱われるたび、自分は惨めで弱い存在なんだと思い知らされた。
　だけど、この人は私を"すごい"なんて言う……。
　なんの偏見もなく見てくれることに、私は温かい気持ちになった。
「俺は、柄沢善、高２。その制服、キミも同じ学校だよな！」
【鈴原愛音、同じ高２だよ】
　ノートにカリカリと書いた文字を見せる。
「マジか!!　気づかなかった、何組？」
【A組。柄沢くんは？】
「善でいいって、俺はB組！」
　呼び捨てははずかしいから……善くん、でいいかな。
　善くん、隣のクラスだったんだ。
　もう２年なのに、善くんのこと知らなかったな。
　私たちはお互いのことを話しながら、学校までの道のりを歩いた。
「ところで、愛音はなにか部活とかやって……」
　なにか言いかけた善くんが私の方へ体ごと向く。
　その拍子に、頬にできた傷が見えた。
「あっ……」
　そうだ、私をかばったときの……。
　バッグの中に絆創膏があることを思い出した私は、それ

を取り出して善くんに渡す。
「どう、ぞ」
「え、あぁ！　サンキューな！」
　善くんはそれを受け取って笑った。
「……っ」
　まぶしくて、キラキラした太陽みたいに笑うんだなぁ。
　目を細めて見ていると、善くんはさっそく頬に貼ろうと絆創膏の封を開けた。
「ん、どこだ？」
　絆創膏を頬に当てた善くん。
　でも、傷とは全然ちがう場所で手をさまよわせていた。
「…………」
　どうしよう、貼ってあげた方がいいかな？
　大丈夫かな……。
　ハラハラしながら見守っていると……。
「み、見えねぇ!!」
　苦戦していた善くんが発狂する。
　うん、やっぱり手伝おう。
　そう決心して、クイッと善くんの服の袖を引いた。
「ん？」
【それ、貸して？】
　ノートの文字を見せると、善くんは絆創膏を私に手渡す。
　見あげると私の頭１個半ほど背の高い善くんの頬に、手を伸ばした。
　背伸びをして、頬にペタンッと絆創膏を貼って、満足げ

に笑うと……。
「あ、愛音……？」
　善くんは口を開けたまま目を見開いて、私の顔を凝視した。
「っ‼」
　善くんに呼ばれて初めて、思いのほか近い距離にいたことに気づいた私は、動揺して体勢を崩してしまう。
「あぶねぇ！」
　そのままポスンッと善くんの胸に飛びこむと、支えるように背中に腕が回った。
「ご、め……なさいっ」
「だ、大丈夫か⁉　俺こそ、ありがとな！」
　顔をあげると、善くんと近い距離で目が合った。
　まるで抱き合うような体勢に気づいた瞬間、火が出そうなほど、お互いの顔が赤く染まる。
　やだ……胸がドキドキする……。
　ただ、転びそうになったのを助けてくれただけなのに。
　私、なに考えてるんだろう……。
　静まって、私の心臓っ。
　はずかしさを悟られまいと、私たちは何事もなかったかのように体を離した。
「…………」
「…………」
　ムダに髪を手でなでつける私と、頬をポリポリとかく善くん。

お互いになんとなく無言になってしまい、沈黙が訪れる。
「えーと……ははは……は……」

はずかしそうに、とりあえず笑う善くん。

それがわざとらしくて、もういたたまれなくなる。
「い、行こうぜ……愛音」

そして、しばらく続いた無言は、善くんの一言でやっと終了した。
「っ……う、んっ」

あわてて返事を返して、さっきからうるさい胸をそっと手で押さえる。

また……。

また、名前を呼ばれた。

それだけで胸が高鳴るのは……どうして？

さっき、絆創膏を貼ってあげたときに名前を呼ばれたときも、今も……。

声が聞こえるわけじゃないのに、もっと善くんに私の名前を呼んでほしい。

そんな気持ちが胸の中に湧いてくるんだ。

まだ会ったばかりなのに、不思議な胸の高鳴りにとまどいながら、善くんの隣を歩いた。

***

学校の下駄箱へやってくると、私たちは顔を見合わせて立ちどまる。

「やっぱり、誰もいないな」
　善くんの言葉に私はうなずく。
　それもそうだ。
　事故にあって、事情聴取を受けたりして、学校へたどり着いた頃には１限目が始まっている時間だった。
「先生に説明しないとな、職員室行くか」
　私はもう一度善くんにうなずいて、一緒に職員室へと向かう。
　職員室へたどり着くと、話せない私にかわり、善くんが遅刻した理由を説明してくれた。

「もう１日が終わったってくらい、いろいろあったな？」
　職員室を出てそう言った善くんと向き合いながら、私は苦笑いでうなずく。
　私、今日のお礼をまだ伝えてない。
　善くんをたくさん振り回しちゃったよね。
　申しわけない気持ちで、ノートに文字を書いた。
【今日は、ありがとう】
「たいしたことないって！」
　私の文字を見た善くんが、照れくさそうに頭をかく。
　たいしたことないと言う善くんに、私はブンブンと首を横に振った。
　自分も車に轢かれそうになってまで助けてくれた。
　善くんは、私の命を助けてくれたんだ。
【善くんは、命の恩人！！】

1ページ全部を使う勢いで大きく書いて見せると、善くんは一瞬目を見開き、すぐに「ぷっ!」と噴きだした。
「……え?」
 ど、どうして笑ってるの?
 私、ヘンなこと言ったっけ……。
 首を傾げると、「悪い、悪い」と言って私の頭をポンッとなでた。
 あ……これ、また……。
 出会ってたった数十分で、善くんにはやたらと頭をなでられている気がする。
 これ、癖なのかな……?
「また……会えるよな」
 あ……。
 なんでだろう、バイバイするのがさびしい……。
 同じ学校で、同じ学年なんだから、また会えるに決まってるのに……。
 今、この瞬間も離れるのがさびしいなんて思ってしまった。
【うん、会えるよ】
 だから、そう文字にして善くんに見せる。
 そうして、私自身が安心したかったからかもしれない。
 善くんと、また会えるって。
「そ、そうだよな! 同じ学年なんだしさ、また会おうぜ。それじゃあ……」
 先に歩きだした善くんの背中を、切ない気持ちで見送る。

さっきまで一緒にいたから……こんなに離れがたいのかな。
　でも……善くんは、べつに友達でも、恋人でもない。
　ただの……命の恩人だ。
　そんな私たちが一緒に教室へ行くのもヘンな話だし。
　これで、よかったんだ……。
　今度会うときはきっと、私のことなんて忘れてる。
　それを残念に思いながら、私は教室へと向かった。

　ガヤガヤとざわつく教室に入ると、まっ先に私のところへ駆けよってきたのは親友の由真だ。
「愛音!!」
「おは、よう」
　由真の前では、短い言葉であれば自分の声で話すことにしている。
　由真は私の話し方をヘンだと言わずに、普通に接してくれるから。
「授業が始まっても来ないから、心配したじゃない!」
　もう１時間目が終わって10分休憩(きゅうけい)になっていた。
　職員室でも事故のことを先生に説明したりと、なんだかんだ時間がかかっちゃったんだよね。
　由真は、短い赤みがかった茶色の髪を手の甲(こう)で払(はら)いながら、私の両肩に手を置く。
　由真、心配そうな顔……。
　優しい、私の親友……。

その優しさに温かい気持ちになりながら、私は笑みを向けた。
「あり、がと……だいじょう、ぶ」
　笑ってみせると、由真はホッとしたように笑みを返してくれた。
「ならよかったけど……それで、なにがあったわけ？」
　私たちの席は前後で、それぞれ席に着くと、前の席の由真がこちらを振り返る。
「うん……」
　私はノートを取り出して、シャーペンを持つ。
　説明も長くなりそうだし、私の声だと由真が聞き取りづらいと思い、筆談することにしたのだ。
　このシャーペンのノックには、猫の顔がついている。
　ここまでくればわかると思うけど、私は大の猫好きだ。
　お気に入りのシャーペンで、交通事故にあいそうになったこと、それをこの学校の男の子が助けてくれたことを書いて由真に見せる。
「えぇ!?　危ないじゃない！　その、善ってヤツがいなかったら、ケガしてたかも知れなかったってことよね!?」
　善ってヤツ……。
　由真は、言葉遣いがたまに男らしいところがある。
　そんな強い由真が、私は好きなんだけど。
「うん……」
「はぁぁ～……とにかく愛音が無事でよかったわ……」
　心底ホッとする由真に、私は申しわけない気持ちになる。

心配かけちゃったな……。
　由真は、学校で私の家の事情を知っている唯一(ゆいいつ)の存在。
　お父さんが酒飲みで入院してしまったこと、死んだことも知っている。
　よく家に遊びにきていたから、お母さんとも顔見知りだ。
　私の耳のことも、とにかくなんでも話せる親友なんだ。
「ーーーーないと」
「え……？」
　つい考えごとをしていた私は、由真の口の動きを見逃してしまった。
「だから、その人に、感謝しないとって話！」
「あ、う、ん……」
　由真の言うとおり、本当に善くんがいなかったら危なかった。
　もしかしたら、死んでしまってたかもしれない。
　それに、私のせいで傷つけちゃったのに、笑ってくれて。
　あの優しくてまぶしい笑顔を思い出していると、２時間目の英語の授業が始まった。

「それじゃあ、リスニングの小テストから始めるぞー」
　始まった……。
　はぁ……嫌だな。
　リスニングはCDプレイヤーから流れる英語を聞き取るんだけど、私にはまったく聞こえない。
　先生の口からしゃべられたとしても、英語だと読み取れ

ないのだ。
　すると、そばに先生がやってきて、私の肩をポンポンとたたく。
　憂鬱になって、うつむけていた顔をあげると……。
「鈴原はこれを訳(やく)していなさい」
　私は特例で、リスニングの答えを書いた紙をもらい、日本語に訳すことになっている。
「は、い……」
　プリントを受け取ると、先生が前へ戻っていった。
　それを見たクラスメイトの視線が私に集まる。
　肌にチクチクと刺さるような痛い視線や、異質(いしつ)な者を見るような、好奇の視線。
　顔を見合わせて、私をチラチラ見ながらなにかを言っている。
　私にはわからないと思ってるんだろうな。
　どんなに遠くたって、聞こえなくたって、その視線の意味がわからないほど鈍感(どんかん)じゃないのに……。
「出たよ、鈴原特例」
　ななめ前の女子が振り返り、私の隣の席の子にそう言ったのがわかった。
　ズキンッと痛む胸に、私はひとりうつむく。
　ジワリとにじむ涙が、目の前の英文を歪めた。
　そんなとき、由真が私を振り返り、「大丈夫?」と唇を動かす。
　きっと、クラスメイトの声が聞こえたんだろう。

私はぎこちなく笑って、うなずいた。

好きで、こうなったわけじゃない……。

だけど、この胸の痛みすらも……お父さんへの償いなのだとしたら……。

もっと苦しんで、もっと泣いて……。

傷つかなきゃいけないのかもしれない。

そんなことを考えて、心が重くなっていくのを感じていた。

＊＊＊

「それじゃあ、愛音バイバイ！」

「うん、バイ……バイ」

放課後、バイトのある由真はスクールバッグを肩にかけて、私に手を振る。

由真はすごい……。

私とはちがって、勉強もスポーツもできて、バイトとも両立させている。

ハイスペックな親友なのだ。

それを見送って廊下を歩いていると、ふと、英語の小テストのときに言われた悪口を思い出した。

『出たよ、鈴原特例』

……私が、特例で小テストをやらなくていいのが癇に障るのはわかる。

だけど……私は、好きでそうしてるわけじゃないのに。

それなのに悪意を向けられるのは、やっぱりいい気はしない。
　でもきっと、私が我慢するしかないんだよね。
　努力しても、私はみんなと同じにはなれないんだから。
　そんなことを考えながら曲がり角を曲がった瞬間……。
　トンッと背中を押された。
「え……？」
　傾いた体は、目の前の階段の下へと落ちようとしている。
　突き飛ばされんだ……。
　そう気づいたときには、階段の下へまっ逆さまに落ちていた。
　ぶつかる……っ!!
　ギュッと目をつぶり、衝撃に備える。
「っと!!」
　すると、来るはずの痛みはなく、かわりに温かいなにかに受けとめられるような感覚があった。
「え……」
　ゆっくりとまぶたを持ちあげると、そこには……。
「あ……って、また会ったな、愛音！」
「あっ……!!」
　それは、驚くことに本日二度目の、チョコレート色の髪に頬に絆創膏をつけた男の子。
　ぜ、善くんだ!!
　私は、彼の温かい腕の中にいた。
　まさか、こんな形でまた会うことになるなんて……。

そう思っているのは善くんも同じみたいで、私の顔を驚いたようにまじまじと見つめている。
「階段から落ちてきたから、びっくりしただろ！　なんだ、つまずいたのか？」
「…………」
　えーと……。
　なんて説明すればいいんだろう。
　突き飛ばされたなんて言ったら、また善くんに心配かけちゃうし……。
「愛音？」
「……そ、う」
　心配そうに顔をのぞきこんでくる善くんに、私はあわてて肯定の意味を込めてうなずき、ごまかした。
「それにしても、愛音ってば危なっかしいな。事故にあいそうになるわ、階段から降ってくるわ……」
「うぅ……」
　しょんぼりとしていると、「あぁ、いや！」とあわてたように善くんが両手を振る。
「ほっとけねーなって、思っただけ！」
「ほっ……とけな……い？」
　それって、どういう意味なんだろう？
　結局、私は迷惑をかけてるってことじゃ……。
「あーいや、なんというか……ははっ」
　照れくさそうに頭をかく善くんの肩に、カメラがさげられていることに気づく。

あ……善くん、写真とか撮るんだ……。

それも、ちゃんとしたカメラだし、結構本格的なのかも。

「こ、れ……」

カメラを指さすと、善くんはそれを持ちあげて見せる。

「ん？　あぁ、これから部活に行くとこだったんだ、俺」

部活……ってことは、写真部なんだ。

なんか、意外だなぁ……。

善くんはイケメンだ。

俗に言う、イケてるグループに所属しているであろう人が、写真部なんて、意外中の意外。

こんなことを言ったら失礼だけど、写真部って地味なイメージだったから。

サッカー部とか、軽音部とかが似合いそうなのに……なんて、偏見だよね。

「愛音、部活は？」

これは、部活に入ってるのかってことだよね。

私は首を横に振った。

「ふぅん、そうなのか」

「…………」

私も耳が聞こえなくなる前は、新しいことを始めてみたいって気持ちもあって、部活に入るつもりだった。

でも、入学してすぐにお父さんのことがあり、私は耳が聞こえなくなってしまった。

耳が聞こえない私は、どの部活に入ったとしてもみんなよりハンディキャップがあるし、迷惑をかけてしまうと思

う。
　だから私は、帰宅部を選んだんだ。
「って、やべ……部長に怒られる!!　時間にうるせーの、うちの部長ってさ。ほら、立てるか、愛音？」
　先に立ちあがった善くんが私に手を差しのべる。
　握り返すと、強く引かれた。
「わっ……」
　す、すごい……。
　善くんは、力持ちなんだな……。
　軽々と持ちあげた善くんに感動していると、善くんは少し咎めるような顔で私を見た。
「軽すぎ、細すぎ！　愛音、ちゃんと飯食ってんのか？」
「……ん」
　コクンッとうなずくと、疑わしそうに善くんは私を見つめる。
「あれだぞ、草ばっか食ってたらダメだかんな？　もっと肉食わねーと」
　草……って、まさか野菜のこと？
　どうして、ご飯の心配されてるんだろう。
　なんだか、お母さんみたい。
　というか、善くん、急いでるんじゃ……。
　そう思った私は、ノートに【部活、急がなくて平気？】と書いて見せると、善くんの顔はみるみるうちにまっ青になる。
「やべ!!　悪い、もう行くな!!」

あんなに顔が青くなるほど怖い部長って……。
きっと、鬼のような顔をしてるんだろうな。
「また会えて……その、うれしかった」
「ん！」
　私はうなずいて、ノートに【ありがとう、善くんは命の恩人】と書いて見せた。
　それを見た善くんは、「おおげさだな」と笑って、階段を駆けあがる。
「あっ、そうだ、言い忘れてた！」
「……ん？」
　数段先でこちらを振り返ると、片手をあげた善くん。
　どうしたんだろう……？
　不思議に思いながら見あげると、あのまぶしい笑顔が向けられる。
　本当に、空にのぼる太陽のようにまぶしいな……なんて。
　この位置関係だからなのか……そんな風に思った。
「愛音、写真部入らねー!?」
「え……」
　それは、唐突なお誘いだった。
　写真部に入らないかって……どうして、私が、急に？
　頭の上にいくつものハテナマークが浮かぶ。
「なんか俺、もっと愛音と話したいっつーか！　だけど、クラスもちがうし、接点が欲しいっつーか!!」
　力説する善くんは、どこかあわてているようにも見えて、ますます意味がわからない。

でも、また会いたい……。
　善くんが私と話したいって思ったくれたことがうれしかったから。
　同じ学校にいるのに、クラスがちがうというだけでこんなにも遠い距離に思える。
　さびしい気持ちになるんだ。
　だから、その機会があるなら……って、そう考えている自分がいる。
「明日、見に来いよ！　俺、案内するしさ！」
「あ……う、ん……」
　不思議と、自然にうなずいてしまった。
　その勢いに押されたわけでも、強要された理由でもないのに。
　ただ……。
　私は、階段上の善くんの姿を目に焼きつけるように、まっすぐ見つめる。
「よっしゃ！　なら、また明日な、愛音!!」
「う、ん！」
　ただ……この太陽みたいな笑顔に、また会いたいと、そう思ったからだった。

はじまりの予感

【愛音side】
「うーすっ！」
「っ……」

次の日の放課後、約束通り善くんに連れられてやってきた写真部の部室。

私は善くんの背中に隠れて、ひょっこりと顔だけ出した。

すると、知らない男の子たちが3人、こちらを振り向く。

わっ……。

自分に視線が集まるのって、なんだか緊張するな。

「今日はめずらしく遅刻しなかったな、善」
「今日はほら、愛音のこと連れてくるって約束だったんで！」

善くんと話しているのは、メガネをかけたサラサラ黒髪の少し怖そうな男の先輩だった。

その先輩が、チラリと私を見る。

「ひぅっ……」

目が合っただけで凍りつきそうなほどに冷えた瞳（ひとみ）……。

この人って、もしかしなくても、昨日善くんが恐（おそ）れていた部長さん本人なんじゃ……。

ついヘンな声をあげてしまうと、善くんが私を振り返って、頭をワシャワシャとなでてきた。

「ハハッ、大丈夫だって！ この絶対零度（れいど）の視線は、通常

運転だから。それに、澪先輩はこう見えてめっちゃ優しいぞ」
「こう見えては余計だ、善。俺は九条澪斗、写真部の部長だ」
　九条先輩は私のところへやってくると、腰を屈めて私と目線を合わせてくれた。
　私の身長が153センチしかないからか、長身の九条先輩に見おろされると、圧迫感がある。
　でも、わざわざ目線を合わせてくれたんだ……。
　怖い……そんな顔をした私に気づいてくれたのかな。
「俺が怖いか？」
「あ……」
　怖くないって言いたいのに……しゃべることがためらわれる。
　発音がヘンだって思われたら嫌だし……。
　私はノートを出して、【九条先輩は、怖くないです】と書いて見せた。
　だって、心がとっても優しいから。
　すると、九条先輩はノートと私を見て、一瞬目を見開く。
　あ……！
　いきなり、筆談したらびっくりするよね。
　ちゃんと説明しなきゃ、そう思ってシャーペンを握りしめると……。
「耳が聞こえないことは、善から聞いている。すまない、見慣れなくて少し驚いた」

「あ……」
　善くんが、話してくれてたんだ。
　それに、ホッとして胸をなでおろす。
「俺が怖くない……ふっ、そうか」
「わ……」
　やわらかな笑みを向けられて、私は目を見開く。
　無表情だから最初は怖そうだと思ったけど、九条先輩は優しい兄のような温かさを感じさせる人だった。
「だが、俺のことは澪斗でいいぞ」
　そう言われても、よ、呼び捨ては……先輩だし!!
　それはさすがにできないから、せめて……。
　またノートに返事を書いて見せる。
【澪先輩でいいですか？】
　たしか、善くんも澪斗先輩のことをそう呼んでいた。
　それなら、私もそう呼んだ方が自然だよね。
「あぁ、かまわない」
　優しく言われて、私はホッと息をつく。
「澪先輩！　愛音は俺のダチなんで、横取り禁止っすよ！」
「え……？」
　突然怒りだした善くんが、私と澪先輩の間に入りこんできた。
　え、ええっ……!?
　善くん、急にどうしたの……？
「お前は、ガキか……」
　善くんの行動に驚いていると、澪先輩はあきれたように

ため息をついた。
「だって澪先輩、愛音にはすげぇー優しい顔してるんすもん」
「……気のせいだ」
「その間が怪しいんすよ！」
「勘ぐりすぎだ」
　むくれる善くんと、困り顔の澪先輩をハラハラした気持ちで見守っていると……。
「澪ちゃーん、そろそろ僕たちにも紹介してよ!!」
「そうですよ、先輩たち、俺らのこと忘れてません？」
　先ほどからこちらを興味津々に見ていた男の子ふたりがそう言ったのがわかる。
　ジッと見ていると、栗色のフワフワな髪に大きくてクリクリとした瞳の可愛い男の子と目が合った。
「あ、やっほー、愛ちゃん♪」
「あ、……い？」
　私を"愛ちゃん"と呼んだ男の子は、セーターでほとんど隠れた手をブンブンと振ってくる。
「叶多先輩ー、いきなり距離縮めすぎっすよ」
「これくらいがちょうどいいんだよ、善ちゃん」
「愛音のことを愛ちゃんって……なんか、許せねぇ！」
　あ、この可愛い男の子は、叶多先輩って言うんだ。
　ってことは……澪先輩と同じ高校3年生？
　それにしては童顔というか、年下に見える……。
「あーっ、愛ちゃん、僕のこと年下に見えるとか思ったで

しょ？」
「っ……」
　すみませんという意味を込めてペコリと頭をさげると、叶多先輩はクスッと笑う。
「ごめん、からかっちゃった。僕は如月叶多だよ。澪ちゃんと同じ３年生で、副部長なんだ、よろしくね」
「あ……」
　副部長なんだ、私も自己紹介しなきゃっ。
　ノートに名前を書こうとすると、それを手で遮られる。
「鈴原愛音ちゃん。耳のことも聞いてるから、焦らなくて大丈夫！」
「あ……は、い」
　そっか、善くんが話してくれてたんだ、きっと。
　それにしても、ここは優しい人ばかりだ……。
「そろそろ、俺の番でいいですかね？」
　すると、もうひとりのアッシュグレーの短髪の男の子が、私のところへやってくる。
　片耳にピアスをつけていて、目つきも鋭いせいか、身がまえてしまった。
「俺は佐藤章人です……まぁ、アンタは俺の先輩なんで」
「…………」
　章人……くんは、１年生ってことかな。
　それにしては大人っぽくて、全然後輩に見えない。
「章人、お前なぁ、全然先輩を敬えてねーぞ？」
　善くんは苦笑いで章人くんの肩に手を置く。

「え、そうですかね？」
「そうだろ、あきらかに！　だからお前、同学年に"先輩、おはようございます"って、あいさつされんだよ！」
　あはは……あいさつされちゃってるんだ。
　たしかに、章人くん、威厳あるもんね。
　これで、部員は全員……？
　4人って、かなり少ないんだな。
　でも、みんな仲よしだし、自然と私もこの場所にとけこめた。
　自己紹介を終えたところで、ガラガラと教室の扉が開く。
「おー、お前ら集まってるな〜」
　気だるげにやってきたのは、化学教師の笹野 京介先生だった。
　ボサボサの黒髪に、ヨレヨレの白衣。
　衛生的には心配な、うちの学校ではちょっとした有名人だ。
「笹野先生、その格好は教師としてどうかと……」
「おーい澪ちゃん、そんな見てくればっか気にしてると、すぐにハゲるからなー？」
「……話にならんな」
　視界にも入れずにため息をつく澪先輩。
「アンタは少し気にした方がいいですよ」
　教師相手に爆弾を落とす章人くん。
　笹野先生の扱いって……結構ひどい。
　でも、否定はできないから、私は聞かなかったことにし

た。
「おー、鈴原、来たかー!」
「え……」
　笹野先生は、私を見つけるとすぐにこちらへ駆けよってくる。
　そして、目に涙を浮かべた。
「おぉ〜、男ばかりのこの部にもオアシスがぁ〜」
「笹野先生、お触り禁止だかんな!　それ以上、愛音に近づいたら訴えるぞ!」
　私の手を握ろうとした笹野先生からかばうように私を引きよせる善くん。
　私を守ってくれたのかな?
「っ……」
　あれ、なんだろう……。
　心臓がドキドキする。
「目の保養なんだよ〜。いいだろ〜」
「よくねーし!」
　善くんがいてよかった……。
　それにしても、笹野先生、相変わらずだなぁ……。
　笹野先生の授業を受けたことがあるけど、女の子にだらしないところは、部活でも健在なんだな。
「笹野先生は、うちの顧問だよ」
　叶多先輩は、私にしか見えないように口もとに手を当てて、ささやいた。
　笹野先生が写真部の顧問なんだ……。

「教師としてはいささか問題はありますけど、写真家でもあるし、そこだけは尊敬できますね」

章人くんがサラッとひどいことを言う。

へぇ……笹野先生、写真家なんだ。

それは、知らなかったな……。

「まぁ、うちの写真部は優秀なヤツばっかだ。コンテストでは、全員なんらかの賞とってるしな」

笹野先生はそう言ってトロフィーや賞状が飾られた一角を指さす。

そうなんだ……。

私はそこへ歩いていって、飾られた写真を見てまわった。

「あ……」

【柄沢善　ひだまり】

それは、風景の写真だった。

野の花を、太陽のぼんやりとした光が優しく包む風景。

静止しているのに、春のそよ風の動きまで伝わってくるみたい……。

優しさにあふれた写真だなぁ……。

きっと、これも善くんの心が優しいからだ。

こんな写真を撮れるなんて、善くんはすごい。

私にはとてもじゃないけど、真似できないよ……。

でも、善くんが撮る写真が好きだと思った。

だから、私は自分が撮るよりも、私ができる範囲で、写真を撮る善くんの手助けがしたいな。

善くんの撮る写真を、これからも見続けたいから。

「その……俺の写真、どう……？」

　隣にやってきた善くんが、不安げに尋ねてくる。

　他の写真にも目を向ければ、善くんは川の乱反射や、雲の流れを映した風景写真ばかりを撮っていることに気づく。

【見ているだけで、胸が温かくなるみたい。すごく、優しい写真だと思う。風景写真が好きなの？】

　そう書いて見せると、なぜか善くんは切なそうな顔をした。

　え……。

　見たこともない、善くんの暗い顔。

　どうして、そんな顔をするんだろう。

　いつもの太陽みたいにキラキラした笑顔は陰っていた。

　私、気に障ることを言っちゃったのかな……。

　とまどっていると、善くんは「ごめんな」と言って私の頭をまたなでる。

「ははっ、俺の写真なんてつまらないだろう？　ほら、他の部員の写真も見てみな？」

　そんな……つまらなくなんてない。

　私は、善くんの写真が好きだと思ったよ！

　そう言ってあげたかったのに、なにかをこらえるような、辛そうな顔を見たら、言葉を失ってしまった。

　笑顔の裏に隠れてしまった善くんの気持ちにどうしていいのかわからず、切なくなる。

　善くんが抱えるなにかを、知りたいと……思った。

【なにか、悲しいことがあるの？】
「っ……いや、そういうんじゃないって！　気遣わせたな、ごめん……」

　意を決して尋ねてみたけど、にごされてしまった。
　……そうだよね。
　出会ってすぐの人に、自分のことすべてを話せるわけじゃないよね。
　きっと、善くんにとって触れられたくないことなのかもしれない。
　私にもある……。
　見たくない、触れたくないものが……。
　それを語ることは、痛くて苦しくて、辛い。
　簡単に、言葉にできることじゃないよね……。
「写真部は合宿もある、きっと楽しいと思うぞ」
　そんな私たちのところへ、澪先輩がやってきた。
　明るい声色に、暗くなっていた空気がガラリと変わる。
「これからちょうど、校内で被写体探しをするから、実際に見て入部決めてくれたらいいよ。僕は、愛ちゃんにぜひ入部してほしいけど、強制はできないから」
「は、い……」
　叶多先輩の優しい言葉にうなずくと、すぐに善くんに手を引かれる。
　……えっ!?
　驚いて顔をあげると、善くんはニッといつもの太陽の笑みを浮かべた。

「なら、愛音は俺と探検な！」
　善くんが、ワクワクが押さえられないと言わんばかりの笑顔を向けてくる。
「あっ……う、ん！」
　この笑顔が見られてよかった……。
　まっ先にそう思った。
　善くんはやっぱり、暗い顔より笑顔の方が似合ってる。
「今日は、とっておきの景色を愛音に見せてやるから！」
　とっておき……。
　善くんが連れていってくれる場所なら、きっと素敵な場所なんだろうな。
　善くんの言葉にワクワクと好奇心が湧いてくる。
　弾む胸に、引かれる手をギュッと握り返した。
「たの……し、み」
「あっ……ハハッ、ぜってぇー楽しいって！」
　そう言った私に、善くんは一瞬驚いた顔をして、すぐにうれしそうに笑う。
　その頬はほんのり赤く、私まで照れてしまう。
　それでも、この手を離したくないと思った。
　私たちは写真部の部室を出て、下駄箱で靴を履き替えると、外へ出た。
「裏庭に１本だけ桜の木があるんだけどさ」
「……え？」
　私の手を引きながら隣を歩く善くん。
　私は善くんの話を聞き逃さないようにと、顔をのぞきこ

んだ。
「あ、ごめん！　愛音は俺の口の動きを見てるんだったな」
　その言葉に、善くんが私を気遣ってくれていることがわかる。
　口もとが見えるように、私の前に回りこんでくれる。
「あり、がと……」
「気にすんな」
　優しく笑って私の頭をポンポンとなでられる。
　それにドギマギしながらも、善くんを見つめ返した。
「みんな、校門の桜並木ばっか見てるけど、本当は裏庭の桜の木もすげー綺麗なんだ」
　裏庭に桜の木なんてあったんだ……。
　あまり人が近寄らない裏庭。
　そこに桜の木があることなんて、善くんに出会わなければ一生知ることはなかったかもしれない。
　なんか、とっておきの秘密を知ったみたいでワクワクする。
　善くんといると、世界が広がるような気持ちになるんだ。
　そのときだった。
　——ドンッ。
　裏庭に向かう途中、体育館の横を歩いていると、体育館から出てきた人が横からぶつかってきた。
「わっ……」
「あっ、愛音！」
　体勢を崩してしまった私を、善くんが抱きとめてくれる。

た、助かった……。

善くんがいなかったら、顔から地面に突っこむところだった。
「あり、がと……」

善くんの腕にしがみつきながら顔を見あげれば、「愛音が無事でよかった」と笑ってくれる。

そして、ぶつかった張本人に視線を向けた善くんに合わせて、私もそちらを見る。
「あー、鈴原じゃん。お前、マジでいつも邪魔だな」

私を威圧的に見て、片方の口角をあげる目の前の男の子。

その顔に見覚えがあった。

あ……この人、同じクラスの滝川くんだ。

いつもクラスの女子と一緒になって私の悪口を言っているひとり。

でも、私が滝川くんの声に気づかなかったばっかりにぶつかっちゃったんだし……謝らないと。

そう思ってノートに【ごめんなさい】と書いていると、そのノートを滝川くんに振り払われた。
「あっ……！」
「いちいち、お前の返事待つの、面倒なんだよな。暇じゃねーんだよ、こっちは」

面倒……って言われちゃった。

そうだよね、筆談ってどうしても書きおえるまでに時間がかかる。

それをうっとうしく思う人だっているよね。

「ごめ……」
「ぶっ、話し方、気持ち悪いんだよ、ギャハハッ」
　謝ろうとしたら、笑われた。
　これ以上、どう伝えたらいいの……？
　なにもできずに、泣きそうになった。
「障がい者のくせに、こんなところにいるから……っ!?」
「ふざけんなよ」
　そんなときだ、ガシッと善くんが滝川くんの肩をつかんだのは。
　善くん……!?
　朗らかな善くんからは想像できない行動に、止めるのも忘れて動けなかった。
「はぁ？　俺らより劣ってるそいつを、そう呼んでなにが悪いんだよ」
「お前、マジで黙れ。愛音に汚ねぇ言葉聞かせんな」
　怒りをあらわにしてにらみつける善くんに私は驚く。
「愛音が聞こえないと思って、好き勝手言いやがって。俺の耳があるうちは、ぜってー許さねぇから」
　そう言った善くんが、滝川くんの肩をつかむ手に力を込めたのがわかった。
「いてぇーよ！」
「愛音は、もっと痛い思いしてんだよ」
「おい、離せって……」
「もう言わないって約束しろ」
「……わ、わかったっつの……んだよ、お前……」

善くんはゆっくりと滝川くんから手を離す。
　そして、いまいましそうに善くんをにらむと、体育館へと戻っていった。
「善……く、ん」
　私をかばってくれたんだ。
　私のために、怒ってくれたんだ……っ。
　いつも自分が我慢すればいいって思ってた痛みに、気づいてくれた。
　それだけで、もう泣きそうだった。
「もう大丈夫だからな、愛音」
　私の肩に手を置いて目線を合わせると、安心させるように笑いかけてくれる。
「……っ」
　なんで……。
　なんで、ここまでしてくれるんだろう。
　潤む目から涙をこぼさないように、私は目に力を入れる。
「愛音……」
　泣きそうな私に気づいてか、善くんは一瞬目を見開いて、すぐに私の髪をワシャワシャとかきまわす。
「愛音のこと、ちゃんと俺が守ってやるから」
「え……？」
「そんな泣きそうな顔、もうさせねーから」
　歯を見せてニッと笑う善くんに、向けられなれてない優しさに、とまどう。
「愛音、なにかあればすぐに言えよ？」

「……う、ん……」
　うなずく私の頭を、ポンッとなでる善くんは、やっぱり優しい笑顔だった。
「あ、やべ……髪、ぐちゃぐちゃにしちまって！」
　善くんは私の髪を見て、あわてだした。
　そういえば、善くん私の髪をワシャワシャってしたんだった。
「女の子にすることじゃないよな！　本当に悪かった！」
　そう言って善くんは、両手で私の髪を整えてくれる。
　まるで、髪にも神経が通ってるみたいに鮮明に、善くんに触れられる感覚を感じて、ドキドキした。
　善くんは必死だから気づいてないと思うけど、顔の距離がすごく近くて、私は心臓が口から飛び出そうだった。
「うし、可愛いぞ！」
「っ……!?」
　か、可愛い……？
　満面の笑みでそう言った善くんに、目を剝きそうになる。
　善くんの言葉に、特別な意味なんてないってわかってるけど……。
「う今……っ」
　カッと顔に熱が集まるのを、止められなかった。
「あ……いや、待て」
　善くんは、顔の赤い私を見て、自分の発言を振り返ったんだろう。
　みるみるうちに、善くんの頬も、熟したりんごみたいに

赤くなった。
「その、まちがい……ではなくて、だな。無意識に出た言葉っつーか、いやいや、俺はなにを言ってんだ!?」
　お願いだから、もうなにも言わないで!
　はずかしくて、どうにかなっちゃいそうだからっ。
「と、とにかく行こう!」
　はずかしさをごまかすように善くんが言う。
　うなずくと、善くんはホッとしたような顔をした。
「えーと、ほら、ノートな!」
　善くんは、吹き飛ばされたノートを拾って土を払うと、私に渡してくれた。
　ノートに"ありがとう"と書こうとして、さっき滝川くんに言われた言葉を思い出す。
『いちいち、お前の返事待つの、面倒なんだよな。暇じゃねーんだよ、こっちは』
「…………」
　善くんも、面倒だと思うかな。
　返事を書く手が止まってしまう私の頭に、善くんが手をのせた。
　ハッとして顔をあげると、目線を合わせるように腰をかがめて、優しく笑う善くんと目が合う。
「愛音、もしさっきのことを気にしてるなら、俺はちがうからな」
「え……?」
「どんなに時間がかかっても、大げさだけどさ、何年、何

十年かかったって、愛音の言葉を待つよ」
「……っ!」
「俺は、愛音の話なら、なんでも聞きてぇーからさ」
　どうして……。
　私の知る世界は、普通じゃない私にいつも冷たくて、理不尽だったはずなのに。
「あっ……」
　涙が静かに頬を伝った。
　今、私の世界は善くんという光に照らされて、温かい。
「愛音……」
　善くんは、私が泣いているのに気づいていたけれど、何も言わずに私の涙をワイシャツの袖で拭った。
　泣いていることに触れられなかったことに、心底ホッとする。
　今、口を開いたら、本当は辛いよって、なにもかも吐き出してしまいそうだったから。
「んじゃ、行こうぜ!　ほら……」
　差し出される手に、ほとんど無意識でポンッと手を乗せる。
　あ、なんかつい……。
　まるで、犬か猫にでもなったみたい。
「愛音って、手が小さいのな」
「そ、かな……?」
　私の手の感触を楽しむように、握ったり開いたりを繰り返す善くんにドキドキしながら、ぎこちなく答えた。

「俺の手で隠れるし！」
　そして、また笑う善くんにつられて、私も口もとが綻む。
　滝川くんを前に気を張っていたのが嘘みたいに、肩の力が抜けた。

「わ、ぁ……」
　裏庭に着いて最初に目に入ってきたのは、ハラハラと舞う桃色の花びら。
　殺風景な裏庭に鎮座する１本の桜の木。
　太陽の光に照らされて、まるで光の花びらが降っているかのような、幻想的な光景だった。
　感動しながら見つめると、善くんは首を傾げて微笑む。
「綺麗じゃね？」
「…………」
　言葉が……出ない。
　だって、綺麗すぎて……。
　そんな感想しか出てこない自分がはずかしいけど、本当に綺麗で……。
　一歩近づいて、桜の木から落ちる花びらを受けとめようと両手を伸ばす。
　時折、考えることがある。
　もし、この目と耳のどちらかを失うとして……。
　それを、自分で選ぶことができたとしたらって。
　私は……。
　大切な人を二度とその瞳に映せなくなるのと、大切な人

たちの声を二度と聞けなくなるのと、どちらを選ぶんだろうって。
　どちらかなんて選ぶのは難しいけれど、でも今この瞬間だけは、この瞳が世界を映してくれてよかったと思う。
　だって……こんなに綺麗な景色が見られたから……。
「ふふっ……」
　うれしくて、笑いながら善くんを振り返ると、カメラをかまえて、レンズごしに私を見ていることに気づいた。
「え……っ」
　カ、カメラ向けられてるっ。
　どうしよう、どこ見たらいいんだろうっ。
　おどおどしていると、善くんはスッとカメラをおろした。
「あ……ご、ごめん、つい！」
「うう、ん」
　気にしてないよと首を振ると、なぜか善くんは自分の手の中にあるカメラと私を交互に見つめる。
「……なんで俺……今……」
　たしかに、そうつぶやいたのがわかった。
　どうして、そんなに驚いてるの……？
　というより……。
　動揺しているようにも見えて、私は心配になる。
　そばに寄ると、善くんはハッとしたように苦笑いを私に向けた。
「ボーッとして、ごめんな！」
　笑ってごまかしてしまう善くん。

私はフルフルと首を横に振って、隣に寄りそった。
　言葉にできない分、せめて……。
　善くんの抱えているものが、少しでも軽くなりますように。
「…………」
「愛音……ありがとな」
　なにも言わない私を見つめてそう言った善くんに、わざと首を傾げてみせる。
　気にしないでほしくて、気づかないふりを装った。
　視線を桜の木へと向けると、突然、木のうしろから猫がひょこっと顔を出した。
　それに、運命の瞬間を感じる。
「あっ！」
　ね、猫っ!!
　私はすぐに反応して、腰を屈めた。
「お、ノラ猫か？」
「お、い……で！」
　猫好きの血が騒いで、善くんがいるのも忘れて私はつい、興奮してパチパチと手をたたいたり、必死に声をかける。
　猫はゆっくりと、こちらをうかがうように近づいてくると、差し出した手の上に顎をすり寄せてきた。
「わぁっ……！」
　かわいい……っ!!
　人に慣れてるんだなぁ。
　この子、どんな声で鳴くんだろう。

口を開けて私に甘えてくる姿に癒やされながら、そんなことを考える。
「ど、こ……から、来た……の？」
　話しかけながらなでまわしていると、ふいに善くんの姿がないことに気づいて、あたりを見まわす。
「…………」
　すると、善くんはまたカメラをかまえていた。
　私がカメラのレンズごしに見つめ返したのに気づくと、善くんはカメラを少しずらした。
　そして、なぜか泣きそうな顔をする。
　善くん……？
　その表情に、ギュッと胸が締めつけられた。
　歩みよると、カメラを持つ手がカタカタと震えているのに気づく。
「……これは、なんでもないんだ」
「…………」
「いい被写体を見つけると、つい手が動いてさ。勝手に撮ろうとして、ごめんな」
　本当は、そんなことを言いたいんじゃないんだと……思う。
　善くんは、撮ろうとしたけど撮らなかった。
　もしかして……撮れなかった？
　……なんて、まさかね。
　部屋にも、善くんの写真がたくさん飾ってあったし。
【大丈夫？】

そう書いたノートを善くんに見せると、善くんは困ったように笑ってカメラをもう一度かまえた。
　その視線の先は、私がなでまわしていたノラ猫だ。
　そして、猫が落ちてくる桜の花びらに顔をあげた瞬間、善くんがシャッターを切ったのがわかった。
「……押せた、な……」
　なんだか感慨深げにカメラを見つめて、善くんがつぶやく。
「愛音は、猫が好きなのか？」
「あ……」
　やっぱり、わかりやすいのかな、私。
　ノートもシャーペンも猫だもんね。
【やっぱり、わかるかな？】
　そう書いて見せると、善くんは笑った。
「ハハッ、そこまで主張されるとな」
　善くんが指さしたのは、やっぱり猫のノートとシャーペン。
　バレバレに決まってるよね。
　それにしても、善くんがいるのも忘れてはしゃぎすぎたかな。
　普通に声も出しちゃったし、善くんにヘンに思われてないといいけど……。
【猫がすごく好きなんだ、可愛いし、モフモフしてるし】
「モフモフって……ハハッ、感触の話か！」
【そこが重要！】

「へぇ、そういうもんなんだな」
　力説する私の頭を、善くんは子供をあやすように優しくなでる。
　またぢ……。
　また善くん、私の頭をなでてる。
「うっ……」
「好きな物の話になると、愛音ってすげーいい顔すんのな」
　やわらかい眼差しに、私はくすぐったくなって、視線を足もとへと落とす。
　でも、心地いいなぁ……。
　善くんの手って、ホッとする。
「なぁ、愛音」
　その手に身をゆだねていると、ふと善くんが私をまっすぐに見つめた。
　見つめ返すと、善くんは笑う。
「ぜってー後悔させねーから、写真部入んない？」
「あ……」
「愛音と出会えた縁を、これで終わりにしたくない。それに……これは個人的なことだけど、愛音は俺の世界を変えてくれる気がするんだよな……」
　そう言って、少しだけ伏せられるまつ毛。
「善、く……んを、変え……る」
　私は善くんの言葉を繰り返しながら考える。
　一緒にいたら、陰った笑顔の理由を、いつか知ることができるのかな……。

私はいつでもつきまとう過去の影に、死んだように生きてきた。

　でも善くんは、枯れた私の人生に水をそそぐように、優しさという潤いをくれて、私を生き生きと輝かせてくれる。

　善くんと出会えたこと、それは私にとっても奇跡であり、運命のようにも思えた。

　私の命を助けてくれた人。

　私の心を守ってくれた人。

　私になにかしたいと思わせてくれる人。

　善くんのこと、もっと知りたいし、離れたくない。

　私が善くんを変えるということの意味はわからないし、私にそれができるのかもわからないけど……。

　善くんの存在も、私の世界を変えてくれるような、そんな気がする。

　人を遠ざけてきた私が、誰かのそばにいたいと思っている。

　耳が聞こえないからと、なにもかもをあきらめてきた私が、こうして写真部に足を運んだ。

　すべて、善くんがいなかったらできなかったことだ。

　今の時点で、すでに私は変わりはじめているんだと思う。

　変わっていく自分に、怖さもあるけど、不思議と心地よさも感じていた。

　私も、たぶん善くんも……変わりたいと望んでいたのかもしれない。

　具体的にどう変わりたいのか、それはまだわからないけ

ど、善くんといたら、なりたい自分を見つけられる気がするから……。
シャーペンを手に、迷いなく文字を綴る。
【善くんのそばにいたい。私、写真部に入る！】
写真部の人たちも、みんな優しかった。
あの温かい人たちの仲間になりたいと、迷わずにそう思う。
「え、マジで!?」
「う、ん」
「よっしゃー!!　愛音、俺マジでうれしいわ！」
満面の笑みで私の両手をつかむと、ブンブンと振った。
わっ……。
トクンッと胸が鳴る。
うれしくてたまらないと目を輝かせる善くんに、なぜかはずかしくなって、顔がほてった。
……どうしてだろう。
善くんの表情のひとつひとつに、こんなにもドキドキする。
他に、どんな顔をするのかなって、興味が湧いた。
心の奥底に点火された、小さな温かさの意味はまだわからないけど、今、純粋にキミに惹かれてる。
「明日の放課後、部室に来いよ！」
「えっ……？」
ひとり、胸の動悸の理由を考えていると、善くんに部室に誘われた。

明日、入部届を出すつもりだから、もちろん放課後から部室には行く予定だったけど……。
　どうして、わざわざそんなことを言ったんだろう？
「来てからのお楽しみな！」
「う、ん？」
　きっと、特別な理由はないんだよね。
　それに、善くんが楽しそうだからいいや。
　明日、入部届を書いて提出しよう。
　それから、由真にも報告して、それから……。
　考えるだけでワクワクして、心が浮き立つ。
　写真って撮ったことないけど、見るのは好きだから。
　そんな写真部のお手伝いができたらいいな。
　もうすでに、頭の中は入部してからのことでいっぱいだ。
「明日、待ってるからな！」
「う、ん！」
　かわりばえのない償いだけの日々に……いつもとはちがう変化を感じた、桜吹雪が舞う４月の出来事。
　きっと、今日より輝いているだろう明日に心踊らせながら、私は笑顔の善くんにつられて笑った。

写真部の歓迎会

「お母……さ、ん。私……部活、やる」
「え、部活?」
　朝の食卓を囲みながら、私は部活に入ることを伝えた。
　すると、驚いたようにお母さんの目が見開かれる。
　まぁ、当然の反応だと思う。
　今まで、私からお母さんになにかしたいって言ったことなかったから……。
　朝食中の会話でさえ、いつも片手で数えるほどしかないのに、まさかの展開だよね。
「何部に入るの?」
「写真……部」
「あら、どうして突然……」
　お母さんは、手に持ったコーヒーのマグカップをいったんテーブルに置くと、私の話を聞く体勢を取った。
　写真なんて、今までこれっぽっちも話題にあがらなかったし、興味があるような素振りも見せたことがない。
　お母さんの「なんでまた写真?」という疑問が見て取れる。
「友達……が、誘って、くれた……から」
「由真ちゃん?」
「ちが……う、他の、子」
　なんとなく、男の子だとは言えなかった。

善くんのことを話したら、私に好きな人ができたのかとか、カンちがいされるかもしれない。
　それが気はずかしかったんだ。
「帰りが遅くなるんじゃないの?」
「そう、なると……思う」
　ダメって言われるかな……。
　ただでさえ、耳が聞こえないっていうハンディがあるし、心配かけちゃうと思う。
「でも……やり、たい」
　初めて、誰かのそばにいたいって思った。
　善くんの撮る写真に、すごく興味がある。
　そしてなにより、善くんのことをもっと知りたいから。
「愛音……」
　私の意思の強さに、お母さんは少し驚いたような顔をして、すぐに小さく笑った。
「……あなたがそこまで言うなら、わかったわ」
「あり……がと」
「だけど、ちゃんと帰るときに連絡すること、それは約束ね」
　お母さんの言葉にうなずくと、なんだかお母さんはうれしそうに口もとに笑みを浮かべながら、コーヒーに口をつける。
　それがどうしてなのかはわからないけど、私までうれしくなった朝だった。

「えぇっ!　写真部に入るの!?」

登校すると、まっ先に由真に写真部に入ることを報告した。
　由真は目をパチくりさせ、なにがあったの？と言わんばかりに私を凝視してくる。
　私が部活に入るの、そんなに意外かな？
　驚かれるとは思ったけど、ここまでとは……。
「ぜ、ん……くんに、誘わ……れて」
「え、ななに、恋愛フラグ立っちゃったから!?」
「ちが、う！」
　カンちがいしている由真に、すぐさまツッコみ、訂正する。
　って……どうして私、こんなにムキになって否定してるんだろう。
　恋じゃない、そう思ってるはずなのに……。
　胸がギュッとしめつけられるような、この切なさはなんだろう。
　善くんのこと、まだ深く知らないのに、どうしようもなく惹かれてる。
「おーい、愛音ー？」
　ニヤニヤしている由真に我に返った私は、ノートに【写真部の人みんな優しくて、楽しそうだったから】と書いて見せた。
「ふぅん、なら私も入ろっかな、写真部」
　脚を組み、顎に手を当ててそう言った由真に、私はあからさまに口角があがった。

「由真、入って、くれる……の!?」
「だって、愛音がいるなら楽しそうだし！」
　由真も入ってくれるなら、楽しいに決まってる！
　でも、由真はバイトもあるし、大丈夫なのかな……。
　気になった私は、【バイト大丈夫？】と書いて尋ねる。
「バイトがない日だけ部活に出るとかでいいなら！」
　それなら今日、澪先輩に聞いてみよう。
　由真のうれしい提案に、ワクワクが止まらない。
【由真がいるなら、楽しそう！】
　ノートを見せると、由真は私から猫のシャーペンを奪って、ノートになにかを書きはじめる。
【私も、愛音がいるならどこでも楽しい！】
　そう書いて、ニンマリと由真が笑う。
　由真……。
　高校からの親友だけど、もっと前からずっと一緒にいたみたいに、心を許せる人。
　由真の言葉がうれしくて笑うと、由真は「いい笑顔！」と言って笑みを深めた。

　＊＊＊

「おー、よくぞ決めてくれた、鈴原！」
　入部届を笹野先生に提出すると、肩をポンポンとたたかれる。
　昼休み、お弁当を食べおえた私と由真は、職員室に来て

いた。
【よろしくお願いします】
「ん？ おお、よろしく〜」
　私のノートをのぞきこんで、笑ってくれた。
　受け入れられたことにホッとしていると、先生は私の隣にいる由真を見る。
「それで、そちらさんは入部どう？　今なら絶賛募集中。とくに女の子!!　どうだ、うちの部員はイケメンぞろいだぞ？」
「ふぅん、イケメンぞろいなんだ。あ、先生、質問があるんですけど」
　先生のノリをサラッとかわした由真に、私は苦笑いする。
　由真ってば、本当にサバサバしてるなぁ。
　先生は「流された!!」と肩を落としている。
「バイトやりつつ部活に参加する、でもいいですか？」
「ん？　そんなん、オッケー、オッケーよ〜」
　オッケーよ〜……って！
　軽く許可した先生に、私は脱力しそうになる。
「なら、私も入部します」
　即決した由真に、「なら、これ書いとくか？」とまたもや軽い調子で入部届を渡す先生。
「はい、先生」
　すぐさま名前を書くと、由真は入部届を笹野先生に提出してしまった。
　なんという、スピード決定。

由真が入ってくれるのはうれしいけど、こんな、ちょっとカフェにでも寄ろうかくらいのノリで決めていいの？

　軽いノリのふたりを前に、私は苦笑いを浮かべた。

「よし、なら放課後、ちゃんと部室行ってこいよ。今日は歓迎会するんだって、アイツら勝手に張りきってたからな」

　そういえば、善くんにも言われてたんだった。

　放課後、部室に来てって。

　それってまさか……歓迎会があるから？

　そんな話、まったく聞いてない。初耳だよ。

【歓迎会って、どういうことですか？】

　ノートに書いて、笹野先生に質問する。

「あっ……秘密にしとくんだったか？」

　ええっ!!

　なんて適当……いや、雑なんだ……。

「あーやー、鈴原、今のことは忘れろ、いいな？　な？」

「は、は……い……」

　その剣幕に押されて、私はコクコクとうなずく。

　数秒前の出来事を忘れられるほどおばあちゃんではないので、忘れたふりをする努力をしよう。

　そう決めた瞬間だった。

「んー、というか私、突然行っていいのかな？」

　由真は困ったように私を見る。

　そっか、みんなは由真が入部することをまだ知らない。

　でも、あの人たちが嫌だと言うことはないと思う。

　こんな私のことも、入部してくれたらうれしいって、喜

んでくれた人たちだから……。
　あのときのうれしさが胸にこみあげて思わず微笑むと、迷いなく由真を見つめた。
【大丈夫、みんな優しいから！】
「……愛音がそう言うなら……安心だけどさ？」
　私のノートの文字を見て、由真がホッと息をつく。
　こうして、私たちは放課後、写真部の部室へと向かうことになった。

　放課後、由真と写真部の部室の前へやってきた。
　前は、善くんが一緒だったからな……緊張する。
　これからここでお世話になるんだ。
　はぁ……っ、ちゃんとやれるかな。
　期待と不安で胸が押しつぶされそう。
「すぅ、はぁ……」
　深呼吸をしてから、扉に手を伸ばす。
『明日、待ってるからな！』
　善くんは昨日、確かにそう言った。
　償いだけの日々に彩りをくれた人。
　キミが待っていてくれるのなら、あの笑顔をもう一度見られるのなら、怖いモノなんてなにもない。
　そう思った瞬間、重く分厚く見えた扉も、羽根のように軽く、紙のように薄っぺらい物に見える。
　善くんに背中を押された気がした私は、迷わず扉を開け放った。

すると……。
「「「「「入部おめでとう!!」」」」」
　部室で、みんなが横一列になって声をかけてくれる。
　全身に春風をあびたような温かさを、肌で感じた気がした。
「っ……」
　胸がいっぱいになって、鼻がツンとした。
　人に遠巻きに見られることには慣れていた。
　だけど、こんな風に温かく迎えられるのは、慣れてないから……。
　どうしよう、胸がいっぱいで、言葉にならない。
「待ってた、愛音」
「あっ……」
　善くんの優しい眼差しに、ジワリとにじむ涙を必死に引っこめて、私は精いっぱい笑った。
　お礼の言葉をノートに書こうとして、手を止める。
　この気持ちは、ちゃんと言葉で伝えたい。
　自分の口から、善くんやみんなに……。
　紙に書いて伝えたら、この感謝の気持ちが半減してしまうような気がするから。
　話し方がヘンだと思われてもいい。
　私がそうしたいからするんだ。
　私は目をつぶり、決心を固めて口を開く。
「あり……がとう」
　たどたどしいであろう、私の言葉で思いを伝える。

感謝の気持ち、ちゃんと伝わったかな……？
　おそるおそる目を開けると、みんなが笑顔で私を見ていた。
「あっ……」
　みんなの顔を見たら、私の気持ちが伝わったのだとわかった。
　自分の口から伝えられて、本当によかった……。
「今日は、写真部で歓迎会だ。ささやかだが、ここに座るといい」
　澪先輩がイスを引いてくれる。
　机には、軽食にお菓子、ジュースが置かれていた。
　これ、写真部のみんなが用意してくれたのかな。
　どうしよう、すごくうれしい……っ。
　どうしても涙腺が緩んでしまい、泣くのをこらえるのが大変だ。
「うしろの子も入部希望者かな？」
　叶多先輩が、私の背後にいる由真に気づいて声をかけた。
「あ、はい。よろしくお願いします。でも、バイトとかけもちなんで、休みがちになると思うんですけど……」
「それは問題なしだよ！　僕たちは結構自由にやってるから」
　叶多先輩が、人なつっこい笑みでそう言ってくれた。
　よかった、これで由真とも一緒にいられる。
　こんなに幸せでいいのかな……。
　ふと、罪悪感が胸に渦巻いた。

間接的にとはいえ、私の一言が、お父さんの死を招いたかもしれないのに。
『……いなくなれ……』
　私は、幸せになっちゃいけないはず。
　だから神様は、私から音を奪ったんだって、そう思ってたのに……。
「どう、して……」
　私の難聴が善くんとの出会いを生んで、善くんとの出会いが写真部のみんなとの出会いを生んだ。
　出会いが出会いを生み出して、私の周りはいつの間にかにぎやかになっている。
　それが不思議で、そして怖くもあった。
　みんなが、いつか私を疎ましく思う日が来るんじゃないかって……。
　耳が聞こえないことで、みんなの手をわずらわせてしまうかもしれないって。
「……っ」
　そう思われたら、悲しいな……。
　ひとりで落ちこんでいると、隣に誰かが腰かける気配がして、顔を向ける。
「愛音？」
　善くんだった。
　心配そうな顔で私の名前を呼び、顔をのぞきこんでくる。
　いけない、また私、考えこんでた……。
「なにかあったのか？」

「…………」
　あんまりボーッとしてると、心配かけちゃう。
　せっかくの歓迎会なのに……。
　そう思った私は、ノートに【みんなの気持ちがうれしくて、言葉が出なかったの。今日はありがとう】と書いて見せた。
「俺も、愛音とこうして同じ部活にいられるなんて、うれしい。来てくれて、ありがとな！」
　疑うことを知らない笑顔に、胸がチクリと痛む。
　私、耳が聞こえなくなってから、嘘ばかりついてる。
　ごまかしてばかり、隠してばかりの自分が、まっすぐな善くんと比べるとひどく汚い人間に思えて、嫌になった。
「あ、そうだ。俺、愛音に渡したい物が……えーと、あった！」
　曖昧に笑みをつくろう私に、善くんは気づいていないみたいだった。
　カバンをゴソゴソと漁ったあと、善くんは1枚の写真を私に手渡した。
　これは……？
　不思議に思って首を傾げると、善くんは笑う。
「プレゼント」
「あ……」
　見てみると、昨日のノラ猫が映っていた。
　舞い落ちる桜の花びらを見あげるような格好の猫。
　すごい……。
　こんな奇跡みたいな一瞬を写真に撮れるなんて。

「すご……い!」
　自分でもわかるくらい目を輝かせてるだろう私を、善くんは机に頬杖をついて、まぶしそうに見つめる。
「……可愛いな」
「っ、え……?」
　今、善くん、可愛いって言わなかった?
　高鳴る心臓の音が自分にも聞こえるほど、ドキドキする。
　向けられる視線に、息が苦しくなった。
「……あぁ!?」
　善くんは無意識だったんだろう、こぼした言葉に我に返ったのか、あわてて起きあがった。
「今のは、えーとだな!」
　顔をまっ赤にして、両手をブンブンと振りはじめる。
　善くんのこの様子を見ると、さっきのは見まちがいじゃないみたい。
　可愛い……だなんて、男の子に言われたの初めてだな。
　どうしよう、はずかしくて……耳が熱い。
「でも、愛音に喜んでほしくて撮ったんだ!　写真見て、目ぇキラキラさせてる愛音を見たらさ、マジで撮ってよかったって思って……!」
　私、そんな顔してたんだ。
　私のために……撮ってくれた写真。
　最高にうれしいプレゼントだよ……っ。
「うれ……し、い……」
　私は、あふれる想いと一緒に笑顔をこぼした。

「っ……よかった、俺もうれしい」
　善くんは、照れくさそうに笑う。
　本当に、ずっとずっと大切にしよう。
　そんな気持ちで写真を見つめていると、うしろに誰かの気配を感じて、振り返った。
「あ、善先輩の写真ですか。って……」
　写真をのぞきこんだ章人くんが、そこまで言って口をつぐむ。
　章人くん、急に黙ったりして、どうしたんだろう？
「え、善ちゃんの新作〜？」
　続いて駆けよってきた叶多先輩が、私の手もとをのぞきこむ。
「って……え……。へ、へぇー、やっぱり、いい瞬間を捉えるねぇー」
　同じように写真を見つめた叶多先輩も、一瞬言葉を探すようにヘンな間があった。
　なんだろう、この空気は……。
　なにか、開けてはいけない扉を開けてしまったかのような、そんな緊張感があった。
「あ、の……」
　なんだろう、この違和感は……。
　不思議な空気にとまどっていると、澪先輩が隣にやってくる。
「いい写真だな、さすが善だ」
　そう言ってメガネの縁を人さし指で押しあげ、私を善く

んと挟むようにして、澪先輩が隣に腰かけた。
「ありがとうございます、澪先輩」
「礼を言われることじゃない。よかったな、愛音」
　善くんの言葉に私を見て、ポンッと肩に手を置いた澪先輩。
　澪先輩は無表情だけど、言葉や仕草、すべてが優しい。
「はい」と返事をするようにうなずけば、澪先輩もうなずき返してくれる。
　お兄ちゃんがいたら、こんな感じかな……。
　そんなことを考えていたら……。
「お前なら、善を……」
　澪先輩がなにかつぶやいた気がした。
「え……？」
「いや、なんでもない。ほら、菓子でも食べろ」
　なにか言いかけた澪先輩は、私にお菓子を渡す。
　私がそれを受け取ると、席を立って向かいの由真の隣の席に腰かけてしまった。
　澪先輩、なにを言いかけたんだろう。
　すごく、大事なことだった気がする……。
「それじゃあ、簡単に自己紹介しよ？」
　叶多先輩の一言で自己紹介が始まる中、私は澪先輩の言葉の意味をグルグルと考えていた。
　すると、ふいにトントンッと肩をたたかれる。
　顔をあげると、隣にいた善くんが困ったような、切なげな顔で私を見つめた。

「っ……」
　善くん、なんて顔を……。
　そんな顔をされると、なんだか胸が痛む。
「ありがとな、本当に、心から……」
「……え？」
　その言葉には、ただの「ありがとう」とはちがう意味がある気がした。
　もっと大切ななにかがあるように思えるけど、でもそれがなんなのか思いつかない。
　なにに対しての「ありがとう」なのか。
　どうしてそんな悲しい顔をするのか。
　聞きたいことはたくさんあったのに、どんな言葉も善くんを傷つけてしまいそうな気がして……。
「…………」
　私はなにも言えず、その切なげな笑顔をただ見つめ返すことしかできなかった。
「うちの部活は、被写体を探しに校外活動や、合宿もするが、参加できそうか？」
　みんなが席に着いてご飯を食べたり、お菓子をつまむ中、澪先輩が切り出す。
　校外活動に、合宿……!!
　すごく、楽しそうだ。
　遠足前の子供みたいに今からワクワクしてしまう。
「へぇ、私も行きたいです！」
【はい、楽しみです！】

由真と顔を見合わせて、私はノートで返事をする。
「今週の土曜日には、動物園に行こうと思うんだけど、どうかな?」
「叶多先輩、それは……」
「章ちゃん、まぁまぁ、物は試しだよ」
　叶多先輩の提案を苦い顔で制止した章人くんを、叶多先輩がなだめる。
　物は試しって、どういう意味だろ?
　章人くん、動物園行きたくないのかな……。
「善はどうしたいんだ」
　静かにみんなの話を聞いていた澪先輩が、善くんを見る。
　すると、善くんがなぜか私を見た。
「愛音、動物は好きか?」
「え……う、うん」
　突然の質問に、私はとまどいながらもうなずく。
　すると、善くんは小さく笑って、ポンッと私の頭をなでた。
「愛音が好きなモノなら……撮れると思う。その可能性に、かけてみたい」
　え……それってどういう意味……?
「……そうか、ならそうしよう。待ち合わせ場所と時間はあとでメールする。愛音と由真もみんなと連絡先交換しておけ」
　善くんの言葉の意味を尋ねるタイミングを逃してしまった私は、言われるままに連絡先を交換した。

「あー食った、腹いっぱいですね」
「章人は食いすぎだ、腹を壊すぞ」
「澪先輩は食細すぎですから」
　章人くんが澪先輩のパスタサラダを見て、げんなりした顔をする。
　そういえば、どうして澪先輩は今頃ごはんを食べてるんだろう?
　不思議に思っていると、叶多先輩が私の肩をトントンと叩く。
「澪ちゃんって、少量のごはんを５回に分けて食べてるんだって。モデルさんみたいだよねぇ〜?」
「えっ」
　どうしてそんなことをしてるんだろう?
　ダイエットするほど太ってないし、澪先輩はモデル体型だ。
「前の健康診断(しんだん)で0.3キロ増えてたからなんだって」
　細かい……!
　それくらいなら私、気にせずに食べちゃうかも。
　たしかに、モデルさんみたいな食生活だなぁ。
　それを上品に食べて、澪先輩は食後のコーヒーを飲んでいた。
「コーヒー、大人っすねぇ、澪先輩!」
「善ちゃん、コーヒーで大人のライン引くのは偏見だよ!」
「あ、叶多先輩は飲めないですもんね!」

悪気のない善くんの一言に、叶多先輩の頬が引きつる。
「善ちゃん……僕に絞められたいのかな?」
「い、いやっす!! 嘘、嘘、空耳っすから!」
　黒い笑みを浮かべた叶多先輩。
　見てはいけないものを見てしまった……。
　可愛らしい先輩の腹黒い一面を見た私は、そっと視線をそらす。
「お前たち、うるさいぞ」
「この部活ってみんな、かなり個性強いですよね」
　動じない澪先輩に、苦笑いの由真。
　本当に、この部活ってにぎやかだなぁ。
　こうして、夕食がいらないほどお菓子でお腹いっぱいになった私は、タブレットケースを取り出して、夕食分の薬を手に取った。
「あれ、愛音、風邪か?」
　善くんが私の手のひらにある薬を見て、心配そうに尋ねてくる。
　私は首を振り、薬を持っていない方の手で【耳の薬】と書いて見せた。
「あぁ、そういうことか……。なぁ、聞いたことなかったけど、愛音の耳が聞こえないのって、なにかの病気のせいなのか?」
「あ……っ」
　原因は……私の言葉が、お父さんを殺したから。
　罪悪感に心が押しつぶされそうになったストレスで、耳

が聞こえなくなっただなんて……絶対に言えない。
「愛音？」
「…………」
　知られたくない、善くんには。
　だって、善くんは心が綺麗で、こんな私を純粋に信じてくれている。
　そんな善くんに、私が人殺しだなんて知られたら、きっともう二度と笑いかけてくれない。
　善くんだけじゃなくて、ここにいるみんなも……。
「おい愛音、顔色悪いけど、聞いちゃいけないことだったか？」
「え……？」
「俺、どうしても気になって……ごめんな、言いたくないことなら……」
「あっ……！」
　善くんに気を遣わせてしまった。
　とにかく、なにか言わないと！
　そう思った私は、ノートに【原因はわからないんだ】と書いた。
「そ、そうだったのか……。その、治るのか？」
「…………」
　治る……のか、それは私にもわからない。
　だって、もう１年も薬を飲んでいるのに効果がない。
　本当なら、入院してもっと効果的な治療をしなきゃいけないんだろうけど……。

私が、それを望んでいないから……。
　なんて答えようか迷っていると、善くんがいつの間にかうつむいていた私の肩をたたく。
「悪い、言いにくいことならいいから。でも……大丈夫だって！　愛音は、優しい女の子だし、神様も見捨てねぇよ。ぜってーよくなる！」
「……う……ん」
　私はぎこちなく笑った。
　ごめんね、これはちゃんと治療をしないと治らない。
　それがわかっているのに、私は今のままでいることを望んでいる。
　それに……神様は、罪深い私を、まっ先に見捨てるだろうから。
　『大丈夫』だと、そう言ってくれた善くんに申しわけない気持ちで、嘘をついた。
「あー……愛音、ほらポッキーでも食えって！　あ、いやチョコがいいか？　いや、その前に薬か!!」
　私を元気づけようとお菓子を手に騒ぐ善くんに、私は「ぷっ」と噴きだす。
　私は善くんの明るさに、不思議と心が軽くなった。
　自然とほころぶ私の顔を見て、善くんはうれしそうに目を細める。
「お、笑った！」
「う、ん！」
　笑うと、善くんがうれしそうな顔をする。

善くんは、誰かと一緒に喜んだり、悲しんだりできる優しい人なんだ。
「がんばれ」とか、「あきらめなければよくなる」とか。
　……口先だけの言葉で励まされるより、ずっと心に届いた。
　こんな、なにもかもあきらめてしまった私に……善くんは必死になってくれる。
　本当は、優しくしてもらう権利なんて、ないのに……。
　すごく、うれしかった。
　権利がないといいながら、私は善くんの優しさを求めてる。
「愛音は、笑った方が断然、可愛い。だから、もっと笑え、な？」
「えっ……」
　可愛いって、私のこと？
　い、いやいやいや……。
　きっと、見まちがいかなんかだろう。
　うぬぼれだと嫌だから、気のせいだとすぐに頭を振った。
「土曜日は動物園、楽しもうな！　あ、愛音が好きな猫はいないけど、さすがに。んー……じゃ、ネコ科めぐりすっか！　あーっと、ネコ科の動物ってなんだ？」
「イリオモテヤマネコですかねー、やっぱり」
「章人、適当なことを言うな。それは絶滅危惧種だ、動物園にはいないぞ」
　澪先輩はコーヒーを片手に、章人くんの間違いを訂正す

る。
「いや、動物園にいるネコ科で頼みますよ」
「善、ネコ科ならオーソドックスなライオンがいるだろう」
「あ、マジだ。そんじゃあ、明日はライオンでも見に行くか！　めっちゃでけー猫だけど」
「ふふっ、あり、がと……う！」

　罪悪感で溺れそうになるのに、善くんの一言が、その笑顔が、私をすくいあげてくれる。

　この笑顔に……救われる。

　心から、そう思った瞬間だった。

世界を変える女の子

【善side】
「善、どういう心境の変化だ」
　愛音と由真の歓迎会の間、澪先輩がそばへやってきて耳打ちする。
　先ほどまで隣に座っていた愛音は、叶多先輩と章人につかまっていた。
　ふたりは歓迎会そっちのけにして、愛音を被写体にしようとしている。
　それを遠目に見つめながら、俺は澪先輩の言葉の意味を考えていた。
　どういう心境って……。
　たぶん、澪先輩は、俺が猫の写真を撮ったり、次の被写体を生き物にしたことに対して言ってるんだろう。
　……そんなの俺だって、わからない。
　撮れないはずの物が、撮れた理由なんて。
　ていうか、俺が教えてもらいたいくらいだ。
　でも、たしかにわかるのは、愛音の存在が関係してるってことだな。
「不思議なんすけど、愛音といると、シャッターが軽く感じるんすよね……」
　本当に不思議だった。
　俺は、生き物を撮ることができない。

それは、写真部のみんなには話してある。
　くわしくは説明してないけど、いつまでも隠しとおせることでもなかったからな。
　原因は……俺の写真が、大切な人を死に追いやったからだ。

＊＊＊

　1年前、俺の母さんは末期ガンで入院していた。
　そんな母さんに元気になってほしかった俺は、母さんが好きだと言ってくれた写真をよく撮っては見せていた。
『俺、写真家になりてーな』
『あら、善にピッタリの夢じゃない』
『写真でも、家族写真とか、七五三とか……家族の思い出を残す仕事がいいな』
　風景写真もいいけど、俺はそのときそのときの大切な時間の一部、人の記憶とか、想いを残す仕事がしたいと思っていた。
『母さんは、あなたの夢を応援しているわ』
　見る人を、幸せな気持ちにできる写真家になりたい。
　そんな俺の夢を応援してくれることがうれしくて、母さんが入院中も、たくさん写真を撮った。
　辛いとき、俺の写真で前を向いてほしい。
　悲しいときは、写真を見て笑ってほしい。
　そんな気持ちで、いくつも家族写真を撮っては、母さん

にプレゼントしたんだ。

　だけど、俺が高校にあがってすぐに母さんの容態は悪化した。
『ごめん……ね……。でも、忘れ……ないで。あなたたちを、ずっと……愛してる……』
『母さん……？』
　呼びかけても返ってこない返事に絶望した。
　優しい笑顔だけを残して、静かにまぶたを閉じている母さんを、呆然と見つめることしかできなかったあのとき。
　俺は、自分が撮った母さんの写真を見つけて手に取ると、自分の犯した罪に気づいた。
『っ……』
　そこにあったのは、5枚の写真。
　1枚1枚写真をめくるたび、母さんが病魔に侵されて弱っていくのがわかった。
『あ、あ……っ』
　濃くなるクマ、こけていく頬、やせ細っていく手足。
　1枚1枚、どんどん死に近づいていく母さんの姿がそこには残されていたのだ。
『こんなっ……！』
　これは……呪いだ。
　俺が撮ったから母さんは死んだんだと、そう思った。
『なにが……思い出を残す……だよ……』
　この写真を見て母さんが思い出したのは、悲しくて辛い

現実だったと思う。
　母さんのためにと続けてきた写真は、母さんを助けてくれるわけでもなく、悲しみだけを残した。
　それどころか、母さんの命を奪った。
『母さん……俺、約束する』
　だから俺は、決めたんだ。
　俺のしたことは、母さんに絶望を与えた。
　俺は、それを償わなきゃいけない。
　だからもう、生き物を撮ることはしない。
　そのかわり、景色のように、失われないモノ、花のように失われても、また生み出されるモノ……風景写真は撮り続ける。
『写真は、俺の罪滅ぼしだ……』
　母さんを苦しめた写真を、撮り続けることで苦しむことが……俺の罰だと胸に刻んだ。

　＊＊＊

　それからだ、生き物を撮らなくなったのは。
　生きがいだった写真が、罪滅ぼしに変わった瞬間から。
　でも、愛音といたら、そんな決心が揺らいだ。
　桜を見あげた愛音の横顔があまりにも綺麗で、無意識にシャッターボタンへ指をかけていたのだ。
　でも、愛音を……人を前にしてると思った瞬間、母さんの姿を思い出して、シャッターは押せなかった。

シャッターボタンにかけた人さし指が震えて、まるで強力な接着剤で固定されたみたいにびくともしなかったのだ。
　そこで気づいた。
　俺は生き物を撮らないんじゃなくて、撮れなくなっていたんだって。
　たぶん、写真を撮るたびに、自分の残したものが誰かを苦しめてしまうんじゃないかと、怖くなったからだ。
　だけど、そんな俺の世界が、少しだけ変わった。
　愛音といると、悲しそうな顔を笑顔に変えてやりたい。
　俺の写真で、その手伝いができないかって考えている自分がいる。
　母さんのために写真を撮っていたあの頃と同じ気持ちがこみあげてきたんだ。
　あのときだって、愛音が猫をキラキラした目で見つめてるのを見てたら……。
「体が、勝手に動いたっていうか……、初めてカメラを持ったときの、ワクワクが戻ってきたみたいだった」
　そう、高揚感みたいなものを感じた。
　愛音が好きなものを残したいって思ったとたん、自然とシャッターを押すことができた。
　人はまだ撮れないけど、愛音が好きな動物は撮れた。
　もう二度と生き物は撮れないと思ってたのに、愛音のためだと思うと、こんなに簡単に撮れるなんてな……。
「お前にとって愛音は、運命の相手かもな」

「あ、それは俺も感じてるっていうか！」

　澪先輩の言葉に納得する俺。

　なんでか、愛音とは出会うべくして出会ったような、そんな不思議な繋がりを感じる。

　もちろん、根拠なんてないけど。

　しいていうなら、直感に近いと思う。

「善の世界を変える大物かもしれないぞ」

「……でも、やっぱり人を撮るのは……無理っすね」

　あの桜の木の下、この世で一番美しいものを瞳に宿したかのような、桜に魅入られた愛音の表情。

　その一瞬に心奪われた。

　あの表情の美しさに、俺はたしかに愛音を撮りたいと思った。

　だけど、蘇るのは写真の中で微笑む、母さんの姿。

　写真は必ずしも美しい思い出だけを残すわけじゃない。

　ときには、残酷な傷を残すこともある。

　目をそらしたい"死"という傷を、写真がえぐることもあるんだ。

「撮りたいって、思ったけどダメでしたよ……」

　俺はやっぱり、弱いままだ。

　なにも変わらない、きっとずっとこのまま……苦しんで生きていくのかもしれない。

「……お前が、撮りたいって思えただけで進歩だと、俺は思うがな」

「そう……すよね」

永遠なんてないと知った日から、生き物を撮ることはもう二度とないと思ってた。

だから、風景写真ばっかり撮ってきたけど……。

耳の聞こえない女の子……愛音。

どこか儚さのある愛音を見てると、母さんと姿がかぶって、消えてしまいそうな錯覚に陥った。

あのとき、猫の写真を撮ったときも、本当は愛音をレンズごしに見つめてたんだ。

「あのときは、なんでもないなんて言ったけど……」

その儚い存在を、無意識に繋ぎとめようと、カメラをかまえたのかもしれない。

人にカメラを向けたのは１年ぶりで、自分でも自分の行動に驚いたくらいだ。

桜を見あげるときの横顔も、好きな猫とはしゃぐ姿、不意打ちの笑顔も……すべてを形にして、残したいという一心だった。

「初めて、人を撮りたいって思ったんだ」

愛音のことも、愛音の好きなモノも、撮りたいって、そんな思いばかりがあふれてた。

いつか、人を……愛音のことを、撮ることもできるのかな。

そう思うと、澪先輩の言うとおり、愛音は俺のあきらめたモノを、信じられなくなった永遠を取りもどしてくれるような、そんな気がした。

「あの、善くん？」

突然、先ほどまで愛音の隣にいた、由真が俺のそばにやってきた。
「お、どうした？」
「事故にあいそうだった愛音を助けてくれたって。本当に、私の親友を助けてくれてありがとう」
「いや、俺はそんなたいしたことしてねーって！」
　頭を下げる由真に、俺は親友思いのいい子だなと思う。
　愛音、ときどきさびしそうな顔するし、耳も聞こえないから、ひとりじゃなくてよかった。
　優しい親友がいれば、安心だな。
　って、俺は愛音の保護者か!!と、自分にツッコミたくなった。
　そのくらい、最近の俺は、愛音のことばかり考えてる。
「ううん、善くんは愛音にとって、特別」
「え？　特別……？」
　迷いのない瞳で、由真が俺をまっすぐに見る。
　特別って、どういう意味だ？
　恋愛とか、そういうのとはちがいそうな由真の雰囲気に、俺の頭の中はハテナマークでいっぱいになる。
「愛音は、自分では気づいてないかもしれないけど、基本的に、私以外には自分の声で話さないの」
「え、そうなのか!?」
　愛音、俺にはわりと初対面のときからしゃべってくれてたと思ったけど……。
「そうなの。だから、善くんにしゃべりかける愛音を見て、

少しびっくりした」
「そう……そっか……そっか！」
　なんだか、俺に気を許してくれたみたいでうれしくなる。
　そんな俺に気づいたのか、由真はくすっと笑った。
「おいおい、なんで笑うんだよ？」
「べつに、愛音を大切にしてくれてるんだなってわかって……つい、よ」
「うぐっ……わ、忘れてくれ、できれば早めに頼む」
　由真に笑われて、俺ははずかしくなる。
　愛音のこととなると、なんでこんな動揺するんだろ、俺。
　恋する乙女か！！
　気色悪いだろ、俺！
　心の中で叫んでいると、由真が俺の肩に手を置く。
「どうか、愛音の心を守ってあげて」
「…………」
　……やっぱり愛音は、なにかを抱えているのか？
　由真の言葉には、切実に願うような、うまく言えないけど、そんななにかを感じる。
「あのさ、愛音って、どうしてあんなさびしそうな顔するんだ？」
　つい、気になっていたことを尋ねる。
　ときどき、なにかをあきらめたみたいにうつむいて、とりつくろうように作り笑いをしてるんだよな、愛音って。
　そんな愛音を見てると、無理に笑わなくていいのにって、もどかしい気持ちになるんだ。

耳が聞こえないことが原因なのかもしれない。
　だけど、それだけじゃないような……なにか予感めいたものがあった。
　どこか影を背負った、小さくて華奢な女の子。
　さびしさを映したような瞳を見るたび、心臓を鷲づかみされたみたいな息苦しさを感じる。
　今にも壊れてしまいそうな愛音は、どうしても儚く命を散らした母さんの姿に重なって……。
　失ってしまわないかと、怖くなるんだ。
「……それは、私からは言えない。愛音が、無理してでも隠したいことだから」
「あ……悪い、そうだよなっ」
　由真だって、そう簡単には言えないよな。
　それに、俺が他人から聞いたって、意味がない。
　俺が、直接愛音に話してもらえるように、もっと信頼されるような、頼れるような男にならねーと。
「ごめんね、ただ……愛音を変えられるのは、たぶん善くんなんだと、思うんだ」
「俺が、愛音を変える……？」
　俺を変えてくれるかもしれない女の子。
　その女の子を変えるのも、俺かもしれないだなんて。
　やっぱり、不思議な運命を感じる。
「だから、どうか……」
　そう言った由真も、悲しげな顔をしていた。
　それに、愛音がなにか大きなものを背負っているんだと

わかる。
「俺にできることなら、なんでもするって約束する」
「善くん……」
「俺が、そうしてーんだ。愛音を見てると、なにかしてやりたくて、たまらなくなるし……」
　そう、俺は愛音の心からの笑顔が見たい。
　とりつくろったような笑顔じゃなくて、思いっきり、破顔するほどの笑顔を。
「そっか、ねぇそれって、どうしてなのかしらね？」
「え……」
　突然吹っかけられた問いに、俺はとまどう。
　どうしてって、それは……どうしてだ!?
　愛音のこと、出会ってすぐに気になってた。
　でも、その意味について考えたことは、なかったな。
　この"気になる"って、どういう意味があるんだ？
　由真の問いは、予想外に難題だった。
「いつか、わかるといいわね。ふふっ、話を聞いてくれてありがとう」
　俺が答えられないとわかったのか、由真は笑った。
「いつかって、由真はわかってるみたいに言うんだな？」
「えぇ、もちろん。それがわからないほど、ウブでもないし」
　大人の余裕、そんな笑みを感じさせる由真に、俺はただひたすらに首を傾げるのだった。

　愛音のこと、もっと知りたい。

そばにいて、支えてやりたい。
　俺にできることがなんなのかはわからないけど、できることはなんでもしてやりたい。
　そう思う理由は、よく自分でもわからないけど……。
　愛音と、母さんの表情が重なるからなのか、それとも俺を変えるかもしれない女の子だからなのか……。
　どちらにせよ、俺は鈴原愛音という女の子が、気になってしょうがないんだと、あらためて実感した。

第 2 章
誰しも
悲しみを抱えて

そばにいさせて

【愛音side】

　翌日の放課後、部活で善くんとやってきたのは、おととい一緒に見た桜の木がある裏庭だった。

　私にとっては、今日が初めての部活。

　カメラは善くんに借りて、準備は万端(ばんたん)だ。

　なにを撮ろうかと、子供みたいに心を踊らせながら、隣に立つ善くんを見た。

【善くん、今日はなに撮るの？】

　私はノートに書いた文字を善くんに見せて、首を傾げる。

「…………」

　するとなぜか、善くんは私を見つめたまま黙りこんでしまった。

　え、善くん、どうしたの……？

　私、ヘンなこと聞いちゃったのかな……。

「善、く……ん？」

　沈黙に耐えきれずにもう一度声をかけると、善くんはハッとしたように瞬きを繰り返した。

　あ、現実に戻ってきたみたい。

「ちょっと、今の首を傾(た)げる感じが可愛くて……つい」

「え……？」

「ふとした瞬間に、男心をつかむよなぁ、愛音って……」

　あれ、まだボーッとしてるみたい？

さっきからぶつぶつとつぶやいてる。

なにを言ってるのかわからないけど、私は善くんの服の袖を引いた。

【戻ってきて？】

現実に、今すぐに。

そんな意味を込めて、書いたノートを善くんに見せる。

「お、おう……ごめんな、挙動不審で」

そんなことないよと、首を横に振ってみせると、善くんは苦笑いで「ありがとう」と言った。

「そうだな、愛音はなにを撮ってほしい？」

「え？」

気を取り直した善くんに、逆に質問されてしまった。

まさか、こう切り返されるとは……。

うーん、意見を求められることは苦手だな。

だって、私の意志が通ってしまったら、私が自由に生きていることになりそうで……怖い。

ささいなことかもしれない。

でも、どんなに小さなことでさえ、私はいつも自分に問いかける。

本当に望んでいいことなのか、自分の犯した罪を忘れていないかと。

今も、善くんの質問に答えていいのかと、迷っていた。

償って生きていくと決めたけど、お父さんへの罪悪感が私の心を黒く染めあげて、耐えがたい苦しみを連れてくる。

考えこんでいると、私はふと善くんからもらった写真の

ことを思い出して、カメラを入れていた手さげバッグから取り出した。
　落ちてくる桜の花びらを見あげる猫の写真。
　この写真を見て思い出すのは、猫に会えた喜びや、桜の美しさに感動したこと、善くんのそばにいたいと思ったこと。
　善くんの写真は、見ると幸せな気持ちを思い出させてくれて、胸をポカポカと温かくしてくれる。
　私が心惹かれたモノが、心に残したいと思ったモノがなんなのか、善くんには想像できる力があるんだ。
　だからこそ、見る人にとって大切な一瞬を、善くんには切り取ることができるんだろう。
　だからこそ……。
　罪悪感を抱えながらも、私は善くんが撮る写真をもっと見たいって思う。
　それは、お父さんへの裏切りになってしまうのかな。
「それ、俺があげた……」
　取り出した写真を見て、善くんが驚く。
「こ、れ……たか、ら、もの……」
　大切に胸に抱きしめれば、善くんの顔が桜のようにピンク色に染まった。
「っ……そ、そうなんか！　あ、ありがとな！」
　善くんが照れている……。
　って、私今、とてつもなく大胆なことを言ってしまったんじゃ……。

宝物なんて、まるで善くんのことを特別に想ってるみたいな言い方……。
　好きだって、遠回しに言ってるみたいだよね……!?
　自分がとんでもないことを言ってしまったことに気づいて、今度は私の顔がカッと熱くなった。
「ご、ごめ、んねっ」
　わぁ、私、なに言っちゃってるんだろう。
　はずかしい……。
　でも、本心だからポロッと口に出てしまったんだと思う。
　私の心を温かくしてくれた宝物。
　なにより、善くんがくれたプレゼントだから、なおさら大切にしたいって思うんだ。
　そう思うのはなぜなんだろう……。
「…………」
「あ、いや……ハハ……」
　無言の私と空笑いする善くん。
　お互いになんだかはずかしくなって、スッと視線をそらす。
　そらした視線の先にある桜の木は、ほとんど花が散って、青葉が顔を出している。
　こうして季節は春から夏へと巡っていくのに、私の心は過去に囚われたまま。
　私だけが、同じ場所で足踏みしている。
　どこへも、進めないままだった。
　切ない気持ちで桜の木を見あげていると、トントンッと

善くんに肩をたたかれる。
　そういえば、善くんはよくこうして、私にボディータッチをしてくれる。
　やましい意味ではなくて、これから話すよって合図をくれるんだよね。
　こういう善くんの気遣いに触れるたび、私は温かい気持ちになるんだ。
「愛音、なんで猫が好きなの？　前にモフモフしてるからって言ってたけどさ、他にも理由があんのか？」
「え？」
　唐突だな、そう思った。
　私は、手持ちの猫のノートを見つめて、小さく笑う。
【猫が足に擦り寄ってくるのはどうしてか、知ってる？】
　私はノートに書いて善くんに見せる。
　すると、善くんは一瞬悩んで、「甘えてるとか？」と答えた。
　私は首を横に振って、またノートに返事を書く。
【独占欲(どくせんよく)の現れなんだって】
「ど、独占欲？」
　驚いている善くんに私は笑う。
　こんなに可愛い顔して、意外と策士(さくし)なんだ、猫さんは。
　これは猫好きの豆知識みたいなものだけど、こんな風に人に話すことになるとは思わなかったな……。
【私は、音が聞こえない分、口の動きと表情、体の動きをよく見るようにしてるんだけど……】

「うん」
【そんな風に行動に表してくれると、私はすごくわかりやすい】
　こんなことを考えてるんだろうな……とか、今のはこういう気持ちだったんだろう、とか……。
　人は感情が複雑で、わかりにくい。
　だけど、猫は欲求にまっすぐでわかりやすいんだ。
【こうしてすり寄ってきてくれると、うれしいの。僕にはキミが必要なんだって、言われてるみたいで】
　筆談でそう伝えると、善くんは私のシャーペンを握る手に自分の手を重ねた。
　不意打ちの行動に、心臓が跳ねた。
　びっくりして手を引っこめようとすると、さらにギュッと握られる。
「あっ……！」
「俺にも、愛音が必要なんだけど」
「えっ……」
　驚いて善くんの顔を見つめ返すと、やけに真剣な瞳が向けられていることに気づく。
「これからは、俺もちゃんと伝えられるようにする。愛音に、俺のこともっと好きになってほしいからな！」
「っ……」
　——ドキンッ。
　この"好き"には、とくに深い意味はないことはわかってるけど……心臓に悪い。

善くんって、天然タラシだったりして……。
　どう答えればいいのか困っていると、善くんが「あ」と声をあげて、桜の木の方へ視線を向けた。
　すると、そこには子猫が2匹、しっぽを垂らしてなにかを見つめていることに気づく。
　え、どうしたんだろう……。
　ドクンッと、心臓が嫌な音を立てて、背中に冷や汗が伝う。
　もしかして、母猫になにかあったんじゃ……。
　不安になって善くんのワイシャツの袖を引けば、「行ってみよう」と神妙な面持ちで善くんがうなずいた。
　そして、私たちが桜の木へと歩きだすと、驚くべきものを目にする。
「あ、れ……」
　先に見つけたのは私だった。
　木の陰から見えた、おそらく母猫だろう猫の足もとに寄りそう子猫。
　母猫は寝ているのか、木の陰から足だけ伸びているのが見えた。
　母猫の顔は木が邪魔をしていて、回りこまないと見えない。
「なんだ、やけに鳴いてるな……」
　善くんは不思議そうな顔でそう言った。
　猫、鳴いてるんだ……。
　善くんが言うなら、そうなんだろう。

私には聞こえないけれど……。
　善くんが歩きだすのに合わせて、私も木のうしろへと回りこむ。
　そこで、私たちは息をのんだ。
「う、そ……っ」
　寝ていると思っていた母猫は、固く目を閉じて死んでいるようだった。
　死を受け入れられないのか、2匹の猫は横たわる母猫に寄りそっている。
　子猫は"鳴いて"いたんじゃない、母猫の死を悼んで"泣いて"たんだ。
　それに、この母猫は……。
　私は、手に持っていた写真を見つめる。
　……あのとき、頭をなでてあげた猫だ。
「愛音、大丈夫か……？」
「っ……う、ん……っ」
　善くんが、私の頭をなでてくれる。
　それに甘えるように、私は涙をこぼした。
　私が、この猫に関わったから？
　そんなの考えすぎだって思うけど、私の周りの人間はみんな不幸になっているような気がして、不安になる。
　体から力が抜けたとたん、写真が手からこぼれ落ちる。
　それを視線で追うと、眠る猫の傍<ruby>ら<rt>かたわ</rt></ruby>にハラリと落ちた。
「あっ……」
　落ちてしまった写真を拾おうと手を伸ばすと、隣にいる

善くんの体がビクッと震えたのがわかった。
　私は驚いて善くんの顔を見あげる。
「うっ……ぐっ……」
「善、く……ん!?」
　善くんの顔はまっ青で、カタカタと震えたまま、なにかを一心に見つめている。
「俺っ……!」
　叫びながらガクッとしゃがみこむ善くんに、私は頭がまっ白になって立ったまま動けなくなった。
　な、なにっ!?
　善くんに、なにが起きてるの……?
「お、れ……また……また……っ」
　そうつぶやきながら、善くんは写真に手を伸ばした。
　そして……思いもよらない行動を取った。
　ビリッ!!と、写真をまん中から破ったのだ。
「善……く、ん!?」
「俺がっ……こんなもの撮ったからっ!!」
　まるで、なにかに取りつかれたかのように、半分にするだけじゃ飽きたらず、何度も何度も写真を破ってしまう。
　それは、散った桜の花びらみたいに、地面に悲しくハラハラと落ちていく。
　大切な一瞬が、この写真に込められた想いまでもが消えてしまいそうで、胸が引きさかれそうになった。
「またっ……俺はっ……の、せいでっ……」
「善、く……ん!　もう、やめ……っ」

「また、俺は同じことを繰り返すのか……！」
　善くんは、なんのことを言ってるの……？
　写真を破る善くんの方が、辛そうだった。
　私は、その姿を見つめながら泣きそうになる。
　善くんの抱えているものの片鱗(へんりん)を見た気がした。
　そして今、その傷を目の当たりにしてる……。
「俺が撮ると、みんな……死んでしまう……！」
「え……」
　それって、自分が写真を撮ったから、猫は死んじゃったんだって思ってるってこと？
　善くんがこんなに取り乱すなんて……。
　ねぇ、善くん。
　善くんは、どれほど大きく深い傷を抱えてるの？
「善、く……ん……」
　私は善くんの前にしゃがみこみ、壊れ物に触れるように優しく、そっと手を握りしめる。
「愛音っ……？」
　写真を破る手が止まって、私は少しだけホッとした。
　善くんがこれ以上、自分を傷つけずに済む気がしたから。
「善、くん、の……せい、じゃ……な、い」
「っ……ちがうんだ、ちがうんだ、愛音っ……俺のせいなんだよ……」
　どうして……善くんは、かたくなにそう思うんだろう。
　それは、消せない過去がそう言わせてるの？
　断言する善くんはきっと、深くて、決して癒えることの

ない痛みを抱えているのだと悟った。
　善くんの過去になにがあったんだろう。
　私は……こうして苦しんでいる善くんに、なにができる？
　どうしたら、その痛みを和らげてあげられる？
「……俺がっ……こいつを撮ったりしたからだ……っ」
「…………」
　そんな……。
　善くんはただ、キレイだと思ったモノ、残したいと思った瞬間を写真に撮っただけじゃないの？
　それだけなのに、どうしてそんな風に自分を責めるの？
　もう、自分で自分を傷つけないで……。
「わかってたはずなのにっ……」
「ちが、う……」
　私はたまらなくなって、善くんの頭を胸に引きよせた。
　地面に膝をついて、善くんを包みこむように抱きしめる。
　自分でも驚くくらいに大胆な行動だった。
　衝動的に、善くんを守らなきゃって体が動いていた。
「この子、に……とって……写真は……、生き、た……あかし……」
　善くんの顔は見えないから、私が一方的に話す。
　それでも、善くんに、届けたかった。
　善くんのしていること、大好きな写真を否定しないでって。
　だって……傷を抱えていても撮り続けているのには、

きっとなにか理由があるはずだから。
「善、くん、は……私、にも……あの、とき……の、感動、残して、くれ、た……ん、だよ」

　たどたどしい、きっと音程もおかしい私の言葉だけど、善くんに届くように必死に言葉にする。

　学校でこんなに話すのは、久しぶりかもしれない。
「愛音……」

　善くんが、そっと顔をあげて私を見つめる。

　私は安心させるように笑みを浮かべた。

　不安そうに私の名前を呼ぶから、私は善くんの頬を両手で包みこむ。
「善、く……ん……」

　私の体温で、冷たく冷えきった善くんの心も温められればいいのに……。
「この子……と、別れる、のは……かな、しい……。けど、忘れ、たく……ない、から……写真、見て、思、い……出す……よ」
「……この写真を見るたびに、辛い気持ちになるのに……か？」
「悲し……く、ない……別れ……なんて、な……い。それ、でも……生きて、いく……」

　どうしたら伝わるだろう。

　どんなに辛くても、生きていかなきゃいけない。

　それが、罪滅ぼしのためだとしても、どんな理由でも。

　生きることは、死ぬことよりも苦しくて難しい。

でも、死んだら償うことすらできなくなる。
そうしたら、本当に私の命には、なんの価値もなくなってしまう気がするんだ。
今の私を生かしているのは、過去に犯した罪と、それによって与えられた罰だから……。
「愛音……」
「だか……ら、人は……思い出……を、糧に、生き……る」
「え……」
「善、くん……の、した……こと、残され、た人……に、希望……作ったんだ……よ」
善くんは、私にこの子との思い出を形として残してくれた。
私は悲しくても、それを思い出して、生きていけるから。
「……俺、まだ怖いんだ、きっと……。それでも、愛音の言葉なら、信じられる気がする……」
「う、ん」
「悪い、もう少しこうしていいか……？」
私は、善くんの言葉を待たずに、ギュッと抱きしめる。
善くんは……ひとりじゃないよ。
私みたいな、最低な人間でもいいのなら……。
こんな私でも、善くんが必要としてくれるなら。
「そば……に、いる、よ……」
「っ……」
善くんの体がビクッとまた震える。
私の背に回された腕に、いっそう力が入ったように思え

た。
　不思議……。
　誰かのためにできることがあるって、こんなにも満たされた気持ちになるんだな。
　ねぇ、善くん……。
　私は、善くんになにができるだろう。
　瞳を閉じて、腕の中にある体温にキミの存在を感じる。
　私は善くんにもらってばかりで、恩返しをしたいのに、うまくできない。
　震えるキミに……私ができることはなに？
　そんなことを考えながら、少しでも善くんの痛みが和らぐようにと抱きしめ続けた。

＊＊＊

　家に帰って、私はビリビリに破かれた写真を机の上に置いた。
　これは……徹夜（てつや）になるかも。
　机の上に並べられたセロハンテープ、のり、はさみ。
　手もとを照らす、机のランプ。
　あるものすべて、そろえてみた。
　そして、善くんが撮ってくれたあの子の写真。
　私が土で汚れた写真の欠片（かけら）を全部拾って、持ち帰ったのだ。
　もちろん、これからできる限り、もとの形に戻せるよう

がんばるつもり。
　あの子の亡き骸は、善くんと一緒に桜の木の下に埋めてあげた。
　子猫はしばらくその場を離れずにいて、私たちふたりと2匹でその死を悼んだ。
　来年咲く桜を見て、この写真を見て、きっとまたあの子を思い出すだろう。
　それは、悲しいだけじゃなくて、きっと楽しい気持ちにもさせてくれると思う。
　だって、あの子と過ごした時間は幸せだった。
　あの子と出会った日は、私が写真部に入ろうと思った大切な日でもあるから……。
　セロハンテープで写真を繋ぎ合わせていると、ふと、あのときのとり乱した善くんの姿を思い出す。
『……俺、まだ怖いんだ、きっと……。それでも、愛音の言葉なら、信じられる気がする……』
　いつも私を笑顔で守ってくれた人が、怖いと泣きそうな顔をしていた。
　……誰もが、心に傷を抱えている。
　大小に関わらず、きっとみんなが少なからず痛みを抱えて生きているんだ。
　見たくないもの、触れたくないものに触れるのは……苦しい。
　でも、あの太陽みたいに笑う善くんにも、想像できないくらいの傷があるんだと思うと、切なくなるんだ。

私は、苦しんでもしょうがない人間だけど、どうして善くんみたいな優しい人が傷つかなきゃいけないの……。
　世の中は理不尽だ。
　バラバラになった写真のかけらを手に、私は深くため息をつく。
　善くん、今もひとりで苦しんでないかな……。
　どうか今夜は、善くんが少しでも心安らかに眠れますように。
　窓から見える月に、そう願った。

　＊＊＊

　次の日、学校へやってくると、下駄箱で善くんのうしろ姿を見つけた。
　駆けよってその服の袖を引っぱると、驚いた顔の善くんが私を振り返る。
「愛音‼」
「おは、よ、う！」
　善くん、今日はスッキリした顔してる。
　よかった……本当によかった。
　善くんの顔を見たらホッとして、その場に崩れ落ちそうになる。
「あ、おい、愛音っ‼」
「ご、ご、め……」
　私の体をとっさに支えてくれる善くん。

その反動で、私のカバンからハラリとなにかが落ちた。
「愛音、これ……」
　それは、私がセロハンテープで繋ぎ合わせた写真だった。
　私はそれを拾って善くんに見せる。
「私、の……宝も……の」
「愛音……これ、大変だっただろ……?」
　写真を見つめたままそう言った善くんは、泣きそうな顔をしていた。
「全、然」
　気にしてほしくなくて、笑ってみせると、善くんの手が私に伸ばされた。
　え……?
　驚いていると、その手はポンッと頭の上にのる。
「目の下、クマできてる」
「うっ……う、そ……」
　両手で目の下に触れてみる。
　朝、鏡見たけど……そんなにひどかったかな。
　こんなの見られちゃうなんて、女の子としてはずかしい。
「無理しやがって……本当に目が離せねぇな」
　え……?
　いつも無邪気な善くんとは少しだけちがった大人っぽい表情をしている。
　また、新しい顔を知って、胸がドキドキする。
「でも、それが俺のためだなんて、可愛くて怒れねぇ……はぁ」

今度は、ため息ついた……!?
　私のしたこと、善くんにとっては迷惑だったのかな。
　不安ばかりが募る。
　善くんは私をジッと見つめると、困ったように笑った。
「愛音は、不思議だな。俺の取りつくろってたもん、全部崩してっちゃうんだからさ」
「う、ん？」
　言っている意味がわからなくて首を傾げると、善くんはプッと噴きだす。
「愛音は、そばにいるだけで俺を救ってくれてる……」
　それは、善くんが私を必要としてくれているからこその言葉のような気がした。
　ねぇ、善くん……。
　私が善くんにできることはなんだろう。
　私がそばにいることでキミが救われるというのなら、ずっとそばにいるよ。
　善くんが必要だと思わなくなるまで、ずっと……。
　そんなこと考えながら、一緒に教室までの道のりを歩き出す。
「善、く……ん」
「ん……？」
　名前を呼ぶと、私の一歩前を歩いていた善くんが振り返る。
　私は隣を歩く善くんのそばにピッタリと寄りそった。
「今日、部活……楽、しみ」

「おぉ、写真部の楽しさがわかってきたか!」
　うれしそうに目を輝かせる善くんに、私までうれしくなる。
「う、ん!」
「今度はさ、愛音も一緒にやってみよーな!　俺が教えてやるからさ!」
「ふふっ……あり、がと……う」
　顔を見合わせて笑い合う。
　善くんの、いつもと変わらない太陽の笑顔を見つめながら、切に願った。
　どうか、善くんからこの笑顔を奪わないで……と。
　そう、心の底から思ったのだ。

キラキラ太陽の笑顔

【愛音side】

見たくないもの、触れたくないもの。

私にとってそれは……お父さんとの思い出、記憶のすべて。

写真部で動物園に行く日の朝、私はリビングへ向かう途中に、お父さんの部屋の扉が開いていることに気づいた。

お母さん、たまに部屋に入ってるのかな？

お母さんは、お父さんがあんな風にお酒に依存しても、暴言を吐いても、変わらずお父さんに優しく接してた。

お母さんにとってお父さんは、今でもずっと愛した人なんだ。

でも、私には理解できない。

傷つけられても、好きになったときとは変わった姿になってしまっても、人は愛を失わずにいられるものなの？

愛しているのならなおさら、この部屋に入るのは辛いだけだ。

嫌でも、お父さんが死んだことを思い出すから。

それとも、お母さんは探してるんだろうか。

自分が好きだったお父さんの面影を。

だとしたら、ここはお母さんにとって、お父さんを思い出せる唯一の場所なのかもしれない。

でも、私にとっては……どうだろう。

この部屋は、私とお父さんとの思い出が、色濃く残っている場所……。
『愛音が大きくなったら、この宝箱は愛音のものだよ』
　　まぶたを閉じれば思い出す。
　　お父さんの机の、一番下の引き出し。
　　そこは、お父さんが私やお母さんには秘密でなにかを隠している、不思議な引き出しだった。
　　幼い私は、お父さんの部屋に誰もいないのをいいことに、純粋な好奇心でそれを見ようとしたことがあった。
　　けれど……。
『大きくなったら、愛音にだけあげるよ。だから今はまだ秘密だ』
　　このときのお父さんは、困ったように笑っていたっけ。
　　ずっと怒鳴っていた記憶しか残ってなかったけど……こうして笑いかけてくれたこともあったのを思い出した。
『ええっ、本当にくれる？』
『あぁ、約束する』
　　お父さんと交わしたいつの日かの約束。
　　小さい頃、私だけにくれると言った宝箱。
　　それが、まだここにある。
　　あのときの記憶は温かい。
　　でも、私のせいでお父さんは死んで……。
　　あの温かい思い出が、今は私を罪悪感で苦しめるから残酷だ。
　　でも、触れたくないものだけど、あの宝箱の中身が、優

しかったお父さんが大きくなった私になにを残そうとしたのかが……気になった。

そういえば、前もこんな風に扉が開いていたことがあったなと、取っ手に手をかけると……。

「っ……ーーー、ーーー……っ」

少しだけ開いた扉の隙間から、床に座りこんで泣くお母さんの姿が見えた。

その顔は両手で覆われていて、見えないけれど、その震えている肩に、泣いていることは明白だった。

「おか……さ……ん……」

小さくつぶやいた私の声は、お母さんには聞こえていないのか、こちらを振り返らなかった。

部屋をのぞかなければよかった。

時間を巻きもどせるのなら、お父さんに『いなくなれ』と言ったあのときの私を、必死に止めるだろう。

お父さんにあんなひどい言葉をかけさせないために。

お母さんをこんな風に、ひとりで泣かせないために。

でも、そんなこと……考えてもムダだ。

あの日には戻れない。

罪は消えない。

死んだ人は蘇らないのだから。

私は、こみあげてくる後悔に、その場から動けなくなる。

お母さん……。

もしかして、今までもこうして、ひとりで泣いていたの？

私に、ずっと隠して……。

ズキズキとした痛みが、胸を襲う。
両手で胸を押さえてみても、痛みがおさまることはない。
私が、私がお父さんを……殺したから。
だから、お母さんが泣いているのは、私のせい。
「ごめ……ん、ね」
少しだけど、私だけが善くんたちと楽しい時間を過ごしてしまったこと。
それが、ひどく罪深いことに思えて、私の心を鋭くえぐった。
だって、私が幸せな時間を過ごしているとき、お母さんはひとりで泣いていたのかもしれないから。
でもお母さんは、どうしてあの人のために泣けるのだろう。
お酒ばかり飲んで、仕事もしない、お母さんを苦しめ続けた人なのに……。
それでも、お母さんはお父さんを大切に思ってたんだ。
ううん、私にとっても、お父さんは……大切な……家族。
その記憶があるから、なお、苦しくて痛い。
私は、ゆっくりと扉から離れる。
そして、リビングへと向かった。
でも、お母さんが戻ってきたら、なんでもない顔で、いつもどおりの私でいなきゃいけない。
泣きそうな、この情けない顔を見せないようにしなきゃ。
笑顔をつくろって、私は顔をあげる。
笑顔は、私の弱い心を隠すための仮面だと思った。

そんなことを繰り返しているから、いつからか……本当の笑顔がどんなものだったのか忘れてしまった。

だからかな、善くんの笑顔が、太陽のようにまぶしく感じたのは……。

私のニセモノの笑顔とはちがう、本物の笑顔だったから輝いて見えるんだ、きっと。

「……ふぅ」

小さくため息をついて、ゆっくりとリビングのイスに腰かける。

今日、動物園に行ってもいいのかな、私。

悲しんでいるお母さんをひとり残して出てしまって、いいの……？

ううん、そんなこと、できないよ……。

泣いてるお母さんのそばにいてあげたいから……。

そしてなにより、お母さんの悲しみは私のせいだ。

罪悪感が……お母さんを泣かせた罪から逃げるな、目をそらすなと私を引きとめる。

私は、今日の誘いを断ろうとスマホを取り出した。

「あら、愛音？」

そこへ、お母さんがなにごともなかったかのような顔でリビングに入ってくる。

私の前で涙を見せないようにすることが、どれだけ辛いか……。

泣き叫んでしまいたい気持ちを胸に無理やり押しこめて、平静を装うのは、痛くて苦しいはずなのに。

ズキンッと罪の針がまた、心臓を突いた。
それでも、私はいつもどおりを装うんだ。
お母さんと同じ、大切な人に傷ついてほしくないから。
「今日、動物園に行く日じゃなかったの？」
「……断ろう、と……思う」
「え、どうしたのよ、突然」
「っ……それ……は……」
理由を尋ねられても、答えられない。
お母さんをひとりにはできないからだよ……。
でも、そんなこと言えない。
お母さんのためなんて言ったら、今度はお母さんが罪悪感を感じてしまうから。
なんて言っていいのかわからなくてうつむくと、肩に手を置かれる。
顔をあげると、お母さんは優しく微笑んでいた。
「……愛音のしたいことはなに？」
「え……？」
「お母さんは、愛音のやりたいことをやってほしい。写真部に入るって言ったときの愛音、すごく楽しそうだったもの」
お母さん……。
私のこと、いつも見ていてくれる、唯一の家族。
自分からなにかを望むことは苦手だ。
だって、それだけで罪を犯しているような気になるから。
でも、もし望んでもいいなら……。

私、写真部のみんなに会いたい。
「私は、あなたがなにも縛られず、幸せでいることが幸せなの」
「お母……さ、ん」
「ほら、愛音。準備して、行ってらっしゃい」
　「ほら」と、イスから立つよう促し、カバンを渡すと、お母さんは私の背中をグイグイと押した。
「帰ってきたら、たくさん話を聞かせてね」
　悲しくても、辛くても、笑顔でいるお母さん。
　すごく、強い人なんだと思った。
　でも、辛いなら、辛いって言ってほしい。
　私を責めたいなら、罵声を浴びせるくらいに責めてほしい。
　優しくされるたびに、私は罪悪感で胸が痛くなるから。
　心で泣いて、私の前では必死に笑うお母さん。
　その痛みが、私のものであればいいのに。
「行ってらっしゃい、愛音」
「行って……きま、す」
　その笑顔が、私の罪そのものに見えて、目をそらす。
　そして、逃げるように待ち合わせの場所へと向かった。

　待ち合わせ場所である学校の最寄り駅の前には、カップルのデートスポットである公園がある。
　スマホの時間を確認すると、【AM 08:56】の表示。
　さっきまで行かないつもりでゆっくりしてたから……待

ち合わせの9時まで時間がない。
　カップルだらけだから本当は通りたくないけど……公園を突っ切ると近道なのだ。
　私は、仕方なくその公園を突っ切って、待ち合わせ場所へと走る。
「はぁっ、はぁっ」
　運動は苦手で、しかも今日に限って、グレーのカーディガンに花柄ワンピースを着ていたため、スカートがひるがえりそうで走りにくい。
　さらに、靴はパンプスだから、さっきから何度も脱げそうになる。
　全力で走っていると、急にポンポンと肩をたたかれた。
「えっ……」
　振り向くと、そこには……。
「おはよ！　つか、愛音も寝坊？」
「あっ……善……く、ん！」
　そこにいたのは、白のニットに、デニムのパンツ、黒のリュックとスニーカー姿の善くんだった。
　さ、さわやかっ!!
　普段の制服姿とはまたちがって、カッコいい。
　身長も高いし、モデルさんみたい……。
　善くんって、やっぱりカッコいいよね。
　意識すると、善くんの隣を走っていることが急にはずかしくなってきて、少しだけ距離をとる。
「えっ、愛音、なんで離れてくんだよ!?」

「な……んと、なく……」
「なんとなく!?」
　驚きの声をあげる善くんに、「本当は善くんがカッコいいからだよ！」とツッコミたくなるのを必死に抑える。
　善くんがカッコイイからだよ。
　そんなこと、死んでも言えない……。
　言ったら最後、自分の体温でアイスクリームみたいに溶けて消えちゃいそうになると思ったから。
「つか、今日の愛音、マジ可愛いな！　女の子って感じ！」
「あっ、あ、の……っ」
　離れていく私にまた近づいて、今日の服装を褒めてくれる善くん。
　うう、近づかないでっ。
　善くんの輝きがまぶしくて私の存在が霞むからっ。
　善くんのイケメンオーラは、あきらかに人目を引いている。
　その横で、私は今にも消えてしまいそうなほど縮こまってしまう。
「いや、いつも可愛いんだけど、今日はもっと可愛いんだよなぁ～、俺の癒やしだわ！」
　善くんは、自分がはずかしいことを連呼していることに気づいていないみたいだけど……。
　そんな、可愛い、可愛い言わないでほしい。
　はずかしくて、頭がどうにかなっちゃいそう……っ。
　手放しで褒められることに慣れていない私は、ヘンな汗

ばかりかいていた。
「てか、本格的に遅刻するな、これ。愛音、手貸して!」
「えっ……」
　私の返事を待たずに、善くんが私の手をつかんだ。
　まさか、私の手を引いて走るつもりじゃ……。
　そんな、善くんだけなら間に合うのに!
「私、はっ、置いて……って!」
「は!? なに言ってんだよ、そんなことできるわけないだろっ!　ほら、愛音、行くぞ!」
　私の意見なんておかまいなしに、全力で走りだす。
　今、周りにいる人たちは、私と善くんをどう見てるんだろう。
　こうして手をつないで走っていると、恋人同士みたいだな、なんて、ありえないことを考えた。
「愛音、ダッシュ!」
　振り返った善くんが、そう言ったのがわかった。
　ええっ、そんな無茶苦茶なっ。
「む、りっ」
「俺がいるから、ぜってー大丈夫!」
　善くんの笑顔に押されつつ、足がもつれそうになりながら、必死に走る。
　そうして私たちは、約束の時間ピッタリに、みんなが待つ待ち合わせ場所に着いた。

　ガタンッ、ゴトンッと揺れる電車が、動物園の最寄り駅

に向けて走る中、私の両隣には善くんと由真が座る。
　それに続くように、写真部のみんなは横並びにイスに座った。
　部活といえど、基本自由に活動しているせいか、笹野先生の付き添いはない。
　今日は半分遊びみたいなところもあるし。
　でも、せっかくだから、笹野先生も含めて全員で動物園に行きたかったな。
　みんな一緒なら、もっと楽しくなるだろうから。
「それにしても善、俺はつねづね、10分前行動を心がけろと言ってきたはずだが？」
　善の方へ顔を向けた澪先輩があきれた顔をした。
　そうだった、10分前行動が基本の澪先輩からしたら、時間ピッタリ到着は完全にアウトだ。
　私は大目に見てもらえたけど、善くんは常習犯らしく、お説教されていた。
「本当に時間にルーズですよね、善先輩。なんでここまで適当になれるのか、正直、理解不能ですよ」
　澪先輩に続いて、先輩への発言とは思えないほどの鋭い一言を浴びせた章人くん。
「わ、悪かったって！　寝れなかったんだよ、昨日！」
「遠足前の小学生ですか、アンタは」
「なんだよ、章人は楽しみじゃなかったのかよ？」
「楽しみでしたよ、この顔を見てわかりませんか？　この、喜びに緩む顔を見てくださいよ」

それはもう、無表情で答える章人くん。
　　それを見た善くんは、「どこが緩んでんだよ！」と、あきれた顔をした。
「お前の顔は、いつもどおり凝りかたまってるっての！」
「まぁまぁ、章ちゃんの凝りかたまった顔は、もとからだって！」
　　善くんの隣に座っている叶多先輩が、笑いながら毒を吐いた。
「あのー、叶多先輩が一番ひどいっすから」
「そんな、褒めないでよ♪」
「ダメだ、話が通じてねぇ！！」
　　腕にもたれかかる叶多先輩に、頭を抱える善くん。
　　たしかに、叶多先輩が一番ひどい。
　　それにしても、写真部ってにぎやかだなぁ……。
　　ワイワイ騒ぐのは苦手だったんだけどな。
　　私は知らなかったんだ。
　　誰かと"楽しい""うれしい"を共有できる幸せを。
　　今は、みんながいないとさびしいって思う。
「にぎやかだね、愛音」
　　私の隣にいる由真が話しかけてくる。
　　由真も同じことを考えてたんだ……。
　　それに、クスクス笑いながらうなずいた。
「おいそこ！　コソコソ笑って、俺も交ぜろよな！」
　　それに気づいた善くんが、私たちに声をかける。
「わっ……」

隣にいる私は、必然的に善くんとの距離が近くなる。
　それが思いのほか近くて、顔が熱くなった。
「あ、ごめん！」
「…………」
　善くんもそれに気づいて、あわてて顔を離す。
　私は赤い顔を見られないようにうつむいて、首を横に振った。
　なんでかな。善くんの笑顔は、心臓に悪い。
　その笑顔を見ると、気持ちがフワッと浮きあがって、目なんて合ったら最後、心臓が止まりそうになる。
　私は胸に手を当てて、そっと息を吐いた。

「おーっ、動物園‼」
「僕、レッサーパンダ見たいなっ」
　動物園に到着すると、善くんと叶多先輩が興奮したようにバンザイする。
　動物園……。
　リスいるかな、それからウサギとか。
　大きい動物より、小さくてフワフワしているのがいい。
　私は小さい動物が好きだから、撮るなら小動物と決めていた。
　今日は、私も由真も部活で貸し出してもらったカメラを持って参加している。
　ワクワクしながら、キョロキョロと周りを見渡していると、軽く手を引かれた。

顔を向ければ、善くんがイタズラな笑みを浮かべていた。
「ん……？」
「まずは別行動だって。お昼にここ集合になったから」
「あっ……」
　いつの間にか、そんな話になっていたらしい。
　聞こえないから、気づかなかった。
「俺と行こうぜ、愛音！」
　善くんと……。
　それは、すごく魅力的なお誘い。
　善くんといれば、きっと楽しいに決まってる。
　迷わずにそう思った。
「う、ん！」
「よっしゃ、なら行こうぜ！　ここに留まってると、他のヤツらが愛音と回りたいって騒ぎそうだしな」
　そんな、みんな私なんかと回りたいだなんて思わないよ。
　善くん、心配性だなぁ。
「ほら、手」
「ん……」
　いつものように差し出された手に自分の手を重ねる。
　そう言って、どんどん私の手を引いて歩きだす善くん。
　私を連れだすこの手は、強くて……いつも新鮮な世界に連れてってくれる。
　少し歩くと、牧場にいるかのような牧草の匂いがした。
「なぁなぁ、あれ、叶多先輩に似てねー？」
「え……あ！」

善くんが指さしたのは、モフモフの羊。

　フワフワしていて、可愛らしい叶多先輩のイメージにピッタリだった。

　考えながら視線をさまよわせると、レッサーパンダのゾーンを見つける。

　あっ、あれ……！

　私のストライクゾーンの被写体を発見した。

「あ、れ！」

「お、なんだなんだ？」

　善くんの服の袖をクイクイッと引っぱって、レッサーパンダのゾーンを指さすと、善くんと一緒にそこへ向かった。

「レッサーパンダ？」

「う、ん」

　私たちの目の前で、天真爛漫に駆けまわるレッサーパンダ。

　兄弟なのか、２匹で追いかけっこをしているレッサーパンダもいる。

　他には、ひなたぼっこしたり、こちらの様子をうかがうように立ちあがるレッサーパンダもいた。

　このレッサーパンダ……。

　私はノートを取り出して、善くんへの言葉を書きだす。

「どれどれ……」

　それをのぞきこむ善くん。

【レッサーパンダ、善くんに似てる！】

「え、そうか!?　どのへんが!?」

それを見た善くんが驚きの声をあげた。
どのへんがと言われると、難しいけど……。
しいて言うなら……。
【楽しそうで、子供みたいに無邪気なところ！】
世の中の汚いものなんて知らないって感じの、純粋無垢な瞳がたまらなく愛らしい。
素直な善くんにぴったりの動物だった。
「愛音……俺って、そんな子供みてー？」
最高の褒め言葉のつもりが、ガックリと肩を落とす善くん。
私はあわてて首を横に振った。
【まっすぐなところが似てるの！】
「そうか、レッサーパンダ……な、子供みたいな……レッサーパンダ……」
弁解も虚しく、善くんは壊れたように「レッサーパンダ」と繰り返しつぶやいていた。
うぅ、どうしよう……。
ここは、ライオンとか、カッコイイ動物を選ぶべきだったかな……。
困り果てていると、トントンッと肩をたたかれる。
振り向くと、そこには……。
「やっほー♪　愛ちゃん、善ちゃん！」
「なんだ、先輩たちもレッサーパンダんとこに来てたんですか」
そこには、カメラを手にした叶多先輩と章人くんがいた。

「お、叶多先輩と章人じゃん！」
「善ちゃんだけズルいよー、愛ちゃんとデートなんてぇ〜」
　むくれる叶多先輩が、私の肩に腕を回して引きよせた。
　わっ、近いっ。
　驚きすぎて、カチンコチンに固まっていると、今度は章人くんに顔をのぞきこまれる。
「アンタと叶多先輩……うーん、デートするなら、断然アンタで」
「ちょっと待って、今、なんで僕と愛ちゃんで悩んだの？」
「そりゃあもちろん、叶多先輩も負けないくらい女顔……」
　あぁっ、章人くん、そんなこと言ったら……。
「章人、終わったな……」
「え？」
　善くんの不吉な一言に、視線を章人くんたちに向けると。
「ふーん、へー、ならいっぺん、章ちゃんも女顔に整形してみる？」
「はい？　どうやってですか、無理でしょう」
「もちろん、ボコボコに殴って、顔を変形させて……ゴニョゴニョ」
　物騒な会話に背筋が凍った私は、ゆっくりと視線をそらした。
　そして、善くんを見あげると同時に、手を握られる。
「じゃあ、今度は愛音に似てるもん、探しにいこーぜ。えーと、愛音は……」
　言いかけて、善くんは周りを見渡す。

うそ、全然動じてないっ。
というか、章人くん、大丈夫かな？
いや、でももう、確認するために振り向くことすら怖い。
そんな私の焦りも知らずに、なにかを見つけた善くんは、
「こっち！」と私を振り返って、手を引いた。

そうして連れてこられたのは、"ウサギとふれあいコーナー"。
私は、さっそくお目当ての場所に来られて、心踊る。
「わぁ……」
「あ、さわりたそうな顔してんのな。ほら、行こうぜ！」
善くんは、目をキラキラさせているだろう私をおかしそうに見つめて、手を引いた。
「よーし、ウサギ捕まえるか！」
「ん！」
ここでは、ウサギを捕まえて膝の上に乗せたり、なでなでしたりできる。
早くあの感触を味わいたいっ！
その一心で、私はウサギを追いかけまわした。
その途中で、見覚えのあるメガネの男の人を見つけた。
「お前、なかなかにキュートだな。毛並みも、つぶらな瞳も、最高だ」
なんとなく歩みよると、その人はウサギを抱きしめて頬ずりしている。
ちょっと待って。

見まちがいじゃなければ、あれは……。
「……澪、先輩……？」
　名前を呼んでもなお、実感が湧かない。
　だって、信じられるだろうか。
　絶対零度の視線が通常運転の、笑顔なんてほとんど見せない"あの"澪先輩が……。
　ウサギに頬ずりをしながら、「キュート」なんて、まるで恋人に話しかけるような素振りをしているなんて。
　何度も言うけど、誰が信じられるのだろうか！
　だけど……。
「なっ、な……愛音か？」
　私の存在に気づいた澪先輩は、驚きに肩をビクつかせた。
「なっ……」
　そして、口をパクパクさせると、澪先輩はウサギに頬ずりした状態のまま固まる。
　驚愕すると人はこんなに目を見開くんだと、どこか冷静にその事実を受けとめている自分がいる。
　これで夢を見てるんじゃなくて、現実に澪先輩がここにいるんだとわかった。
「あ、の……」
　どうしよう、言葉が見つからない!!
　助けて、神様っ!!
「見たな……」
「ご、ごめ……なさ、いっ」
　この世から抹殺される!!

ゆらりと立ちあがった澪先輩に、絶望していると……。
「はぁ、まぁ仕方ない。悪いが、忘れてくれ」
　澪先輩がため息をついて、困ったように笑った。
　あれ……？
　てっきり殺されるかと思っていた私は、拍子抜けする。
「外に由真を待たせてるから、俺はそろそろ出る」
「由、真と……一緒に、いる……んです、か？」
「お前たちが勝手にどんどんいなくなるから、俺と由真だけ取りのこされてな。なりゆきで一緒に回っている」
　あ、そうだったんだ……。
　由真のこと、気にかけてくれたのかな。
　やっぱり、優しい部長だな。
「では、そろそろ戻る。昼にな」
「は、い！」
　そう言って去っていく澪先輩の背中を見送った。
　重大な秘密を知った私は、誰かに見られていないか確認するようにあたりを見渡す。
　善くんは遠くの方でウサギを追いかけるのに必死になっていて、私が澪先輩と話していたことさえ気づいてないみたいだった。
　いったい、なんだったの……？
　なんだか、見てはいけないものを見てしまった気が。
　きっと、澪先輩は疲れがたまってたんだ。
　うん、澪先輩にだって、癒やしを求める権利はあるもんね。

もう、考えるのはよそう。
　そう結論づけて、私はウサギさんとの追いかけっこを再開したのだった。

　追いかけっこすること数分。
「はぁ、はぁっ……」
　うぅ、すばしっこくて、全然捕まらない!!
　足が速いのなんのって……。
　疲れはてその場に座りこむ。
　地面を見つめていると、ふいに影が差して顔をあげた。
「ほら、愛音！」
「あっ……」
　目の前には、ぴょんと耳を立てた白い毛並みに赤い瞳のウサギと、ミルクティーのような毛並みの耳がたれたウサギを両脇に抱える善くんがいた。
　なんか、荷物みたいな抱え方……。
　苦笑いしていると、善くんが耳たれウサギを私の膝の上に乗せた。
「わ、ぁ……っ」
　その小ささと毛並みのよさに感動する。
　優しく鼻先をなでてあげると、気持ちよさそうに目を細める耳たれウサギ。
　か、可愛いっ!!
　終始ニコニコしながらウサギと戯れていると、視線を感じて、顔をあげた。

「くくっ、楽しそうでなにより」
「あっ……ご、めん」
　やだ、善くんのこと忘れてた!!
　それくらい無我夢中になっていたことにはずかしくなる。
「そんなに喜んでもらえると、がんばったかいあるわ。こいつら、マジ足速ぇーの」
　善くん、私のためにつかまえてきてくれたんだ。
「ウサギ、愛音に似てんな」
「え？」
「ふわふわしてて、癒やし系！」
　その笑顔に、ほらまた……。
　ドキンッと心臓が跳ねて、体中がしびれたようになる。
　顔に熱が集まって、どうしようもなく赤くなってしまう。
　平常心なんて、善くんの前では無理。
　私が、私じゃなくなっちゃうみたい……っ。
「よしよし」
　善くんが、私の頭をポンポンとなでる。
「触れてみるとさ、愛音の髪もふわふわでウサギみてーなの。ずっとこうしてたいくらいだわ」
「っ……」
　もう、心臓がどうにかなってしまいそう。
　そんなこと、善くんはきっと気づいてない。
　きっと、ウサギに接してるのと、変わりないんだと思う。
「それにしても、モフモフ、最高!!」

善くんが、ウサギの毛に顔を埋める。
　あ、そういえば澪先輩も、こんな風にウサギに頬ずりしてたっけ。
「はは……」
「どうした、愛音？」
　不思議そうな顔をする善くんに、私は「なんでもない」と首を横に振る。
　澪先輩の秘密は、墓場まで持っていこう。
　そう心に決めた。
「愛音、見てみろよこの顔！　マジで愛音にそっくり！」
　そう言って笑う善くんを見つめながら、私も自然と笑っていることに気づいた。
「ふふっ」
「お、いい笑顔だな。もっと笑えって、愛音！」
　……善くんといると、楽しい。
　ただ過ぎていく時間、罪滅ぼしの毎日が、善くんといることで、少しだけ私の世界に彩りをくれる。
　写真部に入ってよかったな……。
　心から、そう思った瞬間だった。

＊＊＊

　善くんと、そろそろ被写体を探そうと、道を歩いている途中、親子連れが視界に入る。
　少し先を歩く両親に駆けよる、小学3年生くらいの女の

子。
　それに、自然と足が止まった。
　そういえば……。
　私にも、こんな風にお父さんとお母さんと動物園に来た記憶がある。
　それはまだ、お父さんがお酒に依存する前の、幸せな頃の思い出。
　私の誕生日に、仕事で忙しいお父さんが休みを取ってくれて、家族水いらずで来た念願の動物園だった。
『愛音、ほら……お父さんと手を繋ごう』
『うんっ!!』
　お父さんが手を差しのべて、私を振り返る。
　まだ、私の世界に音があった頃の話だ。
　いつも忙しいお父さんと過ごせるのが本当にうれしかった私は、走ってその手を握り返した。
　そして、見守るようにうしろを歩くお母さんを振り返る。
『お母さんも!!』
　お父さんと繋いだ手とは反対の手を差し出す。
『ふっ、はい』
　お母さんは、そんな私の手を握り返してくれた。
　そばに大切な、大好きな人たちがいる。
　それが幸せで、温かくて、こんな時間がずっと続けばいいと……心から思っていた。
　なのに……。
『さっさと酒をよこせ!!』

第2章 誰しも悲しみを抱えて ≫ 155

『使えねぇな、誰が食わせてやったと思ってるんだ!!』
『この、クソ女!! 子供のしつけもできないのか!!』
　いつから、壊れてしまったんだろう。
　私たち家族は、いつからバラバラになってしまったんだろう。
　お父さんは、会社でリストラにあってから、まるでなにかから逃げるように、毎日お酒を飲むようになった。
　酒癖が悪くて、私たちに怒鳴り散らしては、お母さんに仕事をさせて、そのお金でお酒を買う。
　最低で、大嫌いになるほどに、私はお父さんを恨んだ。
　だって、お母さん……たくさん泣いてたから。
　私たちから笑顔が消えたのも、泣いてばかりの毎日も、全部お父さんのせいだって、そう思って……。
　でも、だからって……いなくなれだなんて、言っちゃいけなかった。
　病気で苦しむお父さんに、なんてひどいことを言ってしまったんだろう。
　紀子さんの言うとおり、私は死神だ。
　どんなに憎くたって、私のお父さんなのに。
　本当に最低なのは……私だよ。
　忘れちゃいけなかった。
　私は幸せになんてなれない。
　なっちゃいけないんだから……。
　ジワリとにじみはじめる涙。
　歪んだ視界にうつむくと、バンッと誰かとぶつかってし

まった。
「ごめ、なさ……」
　顔をあげると、見知らぬ高校生くらいの男の子たちが5人ほど、私を囲んでいる。
　周りを見渡すけど、善くんの姿がない。
　私が立ちどまったから、善くんとはぐれちゃった？
　不安に押しつぶされそうになっていると、私を囲んでいる男のひとりが、手首をつかんでくる。
「っ……」
　い、痛いっ……なに!?
　顔をあげると、ニヤニヤと気味の悪い笑みを浮かべていた。
「可愛いじゃん、俺らと遊ぼうよ」
「やっ……」
「なに、声出なくなっちゃった？」
　どうしよう、なにか声……声、出さなきゃっ。
　なのに、怖くて、声が出な……。
「好都合、俺らと楽しいことしようね？」
　別の男の子が、私に顔を近づけてくる。
「クソつまんねー校外学習だと思ってたけどよ、こんな可愛い子と遊べるなら、よかったんじゃね？」
　あぁ、これは……。
　私が悪い子だから、その罰だろうか……。
　お父さんを殺して、お母さんを悲しませて……。
　その罰なのだとしたら、拒むことなんて……。

第２章　誰しも悲しみを抱えて ≫ 157

　ゆっくりと、抵抗する体から力が抜ける。
「なに、おとなしくなったじゃん。キミもその気になったってことかな？」
「…………」
　どんどん世界がモノクロに色褪せていくのを感じた。
　もう、どうにでもなればいい。
　なんでも受け入れるから、だから……。
　神様、どうか許して……。
　そんなことを考えていた矢先、私を拘束する手が急に離れた。
　不思議に思って顔をあげると、そこには……。
「おい!!　愛音にさわるんじゃねーよ!!」
「っ……ぜ、ん……くん……」
　そこには、息を切らして私から男を引きはがす善くんの姿。
　その姿を視界に捉えた瞬間、ブワッと涙があふれた。
「んだよ、てめぇ……っててて!!」
「愛音に近づくな、離れろ……つか、どっか行け!!」
　ものすごい剣幕で言い放つ善くんに、その場にいた男の子たちが後ずさる。
　それほどまでに、善くんの怒りがビリビリと伝わってきた。
「チッ、冷めたわ」
「あ、あぁ……行こうぜ……」
　すると、男の子たちはゾロゾロとその場から逃げだす。

それを見送ると、善くんが私を振り返った。
「なんで……抵抗しなかったんだ」
「……っ」
　　善くんは怒りを押しこめたような顔をしている。
　　抵抗しなかったって、気づいてたんだ……。
　　助けてくれたのに、私は……それを素直に喜べないでいる。
　　だって……私、助かっちゃいけなかった。
　　誰かを不幸にする私は、もっと苦しまなきゃ……。
「俺、愛音の姿が見えなくて、すげぇ必死に探して……っ。危ない目にあってるのを見た瞬間、生きた心地がしなかったんだぞ!!」
「善、く……ん……」
「俺っ……怖ぇよ……。気づいたら愛音は、どっか遠くに行っちまいそうで……っ」
　　私の肩をつかむ手が、小刻みに震えている。
　　善くん、本気で私を心配してくれてたんだ……。
「っ……もう、置いていかれるのは……っ」
「え……」
　　善くんが、小さく開いた口でそう言ったのがわかった。
　　置いていかれるって、どういう意味……？
　　私は、困惑しながら善くんを見つめる。
　　善くん、辛そうな顔してる……。
　　また、私のせいで……。
　　今度は善くんを苦しめてるのかな。

「愛音……もう勝手にあきらめるな。なにがあっても、ひとりで傷つかないって約束してくれ……」

その切実な瞳に、胸が締めつけられる。

なにが、善くんにそんな目をさせるんだろう。

その理由を、知りたいと思った。

「愛音、もっと自分を大切にしろ。あのな、俺は今、愛音が無事なことがすごく……うれしいんだからな」

「うれ、しい……?」

「そう、愛音は……俺の特別な女の子だから」

善くんに、そっと抱きよせられる。

それに目を見開くと、さらにギュッと強く抱きこまれた。

——ドクンッ、ドクンッ。

善くんを生かす一定のリズムが、触れ合う胸から聞こえる。

あぁ、ホッとする……。

それが、私の苦しみを少しずつ取り払うかのように、心が、体が温かくなっていった。

「私……にとって……も……」

伝えたい……。

私にとっても、善くんは特別な人なんだって。

そう思う理由はわからないし、どういう意味の"特別"なのかも、まだハッキリしないけど……。

体に触れて、こんなに安心できる人を、私は他に知らない。

誰かの笑顔を見て、体の内側から温かくなる心地よさも、

知らなかった。

　私の、命の恩人。

　私に楽しみをくれた人。

　私の世界に彩りをくれる人。

　もう……たくさんの特別を、善くんは私にくれた。

「善く……んは、とく……べ、つ」

「愛音……」

「ただ……自分、を、大切……にするの、は……でき、ない」

「どうしてだよ……っ」

　それは、私にその権利がないから。

　それを望んでしまうことは、罪だから……。

　許されることは、ないから……。

「……ごめ……ん、ね」

「愛音……っ」

　どうして、私のためにそんな泣きそうな顔をするんだろう。

　善くんが私を特別だと思ってくれているから？

　だとしたら……私はどうしたらいいの……。

「わかった……」

　すると、なにか考えこむようにうつむいていた善くんが、顔をあげてまっすぐに私を見つめる。

「ぜ……んくん？」

「俺が、勝手に愛音を大切にする」

「っ!?」

　善くんは、とんでもないことを言いだした。

驚きに言葉を失っていると、善くんは笑う。
「愛音が自分を大切にできない分、俺が大切にするし、守るから。今、そう決めたからな！」
「えっ……」
「俺が勝手にするんだから、返品は受けつけねーぞ！」
　返品って……。
　有無を言わせない言い方に私は目を見開く。
　そして……。
「ぷっ……ふふっ」
「あっ……愛音？」
「あははっ」
　たまらず噴きだして、笑ってしまった。
　そんな、優しさの押し売りみたいな言い方して……。
　"守る"なんて言われたら、うれしいに決まってるのに、返品は受けつけないとか、必死になってくれてる。
　それがうれしくて、たまらない。
　すると、善くんは驚いたように私を見つめて、すぐにカメラをかまえた。
「善……く、ん？」
「っ……撮りたい……」
　善くんはなにかに耐えるように、震える指でシャッターを押そうとしている。
「今、すげー撮りたいって思ったのに……やっぱり俺、押せないのかよ……っ」
　そうつぶやいて、かまえたカメラをおろす。

その顔は、苦痛に歪んでいた。
　善くん、どうして撮らなかったんだろう。
　すごく、辛そうな顔してる……。
「愛音の笑顔、今、すげー撮りたいって思った……。なのに……手が震えて、どうしようもなくなる」
　震える手を見つめる善くん。
　善くんが心の奥底に隠しているものに、触れた気がした。
「……だい、じょう……ぶ」
　私は善くんの手を、前みたいに両手で包むように握った。
　そんな私の顔を、善くんが驚いたように見つめる。
　どうして撮れないのかはわからないけど……。
　きっと、それが善くんの抱えるなにか。
「だい……じょう……ぶ、だよ……」
「愛音……」
「撮りたい……もの、いつ……か、撮れ……るから」
　事情も知らないのに大丈夫だなんて、無責任だと思う。
　でも、そう信じていれば、きっとできるよ。
　だって、善くんは誰にでも優しくて、まっすぐで……。
　私を守ろうとしてくれた、強い人だから。
「愛音……聞いてほしいことが、あるんだ」
　なにかを決心したような顔で、私を見つめる善くん。
　とたんにバクバクと鳴りだす心臓を静めるように、そっと胸に手を当てた。
「う、ん」
「長くなるから、あそこに座ろうか」

善くんが、大通りの途中にあるベンチを指さした。
　私がうなずくと、ふたりでベンチに腰かける。
　善くんが私に話そうとしていることは、きっと善くんの一番触れられたくない、見たくない過去だ。
　それを、言葉にしようとしてくれている。
　それは、すごく勇気がいることで、私にはできないこと。
　だから、この心、体のすべてで受け入れよう。
　どんな過去があったとしても、私だけはキミの味方でいよう、そう思った。
「俺は……生き物が撮れない」
　息を震わせながら、絞（しぼ）りだすようにそう言ったのが伝わってくる。
　生き物が、撮れない……。
　善くん、だから何度もカメラをかまえては、悲しげな顔をしていたんだ。
　もしかして、風景写真ばっかり撮ってるのも、それが原因？
「原因はわかってる。1年前、俺が高1のとき……」
　そして、善くんはポツリポツリと話しはじめる。
　それをひとつもこぼさないようにと、善くんの唇を見つめて、話を聞くことにした。

過去の傷跡

【善side】

俺が生き物を撮れなくなった原因。

あれは1年前の春、俺が高校1年生のときのことだ。

学校が終わった俺は、弾む足で母さんの入院している病院へと向かい、病室へ飛びこんだ。

『母さん、俺、コンクールで大賞とった！』

あいさつも忘れて、俺はベッドに座る母さんに駆け寄ると、コンクールで出した写真を見せる。

写真部に入って早1ヶ月、部員のみんなも俺が大賞をとったことを、自分のことのように喜んでくれた。

『あら、本当に善はポカポカな写真を撮るのね』

母さんは俺が撮った、陽だまりの中で微笑む小さな女の子の写真を見て、そう言った。

母さんは病室のベッドから、俺に笑顔を向ける。

前よりやせ細った頬、濃くなった目の下のクマが、母さんの状態がよくないことを物語っていた。

母さんは、俺が中学へあがった頃から体調を崩していた。

共働きで兄弟の多い俺たちを育てていたから、休む暇もなかったんだと思う。

俺は3人兄弟の長男で、5つ下に双子の弟たちがいる。

このとき弟たちは、小学5年生だった。

中学の頃から始めた写真。
　母さんが、遊び心で撮った俺の写真を好きだと言ってくれたのがきっかけで始めた。
　最初は遊びだったのに、コンクールで賞をとるようになってから、本格的にその道に進みたいと思うようになって……。
　俺は、写真部のある今の高校に入学した。
　うちの写真部は、みんなコンクールで賞をとっているほど優秀で、この高校に来ていっそう、先輩たちに追いつけるよう、写真を極めたいと思っていた。
『俺、写真家になりてーな』
『あら、善にピッタリの夢じゃない』
　つい口にした俺の夢を、応援してくれるのはいつも母さんだった。
『写真でも、家族写真とか、七五三とか……家族の思い出を残す仕事がいいな』
　風景写真もいいけど、俺はそのときそのときの大切な時間の一部、人の記憶とか、想いとか……その一瞬を残す仕事がしたい。
　それを見るたびに思い返して、幸せな気持ちになってもらえたらって、そう思ってた。
『母さんは、あなたの夢を応援しているわ』
『サンキューな』
『ふふっ、いつまでもずっと……あなたを応援してる』
　このときの俺は……。

これから何年先に叶うかもわからない俺の夢も、母さんは当然、見届けてくれるもんだと信じて疑わなかった。

　だけど……。
　高校にあがってすぐ、母さんの容態は悪化した。
　見る見るやせ細り、最後の瞬間はあっけなかったのを、今でも覚えてる。
『善……たくさん、写真……ありがとう……ね……』
　ベッドから起きあがることもできなくなった母さんが、弱々しく俺に手を伸ばす。
『母さんっ!!』
　その手を両手で握りしめると、予想以上に細くて、もろくて胸がきしむように痛かった。
『お兄さん……として、柚と……凛のこと……守って、あげ……て……』
　母さんは、父さんとジュースを買いにいった弟たちの名前を呼んで、俺に託すみたいに言った。
　それが別れの言葉みたいに聞こえて、手が震えはじめる。
　この手から、命がこぼれ落ちていくのを肌で感じた。
『なに……言ってんだよ、母さん……っ』
『お父さん……は、頼りない……から、母さん心配……』
　困ったように笑う母さんは、"儚い"という言葉がしっくりくるように、今すぐにでも消えてしまいそうだった。
『ならっ……親父のこと、ずっと見張ってろよ!!』
　だから……俺たちを置いていかないでほしいっ。

だって、母さんがいなくなったら、俺たち……どうしたらいいんだよ!!
　消えそうな母さんの手を、つなぎとめるように握る。
　神様にすがるように、祈るように、どうか連れていかないでと。
『母さん……も、そばに……いてあげたかった……』
　その言葉に、母さんはもう、俺たちとはいられないのだと悟る。
『だ、ダメだ……ダメだ、母さんっ……』
　閉じかけている母さんの瞳に、心臓がドクンッと嫌な音を立てる。
　母さんの目が一度でも閉じたら、もう二度と開くことは無い気がした。
『きっと、大丈夫だからっ……助かるから！』
　自分に言い聞かせるように叫んだ。
　泣きそうになりながら、俺はナースコールを何度も押す。
　早く、早く母さんを助けてほしかった。
『ごめん……ね……。でも、忘れ……ないで……。あなたたちを、ずっと……愛してる……』
　そんな言葉よりも、そばにいてほしい。
　頼むから、消えるなよっ。
『夢……見届けられ……なくて、ごめん、ね……』
　そうだよ、俺の夢を見届けてくれるんじゃないのかよ!?
　どうして……!!
　神様、どうか母さんを助けてくれよ。

天国に行くには、あんまりにも早すぎるだろう!?
『あなたが……残してくれた、もの……』
『っ……写真のことか……?』
　尋ねると、母さんがうなずく。
『それが、私の……』
　そこで、言葉が途切れた。
　俺は頭がまっ白になって、状況を理解できない。
『母さん……?』
　呼びかけても返ってこない返事。
　体温は感じられるのに、握り返されない手。
　優しい笑顔だけを残して、静かにまぶたを閉じている母さんを、呆然と見つめることしかできなかった。
　そのまま立ちつくしていると、母さんのベッドサイドにある床頭台(しょうとうだい)から、パラパラと写真が5枚ほど落ちてくる。
『これ……』
　母さんの手を離して、その場にしゃがみこみ、写真を拾う。
　それは、俺が入院中に親父や弟たちに囲まれて微笑む、母さんを撮った写真だった。
『っ……』
　写真をめくるたびに、母さんが病魔に侵されて弱っていくのがわかった。
『あ、あ……』
　1枚1枚、どんどん死に近づいていく……。
『こんなっ……』

これは……呪いだ。

　俺が撮ったから母さんは死んだんだ……。

　そう思えてきて、手から写真がこぼれ落ちる。

『なにが……思い出を残す……だよ……』

　この写真を見て母さんが思い出すのは、悲しくて辛い現実。

　結局、母さんのために続けてきた写真は、母さんを助けてくれるわけでもなく、悲しみだけを残したじゃないか。

　それどころか、母さんの命を奪った……！

『こんなのっ……全然ポカポカじゃねーじゃん……』

　母さん、なんで"ありがとう"だなんて言ったんだよ。

　感謝なんて、されるようなことしてない。

　母さんだって、この写真を見ながら、残された命の時間を嫌でも意識したはずだ。

『母さんを、追いつめただけじゃねーかよ……っ』

　涙がボロボロと流れて、写真の上に後悔のシミをつくる。

　少しでも、家族の思い出を残したい。

　ただその一心で写真を撮ってきた。

　だけど……俺がやってきたことは、ただのエゴだ。

『もう……撮らない……』

　それは、永遠なんてないことを知った日の決意。

　限りある命を持つ生き物は、写真に残さない。

　それが愛しい者であればあるほど、失ったときの痛みは大きいから。

　ただし……。

『母さん、俺、約束する……』
　いつの間に入ってきたのか、バタバタと看護師や医師が動きまわる中、俺はポツリとつぶやく。
　写真をやめることは、しない。
　俺のしたことは、母さんに絶望を与え続けることだった。
　俺は、それを償う必要がある。
　だから、生き物を撮ることはしないけれど、枯れては種となり、また芽吹く花や、絶え間なく流れる川、消えることのない空……風景写真は撮り続ける。
　景色のように、失われないモノ。
　花のように、失われてもまた生み出されるモノだけは撮り続けると決めた。
『写真は、俺の罪滅ぼしだ……』
　母さんを苦しめた写真を撮り続けることで、苦しむことが……俺の罰。
　母さんの死に目に間に合わなかった親父と弟たちは、いつ戻ってきたのか、ベッドにすがるようにして泣いている。
　頬をひとしずく流れていく涙に、俺は泣くことすら罪だと思った。
　だから、そっと拭って、俺は目の前で悲しみに打ちひしがれる家族の姿を目に焼きつける。
　それが、俺の忘れちゃいけない罪なんだと、胸に刻みつけるために。

　だけど、そんな俺の世界が、少しだけ変わった。

『もう……撮らない……』

そう決めたはずなのに……。

愛音のいろんな表情を見つけるたびに、残したい。

悲しそうな顔を、俺の写真で笑顔に変えてやりたい。

俺は……撮りたいと思ってしまった。

愛音に、裏庭の桜を見せてやったときもそうだ。

桜の花びらを見あげる愛音の横顔が、母さんの姿とかぶって、いつしか消えてしまいそうな錯覚に陥った。

そう思ったら、残さなきゃと……無意識にシャッターボタンへ指をかけていて、驚いた。

人にカメラを向けたのは、１年ぶりだったから。

『……なんで俺……今……』

ただ、綺麗な愛音を形に残したいと思った。

桜を見あげるときの横顔も、好きな猫とはしゃぐ姿や、ふい打ちの笑顔……どれも、すべて。

初めて、誰かを見て、こんなにも撮りたいと思った。

愛音を撮りたいって、そんな思いばかりがあふれてきた。

でも、レンズごしに愛音を見つめた瞬間、脳裏に弱っていく母さんの姿が蘇って、シャッターボタンにかけた人さし指が動かなくなった。

指が震えて、まるで強力な接着剤で固定されたみたいにびくともしない。

俺は愛音の姿を残さなきゃと思う一方で、俺が写真を撮ったことで、愛音を不幸にしてしまうんじゃないかと怖くなったんだ。

俺は、生き物を撮らないんじゃなくて、撮れなくなっていた。
　でも……愛音にカメラを向けたときに感じた、初めてカメラを手にしたときの高揚感にも似た感覚。
　俺に撮りたいと思わせてくれた。
　生き物すべてが撮れないと思っていたけれど、愛音のおかげで動物は撮ることができた。
　人を撮ることは、母さんのことを思い出すから、まだ怖くてできないけど……。
　いつかは撮れるかもしれない。
　そう思わせてくれた愛音は、きっと俺を変えてくれる気がする……。
　運命の女の子なんじゃないかって、思うんだ。
　俺に与えられた罪と罰、罪悪感というこの闇の中から、俺を照らす光かもしれないと……。

キミのために、できること

【愛音side】
「だから、俺は生き物が撮れない。でも、愛音といたら動物の写真は撮れたし、今まで怖くてたまらなかった人のことも……愛音のことも撮りたいって思った」
「ぜ、んくん……」

善くんの話を聞いていたら、喉になにかがつかえるような息苦しさを感じた。

善くんは、私と同じだ……。

今も消えない罪と罰に苦しんで、歩きだせずにいる。

この笑顔の裏に、そんな痛みを抱えていたなんて……。

その痛みがわかるからこそ、どれほど善くんが苦しんでいるのかが理解できる。

「俺は……怖くなる。撮れないはずの生き物の写真を撮ってしまったら、また罪を重ねてしまうんじゃないかって」

善くんはそう言うけど、話を聞く限り、善くんは悪くないと思う。

それなら、私の方がよっぽど……罪深い。

でも、痛みはどちらが大きいか、深いかではないんだ。

善くん自身が苦しんでいることには変わりない。

それはもう、大好きなカメラが嫌いになるほどに、生き方を変えなければ耐えられないほどの痛みなんだって、わかるよ。

でも……お母さんは、善くんの写真から生きる力をもらっていたはず。
　ただ、善くんが……お母さんの死を受け入れることが怖かっただけなんじゃないかな。
　その死を受け入れられずに、罪という形で自分の中に留めたかった。
　もしかして、私も……そうだった？
　この難聴がある限り、私はお父さんを忘れられない。
　この胸が痛むたびに、嫌でも思い出すんだ。
　お父さんの死を、過去に……したくなかったから？
　あぁ、自分の気持ちもわからないけど……。
「でも……善……く、んは……わかって……な、い」
「え……？」
　善くんはわかってない。
　当事者じゃないからだろうか、私は善くんのお母さんの気持ちがわかる気がした。
「お母……さんの、言……葉」
　思い出して……。
　だって、私がお母さんなら、こう言うはずだ。
『あなたが……残してくれた、もの……』
「善くん、が……お母……さんに、残し……たもの……」
　お母さんが最後に伝えたかった言葉。
　それを、善くんはちゃんと受け取っていない。
「母さんが、言ってた言葉……結局、最後まで聞けなかった……あの言葉のことか？」

「そ、う……」
　善くんがお母さんのために残したもの、それが写真だった。
『それが、私の……』
「きっ……と、お母……さんは……それが、私の……」
　私の言葉を、息をのんで待つ善くん。
　私は善くんの目をまっすぐに見つめて、口を開いた。
「生き……た、証……」
「っ‼」
「そう……言い、たかった……と、思う」
　でなきゃ、きっと自分が死ぬ間際に笑ったりできない。
　自分が消えても、この世界に残せるものがあるってわかったから、お母さんはそんな状況でも笑えたんだよ。
「っ……そう、か……」
　善くんは涙を流して、くしゃっと顔を歪めた。
　出会って初めて、あの太陽のような笑顔が崩れた瞬間だった。
「だから、母さんは……あんな優しい顔で、笑ってたんだな……っ」
　泣くのをこらえて笑おうとする善くんの頬に手を伸ばして、優しく、壊れないように触れる。
「泣いて……いいよ」
「愛音……？」
「今まで、我慢……してた、分……泣いて……いいんだ、よ……」

善くんは、また隠そうとしている。
　もう自覚がないほどに、体が勝手に悲しむことを拒否してるんだ。
　だけど、それじゃあいつまでたっても、善くんは悲しむことができない。
　お母さんの死と、向き合えないから……。
「善……くん、もう……自分の……ため、に……生きて」
　きっとお母さんは、それを伝えたかったんだと思うから……私がかわりに伝える。
「っ……くっ……」
　すると、善くんは私をギュッと抱きしめて泣いた。
　顔は見えないけど、震える体から、やっと、思いっきり泣けたんだとホッとする。
　どうか……これからは、善くんが私と同じ悲しみを背負うことがありませんように。
　善くんの傷が少しでも癒えてほしい。
　守りたいと、そう思いながら、善くんを抱きしめ返す。
　震える背中に手を伸ばして、ゆっくりとなでた。

　しばらくそうしていると、ゆっくりと善くんが私から体を離す。
「ありがとう、愛音。愛音がいてくれれば、いつか人のことも撮れる気がする」
　泣き笑いを浮かべる善くんは、まるでなにかから解放されたかのように、スッキリとした顔をしていた。

「善、くん」
　私はスマホを取り出して、インカメラに切りかえると、善くんの隣にピタッとくっつく。
　すると、声は聞こえなくても、隣の善くんが動揺しているのがわかった。
　私はスマホの位置を合わせて、善くんと私の姿を映す。
「この、写……真も、楽し……い思い出……に、なる、よ」
「っ……」
　画面ごしに、善くんのとまどう表情が見える。
　善くんは忘れてるんだ。
　カメラを手にしたときの、キラキラした気持ち。
　思い出を残して、見返すたびに幸せな気分になれるような、そんなモノを撮りたいと思っていた頃のこと。
「こ、の……写真を、見て……笑え、たら……。きっ……と、証明に……なる」
　そう言ったスマホを持つ私の手に、そっと善くんの手が重なった。
　驚いて顔をあげると、笑顔の善くんと目が合った。
「愛音、カメラ見て笑って」
「善……く、ん……」
　その笑顔に一瞬、気を取られそうになりながらも、カメラを見ると、善くんがいい位置にスマホを持ちあげていた。
　そしてすぐに、パシャッと、シャッターを押した。
　スマホを一緒にのぞきこむと、少し驚いた顔をする私と、笑顔の善くんが写っていた。

「くっ、くく、愛音、きょとんとしてる！」
「あ……ふふっ」
　善くんは、写真に写る私を見て笑っているみたいだけど、私は善くんの笑顔に自然と口角があがった。
　善くんが笑ってくれた……。
　よかった、笑顔が戻って。
　もっともっと、善くんのこと笑顔にしてあげたい。
「でも……愛音の言ったこと、本当だったな」
「え……？」
「写真は、やっぱりすげーよ。こうやって、誰かを笑顔にしたりできる」
　善くん……。
　そうだよ、善くんは、お母さんが好きなポカポカの写真を撮って、たくさんの人を笑顔にしていくのが夢だった。
　だから、善くんには夢をあきらめないでほしい。
　夢を語ったときの善くんの顔は、今までで一番生き生きとしていた。
　私にできることは、もう一度善くんに写真の楽しさを思い出させてあげることかもしれない。
「善、くん……いい、笑顔」
「そ、そうか？」
　私が笑うと、善くんもはずかしそうに笑った。
　そして、私の手を優しく取る。
「愛音が、俺を笑顔にしてくれんだよ」
「あっ……」

「気づいてなかったか？」
　善くんの眼差しは、陽だまりに照らされているみたいに温かい。
「愛音、俺……愛音のこと……」
「えっ……？」
「あぁ、いや……俺はなにを言おうとしてんだ」
　善くんははずかしそうに私から視線をそらしてしまう。
　善くん、今なにを言おうとしてたの？
　知りたくて、でも知るのが怖いような気がして、ドキドキした。
「そろそろ時間だな、行こうぜ、愛音」
「う、ん！」
　とまどいながら善くんの手を握り返して、みんなとの待ち合わせ場所へと向かう。
　とぎれた善くんの言葉と繋がれた手にドキドキしていたことを悟られないように、私はそっと顔を伏せながら歩いたのだった。

＊＊＊

　待ち合わせ場所である動物園の入り口にやってくると、遠くで叶多先輩が手を振っているのが見えた。
　すでにみんな集合していて、私たちは駆け足でみんなのところへ向かう。
「あぁっ！」

駆けよると、叶多先輩が私たちを指さして叫んだのがわかった。
　な、なんだろう……。
　きょとんとしていると、みんなも驚いたように私たちを見つめている。
「愛ちゃんたち、手繋いじゃってる！」
　手……繋いでる？
　不思議に思って自分の手を見ると、たしかに感じる私以外の体温。
「あっ」
　やだっ、は、はずかしいっ。
　手、繋いだままだった……！
　私が声をあげると、善くんの手があわてたように離れる。
「ご、ごめんなっ」
　私たちは顔を見合わせて、見てわかるほどに顔を赤くした。
　すると叶多先輩は、ガシッと私の腕にすがりついてくる。
「うちの貴重なオアシスを独り占めはずるいよっ」
　貴重なオアシス……って、なんだろう。
　確か、笹野先生も似たようなこと言ってた気がする。
　不思議に思って首を傾げていると、善くんが私の腕をつかむ叶多先輩の手を引きはがした。
　善くんの顔を見あげると、「セクハラっすよ!!」と言っているのがわかる。
「わた、し、大丈夫……だよ？」

そう声をかけると、善くんは深い……それは深いため息をついた。
「無防備って、愛音のためにある言葉だな。あのな、もっと警戒しろって……」
「え、え？」
　む、無防備……？
　ボケてるとは言われたことがあるけど(おもに由真から)、無防備は、初めてだなぁ……。
「男は狼なんだぞ？　ウサギみたいな愛音は、すぐに食われちまうんだからな!?」
　く、食われるって……いったいなにに!?
「こう、愛音はふわふわしすぎなんだよ、それがまた可愛いとこなんだけどよ……」
　最後は唇の動きも小さくなっていって、なにを言っているのか読み取れなかった。
　終始首を傾げている私の肩に、澪先輩が手を置く。
「善、褒めるか注意するか、どっちかにしないか」
　澪先輩はあきれたような顔をした。
　今の、褒められてたんだ……。
「見苦しい愛音先輩の取り合いはそこまでにして、早く行きましょうよ」
　章人くんが面倒そうに言って歩きだすと、みんなもそれに続く。
　取り合いって……どうして私を？
　ポカーンとする私に、由真が近づいてくる。

「愛音、いつの間に善くんと仲よくなったのよ？」
「えっ」
　由真の言う"仲よく"が、ただの友達としてではないことくらい、私にもわかる。
　だけど、私たちはそういうんじゃない……はず。
　善くんは、私の命の恩人で、優しい人。
　そばにいると、不思議と安心できる人だ。
　それ以上でも、以下でもないはず……なのに。
　守りたいとか、力になりたいとか、笑顔を見たいとか。
　そう思うのは、なんでだろう。
　この感情を、人はなんて呼ぶんだろう。
　私は、この不思議な感情の答えを見つけられずにいた。
「昼、なににします？」
　少し前を歩いていた章人くんが、私たちを振り返った。
「フードコートみたいなの、僕、さっき見たよ！」
　叶多先輩が、思い出したかのように言う。
「それじゃあ、そこにしますか」
　すぐに食事の場所が決まり、歩きだす私たち。
　そんなみんなの背中を、なんとなく立ちどまって見つめた。
　耳の聞こえない私。
　誰もが、人とちがうことで私を遠ざける。
　そんなのには、慣れていたはずだった。
　親友の由真がいてくれれば、それでいいって、そう思ってたのに……。

第2章 誰しも悲しみを抱えて ≫ 183

「お、愛音、なにしてんだ？」
　私が立ちどまっていることに気づいた善くんが、私のところへと走ってくる。
　私がいないこと、気づいてくれたんだ……。
　それが、たまらなくうれしくて、泣きたくなる。
『これ以上……私たちを苦しめないで……早く、いなくなってよ……っ』
　大切な家族に、私は絶対に言ってはいけないことを言ってしまった。
　だから、私は幸せになっちゃいけない。
　楽しいとかうれしいなんて、感じる権利すらないのに。
　今、みんなのそばにいたい。
　仲間になりたいって、思ってしまった。
「愛音、行こうぜ」
　そう言って差し出される手に、甘えたくなってしまう。
　本当は……幸せになりたくて、一緒に今この瞬間を楽しみたい、なんて考える。
　大切な人の命を否定した私が、そんなことを望むこと自体……罪なのに。
「愛音、どうした？」
「っ……なんも、ない……よ」
　私はなんとなくその手を取れずに、曖昧に笑う。
「愛音……」
　そんな私の顔を、なにか考えるようにして見つめた善くんは、差し出した手をおろす。

「ほら、行こうぜ」
　そう言って、そっと私の隣に並んだ。
　歩くたびに善くんの腕が何度も私の腕に当たって、体温を感じる。
　まるで、見えない手で繋がっているみたいに、善くんの存在を近くに感じて、私の心に寄りそってくれているようだった。
　善くん、もしかして、私の気持ちに気づいてくれたのかな……？
　隣に並ぶ善くんの横顔を見あげる。
「愛音、いつか……愛音の背負ってるモノも知りたいって思うよ、俺は……」
「っ!!」
　その一言に確信した。
　やっぱり、善くんは私の隠しているなにかに気づいている。
　私たちが、似ているから……どこか、感じるものがあるのかな？
　だとしても、私と善くんとでは、罪の重さが全然ちがう。
　善くんは、お母さんを想う優しさのあまり、罪だと思いこんでいただけ。
　私は……。
　お父さんに"消えて"なんて望んだ、最低で汚い存在。
　善くんとは、なにもかもが……ちがうんだよ。
　私は……もっと苦しんで、もっと泣いて……。

傷つかなきゃいけないのに……。
　思い出すのは、お父さんの死を悼むたくさんの声と、鼻をすする音、泣き声。
　なにも聞きたくない、私を責めないで……っ。
　そんなときでさえ、私は自分が傷つくことを恐れていた。
『なにも……聞こえなくなればいい!!』
　だから、失った音。
　私は、その意味を忘れてはいけないんだ。
　なのに、思い出してしまう。
「大丈夫だよ、愛音」
　いつか、善くんが私にかけてくれた言葉。
　その一言に、なぜか救われた気がした。
　善くんといるとそばにいたい、もっと私の知らない善くんを見つけたい、触れたいと願ってしまう。
　速度を合わせるように、ゆっくりと隣を歩く善くん。
「大丈夫だ」
「う、ん……」
　でも、ダメだよ……これ以上、望んではダメ。
　どんどんわがままになっていく自分に言い聞かせた。
　勝手に近づいていく心を必死に引きとめる。
　これ以上、私が自分のしてしまったことから、逃げないように。
　それだけは、忘れてはいけないことだから……。

第3章
優しさにさよならを

好きになってはいけない人

【愛音side】

5月に入った1週目の月曜日。

私は午前中だけ学校を休んで、お母さんと一緒にかかりつけの耳鼻咽喉科クリニックへ来ていた。

「おはよう、愛音ちゃん」

「おは、よう……ざいます」

気心の知れた先生の顔に、私は笑みをこぼす。

彼は、1年前からお世話になっている斎藤雅樹先生。

35歳という歳を感じさせない、さわやかな笑顔が特徴的な、黒髪美形の先生。

たぶん、ここに来ている患者さんのほとんどは、先生が目当てなんじゃないかって疑うほどに整った顔立ちをしている。

「元気だったかな？」

「は、い」

変わらない笑顔に、クリニックにいるんだということを忘れそうになる。

私からすると、先生は優しいお兄さんみたいな感じだ。

「お母さんも、どうぞ腰かけてください」

先生が、私の隣に立つお母さんにそう声をかけた。

「愛音ちゃん、耳の聞こえはどうかな？」

その問いに首を横に振ると、先生はうなずいた。

「前にも話したと思うけど……」
　……来た、また治療の話。
　内服ではなくて、入院してもっとちゃんとした治療を受けろと先生は言うつもりだ。
「愛音ちゃん、これを見て」
　先生が差し出した紙には、【ステロイド点滴】と書かれている。
「病院にかかるのが遅れてしまって、まったく聞こえないといった重度の症状が見られる愛音ちゃんの場合は、入院治療が必要なんだ」
　これは、前に受診したときにも言われた気がする。
　私は、内服の効果がないのに、それ以上の治療をしていない。
「せん、せ……私、今のまま……で、いい」
　私が……望んで治療を受けていないんだから。
　私から音が消えたのは、罰。
　私がしてしまった罪を償うためのもの。
　それがなくなったら……。
　私は、私でいられなくなる。
　罪の意識にとらわれて、壊れてしまう。
「愛音ちゃん……そうか、わかった」
　先生は、いつもそれ以上は踏みこんでこない。
　たぶん、なんとなく、なにかを察しているんだろう。
　そのかわりにと、先生は私にパンフレットを渡す。
「必要になったときに」

パンフレットには、"入院のご案内"と書かれていた。
先生のクリニックと繋がっている大きな病院のもので、いつかのためにと、紹介状まで書いてくれている。
「待ってるよ、愛音ちゃん」
私を心配してくれる先生に、ぎこちない笑みを返しながら、私は薬を処方してもらい、診察時間が終わった。

クリニックの隣にある薬局で、薬が出るのをお母さんとソファに座り待っていると、ふいに視線を感じた。
顔をあげれば、隣に座るお母さんが私を見つめているのに気づく。
「愛音、ちょっといい？」
……なんだろう。
もしかして、治療のこと？
クリニックに来るたびに、何度もこの話題を繰り返されているせいか、そんな予感がした。
私はうなずいて、お母さんの顔を見つめる。
「どうして、治療受けたくないの？」
やっぱり、この話題になるよね……。
「っ……そ、れは……」
口ごもるのは、口が裂けたって言えないことだから。
お父さんにひどいことを言った私の罪を口にすることは、怖い。
お母さんも知っていることだけど、私が言いたくないんだ。

それを言葉にすることで、私はお母さんを傷つけてしまうから。
　それに、治療をするのは、罰から逃げることだ。
　耳が聞こえるようになってしまったら、私は他にどうやってお父さんに償えばいいのかがわからない。
　そう考えただけで、恐ろしかった。
　唯一の生きる理由を奪われてしまうみたいで……体が震える。
　だからこそ、私はお母さんのお願いを叶えてあげられない。
「お母さん、愛音に受けてほしい」
「……それ、は……でき……ない」
「どうしてっ……」
　悲しげに歪められる眉に、泣きそうな瞳。
　それに、胸がチクリと痛んだ。
「薬、は……飲むか、ら」
　だから、もうやめてほしい。
　もう、傷つきたくなくて、許されたくもない。
　今のまま、そのままでいいはずなのに……。
『愛音』
　そのとき、善くんが私を呼んだ気がした。
　善くん……。
　前に、善くんが私の名前をどんな声で呼ぶのか、気になったことがあったな……。
　それを思い出して、胸がモヤモヤする。

今のままでいいはずなのに、善くんや写真部のみんな、由真のことを思い出すと……。
　みんなと同じになりたいと、少しだけ思ってしまった。
　そんなの、許されないのに……。
「呼ばれたわね……」
　名前を呼ばれたのか、お母さんが先に立ちあがる。
　薬剤師さんから薬を受け取ると、その話題は途切れてホッとした。
　気まずい雰囲気の中、私はお母さんと外へ出る。
「それ、じゃあ……がっこ……う、行く、ね」
　薬局の自動ドアを先に通過した私は、お母さんを振り返りながら、そう言った。
「……行ってらっしゃい」
「じゃ、あ……」
　ぎこちなく笑うお母さんの笑顔に背を向けて、私はそのまま学校へ向かう。
　お母さん、なにか言いたそうだったな……。
　でも、立ちどまったところで、私にできることなんてなにもない。
　いつまで、こんな苦しい時間を生きなきゃいけないんだろう。
　ときどき、そんなことを考える。
　いつも、水に沈んでいくみたいに……ひたすらに苦しい毎日。
　お父さん……。

いまだに忘れられない、胸の奥深くに根づくような悲しみ。
　私もお母さんも……お父さんが死んでしまったあの日から、立ちどまったままだ。
　歩きだす方法を忘れたように、足踏みをしている。
　いつか……。
　この罪が許されて、なににも囚われずに、自由に生きられるときが来るのかな……？
　想像もできないけど……せめて、お母さんには悲しみから立ちなおってほしい。
　そう願うことしかできないけれど、心の底からそう思うんだ。

＊＊＊

　学校に着くと、3時間目の体育の授業が始まっていた。
　ジャージに着替えて、体育館の端に体育座りをする。
　耳が聞こえない私は危険だからと、今回のバスケのように種目によっては見学させてもらっている。
　体育はA組とB組の合同だから、この中にはきっと善くんもいるはず。
　私は無意識にその姿を探した。
　すると、バスケの試合をやっていた善くんを見つける。
「ーーーーーーー」
　なにを言っているのかは、距離もあるし、動いているか

らわからないけど……。

　仲間たちと笑いながら、ハイタッチをしているところを見ると、ゴールを決めたところみたいだ。

　善くん、今日も元気だな。

　あの姿を見ると、なぜか気持ちが明るくなるから不思議だ。

　それをぼんやり見つめていると、急に目の前が陰る。

　……え？

　顔をあげると、B組の女の子たち数人に囲まれていた。

「ねぇ、あんた、善くんのなんなの？」

「え……？」

　目の前の女の子は、なにを言ってるんだろう。

　突然、善くんのなにと言われても……質問の意図がわからない。

「今も見つめてたじゃん」

　隣の女の子が、こちらに身を乗り出してそう言った。

　たぶん、責められているんだと思う。

　顔が、すごく怒っている。

「私の善くん、取らないでよね」

　この女の子、善くんの彼女なのかな？

　なんか、カンちがいされてる？

　このままじゃ……善くんに迷惑かけちゃう。

「ち、が……」

　説明しようとしても、私の声でうまく伝えられるのかが不安で、言葉が詰まる。

こんなときに、こんな大事なときに、話し方なんて気にしてる場合じゃないのに。
　あぁ、ノートがあればいいのに。
　さすがに体育の授業には持ってきていないから、私は困りはてていた。
　人とちがうことは、やっぱり怖い。
　平気だって自分に言い聞かせながら、本当は辛いんだ。
　今も体が震えて、声も出ない。
　一瞬にして、世界が敵になったかのように、身動きが取れなくなる。
「いいよね、障がい者は目をかけてもらえて」
「え……」
　障がい者……。
　ズキンッと、胸が大きく痛んだ。
　そっか、私って障がい者なんだ。
　最近は写真部のみんなが普通に接してくれていたから忘れていた。
　今、あらためて思い知らされる。
「特例で学校も遅刻できるし、いいことづくしじゃん！」
　心に、鋭利な言葉のナイフが突き刺さる。
　この難聴が、いいことだなんて思ったことは一度もない。
　ただ、私のしてしまったことを償うために……。
「っ……」
　ジワリと涙がにじむ。
　悔しいのか、悲しいのか……もう、わけがわからなくなっ

ていた。
「っ……」
　ジワリとにじみ出した涙を、必死にこらえる。
　なにがわかるの……？
　この人たちに、私の抱える物の、なにがわかるんだろう。
　土足で心を踏みにじられたみたいに、湧きあがる怒りや悲しみ……。
　胸が痛くて、息ができないほどに苦しくて、たまらない。
　私はギュッと目を閉じて、視界を閉じた。
　見えなければ、誰の言葉も聞こえない。
　なら、こんな世界、永遠に閉じてしまえばいい……。
　目を閉じた拍子に、目に収まりきらない涙がこぼれた。
　その瞬間、ふわりと空気が変わった気がして、ゆっくりと目を開ける。
　すると……。
「えっ……」
　そこにいたのは、見覚えのあるチョコレート色の茶髪に、頼もしい背中。
　私をかばうように立つ……善くんがいた。
　驚いて目を見開くと、善くんが私を振り返る。
「大丈夫か、愛音」
「っ……」
　たしかに、そう言ったのがわかった。
　その姿に、言葉に、存在に……泣きたくなるくらいホッとしてしまう。

「どう、して……」

　どうして、私の目の前にいるんだろう。

　善くんは、私が辛いときに必ず現れる。

　こんなにも私を……安心させるんだ……。

「言ったろ、俺が守るって」

「っ……」

　そんなの、守らなくていいのに。

　罪深い私は、善くんに優しくされる権利なんて、ないんだよ。

「どうして、善くんはそんな子にかまうの!?」

　目の前の女の子が、善くんに詰めよった。

　すると、善くんは首を横に振る。

「愛音が特別な女の子だから、だけど。なら、なんでお前らは愛音を目の敵にするわけ?」

　特別なんて……そんな、みんなの前なのにっ。

　その言葉にはずかしくなる。

　でもすぐに、善くんの空気がいつもよりピリピリしているのに気づく。

　表情はいつもどおりにやわらかく見せてるけど、あきらかに怒っていた。

「そ、それは……」

「なら、優しくしろよ。愛音は俺の写真部の仲間なんだ」

　たじろぐ女の子たちに、角が立たないよう笑みを浮かべて、優しく諭しているのがわかった。

　私のことで、善くんに迷惑かけちゃった……。

私って、どこまでも疫病神で、本当に最悪だ。
　うつむいて、唇を噛みしめる。
　いつか、写真部のみんなにも迷惑をかけちゃうんじゃないかって、不安でしょうがない。
　私は、本当にみんなの、善くんのそばにいていいの？
「愛音」
「あっ……」
　善くんが私の顔をのぞきこんできて、ハッとする。
　いつの間にか女の子たちもいなくなっていて、体育館の隅には私と善くんだけになっていた。
「わた、し……っ」
　惨めだ……どんな顔して、善くんを見たらいいんだろう。
　本当は、笑ってごまかすのがいいんだと思うけど……。
　今はとてもじゃないけど、心に余裕がなくて無理そう。
　縮こまるようにうつむくと、ふいに左手を取られる。
　驚いて顔をあげると、優しい眼差しの善くんと目が合った。
「そんな噛んだら、傷になるじゃん」
「あ……っ」
　善くんの親指が、私の唇を優しくなぞる。
　自分でも驚くほど情けない声が出た。
　なにを話せばいいのか……。
　善くんに迷惑かけてるし、空気が重いし……。
　私は困り果てて、なにも言えずにいた。
「愛音、今日すげーいい天気だな！」

「え?」
　すると突然、善くんが突拍子もないことを言いだした。
　どうして突然、天気の話?
　驚いて呆然と善くんの顔を見つめる。
　すると、あの太陽みたいな笑顔が返ってきた。
「今日はさ、屋上で空でも撮りてーな。なぁ、愛音ももちろん来るだろ?」
「い、いの……?」
　私が、善くんと一緒にいてもいいの?
「俺が愛音と行きてーの!　愛音となら、世界が全部綺麗に見えんだ」
「……っ」
　私がそんな影響力を持ってるようには思えないけど。
　私がどんなに自分を否定しても……。
　いつも善くんは、私を肯定してくれる。
　そのたびに、私は生きていてもいいんだってホッとするんだ。
「なら決定!　約束だからな、愛音!」
　そう言って差し出された手。
　交通事故にあいそうになったときも、こうして手を差し出してくれた。
　善くんは優しさも、楽しさも、喜びも、安心感も、私の欲しいものは、たくさんくれた。
　それなのに、この手を、なんの恩返しもできていない私が取っていいのかな……。

私がいたら、また善くんを傷つけるんじゃないの？
「迷ってるなら、かっさらうからな」
「……え……」
　迷っていた私は、驚きに目を見開く。
　そう言った善くんは、ひどくマジメな顔をしていた。
　それに、心臓がバクバクとせわしなくなる。
「勝手に守るって……言ったろ」
「……う、うん……」
　それって、動物園のときに言ってた言葉だ……。
　そっか、善くんは私を守ろうとしてくれてるんだ。
　こんな私を……。
「愛音、絶対楽しくさせるから！」
「あっ……」
　善くんはとまどう私の手をつかんで立たせた。
　触れ合う手にドキンッと心臓が跳ねる。
「なにも不安がることはねーって、俺がついてる」
　不敵な笑顔で善くんは言う。
　不思議……。
　その笑顔を見ているだけで、安心感が湧いてくる……。
　また善くんに助けられて、少しずつそれに甘えている私がいた。
　私、気づいてしまったかもしれない。
　そばにいたい、甘えたい、一緒にいてホッとする……これは、他の誰にも感じたことない感情だった。
　善くんだけが、私になにかしたいと思わせてくれて、忘

れていた笑顔を取りもどしてくれる。
　私の世界を変える人。
　そんなキミに、ただの友達という枠には収まらない、特別な感情を抱いてる。
　まだ、名前をつけられない善くんへのこの想いはなんだろう。
　善くんへの気持ちが変わりつつあるのを、感じていた。

＊＊＊

　放課後、由真がバイトの今日は、ひとりで部室へ向かう。
　部室のある２階の渡り廊下を歩いていると、ふと窓から見える青空に目を奪われた。
　わぁ、すごく綺麗……。
　気の利いた感想が出てこないけど、本当に綺麗だ。
　私は指でフレームを作ると、そこから空をのぞいてみる。
　白い雲と、青い空のコントラスト。
　善くんはいつも、こんな風にとらえたい景色を見つめているのかな。
　写真部に入ってから、ときどきするこの仕草。
　こうしていると、少しでも善くんの見ている世界に近づける気がして、繰り返してしまうんだ。
　私は窓を開けて、窓枠に肘をついた。
　写真部に入ってから、いろんなことがあったな……。
　まだ１ヶ月なのに、私にとっては大きな変化だ。

だって、耳が聞こえなくなってからは、こんなにも学校の友達、先輩、後輩と関わることなんてなかったし、ましてや部活なんて、迷惑をかけてしまうから入れないと思ってた。
　みんなと過ごしていて感じる。
　人って、こんなに温かくて、安心できるんだって……。
　ねぇ、お父さん……。
　もしかしてお父さんも、心が壊れてしまう前に、寄りそってくれるような、こんな優しさを私たち家族に求めていたのかな……？
「……なの、に……私、は……」
　お父さんを追いつめるようなことしか、言えなかった。
　最低で、ひどい人間だ。
　この命が終わるとき、罪を犯した私は、きっとあの雲の向こうにある天国へはいけないんだろうな……。
　そんなことを考えながら青空を見あげていると、うしろから肩をポンポンとたたかれた。
「っ!!」
　驚いて振り返ると、手をあげている善くんがいた。
「驚かせてごめんな！　迎えにいったら、教室にいなかったからさ」
　迎えにきてくれたんだ……。
　今日は由真がいないから、気にしてくれたのかも……。
「空、見てたのか？」
「うん、綺麗……だなっ、て」

「へー、マジだ！」
　善くんも私の隣に並ぶように窓際に立つ。
　ふたりで窓から顔を出すには狭すぎて、自然と距離が縮まった。
「そういえば愛音、最近ノート使ってないな」
「え？」
「持ち歩いてはいるけど、俺とは直接話してくれるだろ？」
　善くんに言われて、手に持っていた猫のノートを見つめる。
　そういえば……。
　私、善くんにはわりと早い段階からノートは使わなくなってた。
　自分でもびっくりだ。
　それだけ、善くんは私をバカにしたりしないって、信じてる証拠かもしれない。
「前にさ、由真に言われたんだよ。愛音は……その、俺とはちゃんと声で会話してるって」
「そう……なん、だ」
　私のことを私以上に理解してくれている親友が言うんだから、きっとそうなんだろうな。
　善くんには、自分の口で想いを伝えたいと思ってる。
「俺、すげーうれしかった」
「うれし……い？」
　その意味がわからなくて、私は首を傾げる。
「愛音が信じてくれてるんだって、わかるからな。俺も愛

音を信じてるから、マジでうれしい」
「あっ……」
　……そういうことなんだ。
　信じてもらえるって、すごく満たされたような気分になる。
　私を、認めてくれたみたいに。
　こんな私でも、誰かに必要とされているのが、うれしい。
　心がほっこりしながら、私は善くんと窓際で少し話をした。
「やべ、もう４時だ。澪先輩に殺される！　行こうぜ、愛音！」
「…………」
　前に、善くんは似たようなことを言ってたな。
『って、やべ……部長に怒られる!!　時間にうるせーの、うちの部長ってさ。ほら、立てるか、愛音？』
　階段から突き落とされた私を、善くんが助けてくれたあの日のことだ。
　あのときは、部活に行く善くんを見送る立場だったけど、今はこうして善くんと同じ場所に……部活へ向かおうとしてる。
　みんなの仲間になったんだって、しみじみ思った。
「愛音、聞いてたか？　行くぞ？」
「あ……う、ん！」
　心配そうな顔をする善くんに、笑顔を返してうなずく。
　そして、いよいよ部活開始の時刻が近づいたところで、

第3章　優しさにさよならを　>> 205

澪先輩の鬼の形相(ぎょうそう)を思い浮かべながら、ふたりで部室へと走ったのだった。

　部室の前にやってくると、ちょうど部屋に入ろうと扉に手をかけている誰かを見つける。
「あ、善先輩と愛音先輩、ども……」
　部室の前で鉢合(はちあ)わせしたのは章人くんだった。
「よ、章人！」
「こん……に、ちは」
　私たちは軽くあいさつを交わして、一緒に部室の扉を開けた。
「来た来た！　あれ、由真ちゃんは？」
「バイ……トで、す」
　部室に入ってすぐに駆けよってくる叶多先輩に説明すると、納得したようにうなずいてくれる。
「愛音」
　窓辺にもたれていた澪先輩が私に近づいてくると、肩に手を置いて顔をのぞきこんできた。
　澪先輩……？
　あまりにも真剣に見つめてくるものだから、私は驚いて固まる。
「そろそろ自分で撮ってみるか？」
　その一言は、予想外のものだった。
　今まで、カメラを持たせてもらって1枚、2枚撮ったことはあった。

だけど私は、みんなと過ごすうちに、写真家になりたいっていうより、それを目指すみんなの手助けがしたいと思った。
　だから部室を掃除したり、カメラやカメラスタンドの手入れを手伝ったりと、マネージャーのようなことをしてきた。
　たしかに、写真部のみんなと過ごすうちに、写真に興味が湧いてきてはいた。
　だけど、私は自分で撮るというより、みんなが撮った写真を見るのがなにより好きなんだ。
　だから、撮るよりも、みんながいい写真を撮れるように、お手伝いがしたい。
　そう答えを見つけた私は、ノートを取り出して返事を書く。
【私、写真を自分で撮るより、写真部のみなさんが素敵な写真を撮れるよう、サポートしたいです】
　善くんの写真を見た瞬間から、みんなと出会ってから、みんなの力になれたらと思ってたから……。
「愛音……」
【お願いします、澪先輩】
　ノートを見せると、澪先輩は小さく笑って、私の頭を軽くなでながらうなずいた。
「そうか……頼んだぞ、愛音」
　短い言葉だったけれど、私を喜ばせるには十分すぎる一言だった。

「あ……は、い！」
　私は力強くうなずいて、笑う。
　それに、澪先輩も優しい眼差しでうなずいてくれた。
　感動していると、肩をトントンとたたかれて振り返る。
　そこには、何度も「うんうん」とうなずく笹野先生がいた。
　えっ、笹野先生、いつの間に!?
「ふむふむ、愛ちゃんは健気で可愛いねぇ〜、ぐふふふっ」
「どこから湧いて出た!?」
　隣にいた善くんも、ギョッとしたように私を引きよせる。
　すると、笹野先生は唇を突き出して「湧いたって……ひどいなぁ」といじけはじめた。
「いやぁ、いい歳したオジサンが女子高生に迫るなんて、キモいよねー？」
「ふふふ」と笑いながら、叶多先輩は笹野先生をけなす。
「ぐふふって、完全にヘンタイ……犯罪者ですよ、アンタ。えーと、警察の電話番号は……」
「イヤ！　呼ばないでっ!!」
　警察を呼ぼうとスマホを見つめる章人くんを、必死に止める笹野先生。
　なんか、すごい光景かも……。
「…………」
　唖然としていると、「愛音」と善くんが私の顔をのぞきこむ。
「え？」

「時間もったいないし、俺と屋上に行こーぜ！」
　みんなの方をチラリと見て、善くんが私を誘う。
「あ……う、ん」
　そうだ、体育のときの約束……屋上で空を撮るって言ってたっけ。
　あ、でも……みんなを置いていっていいのかな？
　そんな私の心配を断ちきるように、善くんが私の手をすくうように取る。
「大丈夫、みんな自由に撮影してっからさ。それに、あいつらの話に付き合ってたら、一日終わっちゃうだろ？」
「えっ……」
　善くん、どうして私が考えてることわかったんだろう。
　たまたまかな……？
　それとも、顔に出てるのかな……？
　私はそれほどわかりやすい性格ではないはずなんだけどな。
「行くぞ、愛音」
「あっ……」
　善くんは、私がなにか答えるより先に、私の手を引いた。
　私をちがう世界へと連れていく善くんとなら、どこへでも行ける、そんな気がする。
　そうして、私たちは、屋上へと向かったのだった。
「あー、空がちけーなぁ‼」
「ほん、と……」
　目の前に広がる青空に、善くんがそう叫んだのがわかる。

そして、屋上のコンクリートに背を預けて、大の字に横になった。
　そんな善くんの隣に座り、同じように空を見あげる。
　風が吹くままに、雲は流れてどこかへと旅に出る。
　いっそ、どこか遠くへ行ってしまえたらいいのに……。
　私のことを誰も知らない、どこかに……。
　この空を見ていると、私を縛るしがらみすべてから解き放たれたかのような気になる……。
　でも、それも……今だけだ。
　現実に返ると、消えるはずのない私の罪を思い出す。
「許され……る、はず……ない……」
　ポツリと、ほとんど無意識につぶやいた。
　その声は、風とともに空に吸いこまれる。
　すると、ふいに地面についた手が温かくなった。
　視線を空から外すと、私の手が善くんの手に包みこまれていたことに気づく。
「愛音、なに考えてた？」
「……っ」
　なにを考えていたなんて、聞かないで……。
　私、善くんには最低な人間だって思われたくない。
　善くんが優しいと言ってくれた、私のままでいたいから。
「どこか、遠く……に、私を……誰も、知らない、場所に、行きたい、なって……」
　過去のことには触れずに、私はさっき考えていたことを話す。

「そんなん……ダメだ」
「え……」
 すると、即却下された。
 まるで、遠くへ消えてしまいたいと思っている私の心を引きとめるかのように、つないだ手を強く握られる。
 善くんが、こんな風に私の言ったことを否定することはめずらしい。
 口を開いたまま、驚いていると……。
「それじゃあ愛音はずっとひとりだ。泣いたり笑ったり、そういう時間を共有してくれる人が、いないってことだろ？」
「それ、は……」
「俺は、愛音をそんな場所に行かせたくねぇ。俺の知らないところで泣かれるくらいなら、引きとめるなり、勝手についてくなりするって」
「でも……」
 それが、善くんにとって辛い道になるとしても？
 私がそばにいたら、私の過去や障がいのことで、なにかしら重荷になってしまう。
 だから、早く私から離れた方がいいのに……。
 言いよどんでいると、善くんは私の頬に手を添えた。
 ……え、善くん……？
 驚きに目を見開いていると、善くんは優しく微笑む。
「……愛音、愛音は俺を救ってくれた。だから、俺は愛音がどんなモノを抱えていたとしても、絶対に味方だ」

「っ……どう、して……」
「ん？」
　どうして、善くんは私の言いたいことがわかるんだろう。
　どうして、私の痛みにすぐに気づくの？
　優しく首を傾げる善くんに、ジワリと涙がにじむ。
「どう……し、て……わか……るの？」
「んー……俺、愛音がひとりで泣かないように、目を離さないでいるって決めてんだ。だから、かな……」
　あぁ……この人は、どこまでも優しい。
　優しすぎて……胸が痛い。
「わた……し、ひどい……人、間……なの……」
「え……？」
　こんなに苦しいなら、いっそ話してしまおうか。
　隠しているのも、知られるのも怖いなら、すべてをさらけだした方が……。
　私の罪を、本当の私を……見てほしい。
　善くん、私は……ありのままを受け入れてほしい……。
　それは、いけないことなのかな……。
　でも、話すことは結局、その重荷を善くんにも背負わせることになる。
　頭の中がゴチャゴチャしていて、頭痛がしてきた。
　それでも、話してみたい。
　善くんになら、話してもいい、そう思えた。
　決意した私は、深呼吸をする。
　そして、息を吐くと同時に、口を開いた。

「人、殺……し……だか、ら……」
「人殺しって……」
　私の一言に、善くんがとまどうのがわかる。
　本当のことを知っても、善くんは変わらないでいてくれる？
　それがたとえ……私が誰かの命を奪ったという事実でも。
「それ……でも……優し、い……なん、て……言え、る？」
　お願い……否定しないで。
　私は、善くんに否定されたら、壊れてしまう。
　だって、こんなにも……私の中の善くんの存在は、大きい。
「っ……それ、は……」
　善くんは、そこで口をつぐむ。
　あきらかに動揺しているその表情に、泣きそうになった。
　胸がズキズキと痛んで、とたんに絶望が襲ってくる。
　やっぱり善くんも、私を……軽蔑（けいべつ）するよね……。
　当たり前なのに、ヘンな希望を抱きそうになった。
　お父さんの死を願って、たくさんの人を不幸にした私は、本当に、ひどく……醜（みにく）い……。
「っ……」
　とまどう善くんから手を離し、私は立ちあがる。
「愛音っ!!」
　すると、目の前の善くんが私の名前を呼んだ。
　私は善くんから視線をそらして走りだす。

第3章　優しさにさよならを

　屋上の扉に手をかけて、ふとうしろ髪を引かれるように振り返ると……。
　遠くで、なにか言いたげに私を見つめる善くんと視線が重なる。
　最初から、ひとりでいたらよかったんだ……。
　なのに、善くんのそばにいたいだなんて……傲慢だった。
　なんて愚かなんだろう。
　短い間だったけど、ありがとう……。
「あり、がと……う……」
　そう小さくつぶやいて、微笑む。
　すると、善くんは目を見開いて、なにかを叫んだ。
　だけど、逆光で口もとが見えない。
　でも……。
　優しさを知るたびに、こんなに張り裂けそうな胸の痛みを抱えていかなければいけないなら……。
　ずっと、孤独のままでよかったんだよ……。
　善くんなら受け入れてくれる、そんな風に思ったのが間違いだったんだ。
　私は、振り切るように屋上から飛び出す。
　善くんの言葉を無視するのは初めてだと、そんな場ちがいなことも考えた。
　また新しく背負った傷に、心も体もボロボロだった。
「はぁっ、はぁっ……」
　全力で階段を駆けおりる。
　ときどき足がもつれて、転がり落ちそうになって、それ

でも止まらずに走った。
「うぅっ……ふっ……」
　涙が、こらえられずに流れた。
　頬を何度も伝って、嗚咽がこみあげる。
　最初から、多くを望まなきゃよかったんだ。
　誰かに受け入れられたいとか、仲間になりたいとか。
「もう、や……だっ……」
　なんで、こんなに苦しいの。
　どうして、こんなに……悲しいの。
　善くんと、出会わなければ……。
　こんな辛い気持ちにならずに済んだのかな？
　そう思った瞬間、階段を踏み外してしまう。
　嘘っ、手すりっ!!
　伸ばした手も虚しく、手すりには届かない。
「っ!!」
　ガクンッと体が階段下に落ちていく。
　これも、善くんを傷つけた罰なのかも……。
　そんなことを考えた瞬間、グイッと腕をつかまれた。
　下へと落ちていく中、私はその誰かに強く抱きこまれる。
　──バンッ!!
「うっ……ぅ……」
　強い衝撃が体を襲った。
　でも、痛くない……。
　私、階段から落ちたはずなのに、どうして……。
　すると、誰かに抱きしめられてることに気づく。

おそるおそる顔をあげると、最初に視界に入ったのは、見覚えのあるチョコレート色の髪。
　ドクンッと、心臓が嫌な音を立てた。
　うそ、だよね……？
　この人が、キミのはずない。
　だって、人殺しの私の後を、追いかけてくるはずないんだから。
　なのにどうして、こんなに動悸がするの。
　体が震えて、呼吸が苦しくなるの……？
　ゆっくりと体を起こすと、私はその誰かを確認する。
　そこにいたのは……。
「う、そ……」
　そこには、目をつぶって倒れている善くんがいた。
　私は放心状態で善くんの頬に手を伸ばす。
「善……く……っ」
「…………」
　呼びかけても伏せられたままのまつ毛に、私は体がガタガタと震える。
　まさか、まさか善くんが私をかばってくれたの……？
　なんで、返事をしてくれないの？
　私をからかってるだけだよね？
「愛音、だまされたな！」って、笑ってくれるんでしょう？
　それならもうだまされたから、お願い目を覚ましてよっ。
「善……っ、くん!!」
「…………」

やだ……目を開けてよ!!
打ちどころが悪かったから……?
いつもなら、私の声を聞く前に気づいてくれるのに。
ねぇ、善くんっ。
「だ、誰……か……っ」
助けて……善くんを、助けて!!
「誰、かっ!!」
精いっぱい、叫ぶ。
すると、何人か声を聞きつけた生徒と、近くにいた先生が駆けよってくる。
「鈴原!」
いつからいたのか、笹野先生が私の肩をつかんだ。
私は呆然と笹野先生を見つめる。
「どう、しよ……善、くん……私、かばっ……て……っ」
「そうか、大丈夫だから、保健室に行くぞ」
「た、助けて……っ」
「善は、気を失ってるだけだ」
そう言って、笹野先生が私の体を支えてくれる。
近くにいた他の先生が、善くんを抱きあげて、先に保健室に運んだ。
そのあとを追うように、私は連れられるまま笹野先生と保健室へ向かった。

「……ごめ、なさ……」
ベッドで眠っている善くんの手を握る。

「私、の……せい……ごめ、んねっ」

　私のせいで、私がいたから善くんは……。

　どうして、私は誰かを傷つけることしかできないんだろう。

　本当に、ごめんなさい……っ。

　痛々しげにまぶたを伏せる善くんを見つめながら、もう何回目かもわからない後悔を口にしていた。

「うぅっ……善、くんっ」

　善くん、善くんっ!!

　またジワリと涙がにじんで視界がぼやける。

　すると、肩にポンッと手がのせられた。

　顔をあげると、優しく笑みを浮かべる笹野先生がいる。

「大丈夫だ、すぐに目ぇ覚ます」

「で、も……」

「鈴原のそんな顔見たら、善のヤツ心配するぞ」

　私を"愛ちゃん"ではなく、"鈴原"と呼んだ。

　いつものヘラヘラした感じはなく、きっとこっちが本当の笹野先生のような気がする。

　あくまで憶測だけど……。

「鈴原のことを誰より気にかけてたじゃねーか」

「は、い……」

　心配……するんだろうな。

　でも、私はその優しさを受け取る資格がない。

「……恨ん……で、くれ……たら、いい……の、に……」

「善はそんな風に思ったりしないと思うぞ？」

「だか……ら、です」
　だからこそ、私を嫌ってほしい。
　私から離れることは苦しいから、せめて突き放してほしい。
　傷つけられたいんだ、私は。
　だって、優しくされると、罪悪感に押しつぶされそうになるから。
「複雑だな、鈴原も」
「……もう……誰、も……傷つけ、たく……ないか……ら」
　私が、誰かを不幸にしてしまう前に……。
　それが善くんだなんて、絶対に嫌。
「あのな、鈴原。人を傷つけない聖人君子みたいな人間なんていないんだぞ」
「え……？」
　聖人君子って……。
　笹野先生は、そんな立派な人なんていないって言ってるのかな？
　確かに、先生の言うように人を傷つけない人なんていないのかもしれない。
　でも私は、他の人の何倍も誰かを傷つける。
　存在してるだけで、周りの人を苦しめるんだ。
「まぁ、あんまり思いつめるな。俺はこれから家族に連絡してくるから」
「は、い……」
　そう言って保健室を出ていく笹野先生を見送り、視線を

青白い顔で眠る善くんに戻す。
「ごめ、んね……」
　善くんが傷つくなんて、耐えられない。
　こんなにも苦しいのは……きっと、私が善くんを大切に思ってるからだ。
　……もう、離れるべきかもしれない。
　善くんを傷つける前に、善くんのそばを離れなきゃ。
　ズキンッと、心臓が痛む。
　あぁ、そっか……。
　失いそうになって初めて、気づいた。
　そばにいるとドキドキしたり、安心したり……。
　離れるとさびしくて、傷ついた姿を見ると泣きたくなる、この気持ちは……。
　"恋"だ。
　こんなにも……善くんが"好き"なんだってことだ。
　善くんの存在に安心して、向けられる太陽の笑顔に胸が高鳴って、そばにいたいと思う……。
「わた、し……」
　善くんが、好きだったんだね……。
　何度も心の中でつぶやいては、やっぱりその感情が答えなんだと確信する。
　今まで、気づかないふりをしていただけなのかもしれない。
　でも、もう否定できない……。
「す、き……好き……」

こんなにも、好きだって言葉に、ずっと探し続けていた答えを見つけたような気がするから。
　口に出せた喜びが、全身を駆けめぐる。
　そして、すぐに訪れる絶望。
　キミを好きになってはいけないという現実を突きつけられたから。
　善くんは、私みたいな人殺しと一緒にいちゃいけない。
　善くんのように心が優しくて、キレイで、なにより善くんを一番に想ってくれる人と結ばれるべきだ。
　私はお父さんを殺した罪が消えない限り、善くんを一番に想えない。
　どうしても、幸せになってはいけないと思うし、大切な人をまた傷つけてしまうと思うと……そばにいるのが怖くなる。
　私には、善くんを好きになる資格なんてないんだ。
「……ごめ、ん……なさ、い」
　好きになったりして、ごめんなさい。
　嘘ばかりついて、本当の私なんて見せられなかった。
　それでも、罪を犯した私に優しくしてくれて、ありがとう。
　善くんと過ごした時間だけは……。
　私、きっとキミに救われてたんだと思う。
「で、も……さよ、なら……だねっ」
　止まらない涙。
　善くんが眠っていてくれてよかった……。

第3章 優しさにさよならを ≫ 221

　こんな私を見たら、きっと心配しちゃうから……。
　善くんを守りたい。
　悲しみを乗りこえて、大好きな写真を撮って、素直に生きていってほしい。
　でもそれは、私がそばにいると叶わないから……。
　私は、善くんの手を両手で握りしめた。
　私の涙をぬぐい、頭をなでて、素敵な写真を撮るこの手が好きだったよ。
　キミが……とは言わなかった。
　言ってしまえば、きっと離れられなくなるから。
　これが最後だと思って、唇を寄せると……指先へキスをした。
「バイ、バイ……あり、がと……っ」
　大好きな、私の太陽……。
　頬に伝った涙が、善くんの手に落ちる。
　今まで、ありがとう。
　そう言って触れた善くんの手の甲は、硬くゴツゴツとしていて、やっぱり男の子なんだと思う。
　私はその感触を心に焼きつけながら、惜しむように手を離した。
　もう二度と、この温もりを感じることはできないんだなぁ。
「……っ」
　そう思ったら、どんどん涙があふれてきて、嗚咽がもれそうになる。

これが、私の最初で最後の恋だと悟る。
　善くん……。
　私に、恋を教えてくれてありがとう。
　あなたといられて、幸せでした。
　善くんがくれたたくさんの感情は、どれも私の宝物です。
　ひっきりなしに流れる涙を、乱暴に右手の甲で拭うと、静かに保健室を出た。
　夕暮れの保健室に、この恋心だけを残して。

さよならの涙

【愛音side】
「……これ、で……よし」

翌朝、自分の部屋の机の上でしたためた退部届の上に、シャーペンを置く。

自分から始めるって言ったのに……逃げてしまったことが、最大の心残りだ。

でも、しょうがない。

辞めたくなんてないけど、私はなにより善くんを傷つけたくない。

ゆっくりと立ちあがると、まだ明けきらない空を窓から見つめる。
「あの、日とは……ちがう、な……」

午前4時、明けきらない空。

闇に交じる光の少ない空が、不安をかき立てる。

善くんと見あげた空は、もっと青空だった。

どこまでも澄み渡って綺麗だったのに……。

今日で、あの楽しい日々が終わってしまうのだと思うと、切なくてたまらなかった。

部屋を出て、リビングへ向かう途中。

私はやっぱり、お父さんの部屋の前で立ちどまった。
「…………」

お父さん。

私を、恨んでますか？

ちゃんと傷つくから、ちゃんとひとりでいるから、音なんて一生戻らなくたっていいから……っ。

「っ……うぅっ……」

私は、お父さんの扉の前で膝をつく。

そして、すがるように扉に手をついて泣いた。

早く、私を終わらせてください……っ。

もう、消えてしまいたい。

なんでこんなに……生きることが辛いんだろう……。

私はどうすればよかったの？

なにが正しいかなんて、わからなかった。

あのときの私は、心にも余裕はなかったし、お父さんを恨むことでしか、自分を保てなかったから……。

ようやく太陽が登り、明るくなってきた午前6時半。

私はリビングでぼんやりと窓から見える空を見あげていた。

すると、リビングに起きてきたお母さんが入ってきたのがわかる。

私に気づいてすぐに、心配そうに顔をのぞきこんでくる。

「愛音、どうしたの？　顔色が悪いわ」

「なんも、ない……よ」

心配そうなお母さんに、ぎこちなく笑顔を返す。

すると、お母さんは「そう……」となにも聞かずに台所

へと向かった。
　その顔はなにか聞きたげだったけど、追及(ついきゅう)されなくてよかった……。
　今は、なにも考えたくない。
　どうしたって、善くんとはもう……一緒にいられないんだから……。
「愛音、ミルクティーよ」
　すると、目の前に湯気の立ったミルクティーが置かれる。
　それを受け取ると、陶器(とうき)ごしに感じる温もりから、お母さんの気遣いが伝わってくる気がした。
「朝ごはん作ってくるわね」
「あり、がと……」
　温かい……。
　でもね、その優しさが辛いよ。
　お母さんを傷つけているのも、善くんを傷つけたのも私なのに、どうして優しくしてくれるんだろう……。
　それが、わからない。
　私は、揺れるミルクティーの水面を見つめながら、そっと目を閉じた。
　こうして目を閉じると、視界いっぱいに闇(やみ)が広がる。
　闇に包まれて、不安なはずなのに……今は、なにも聞こえない、見えないことにホッとした。
　なにも見えず、聞こえなきゃいい……。
　そうだよ、私はたしかにあの日、お父さんのお葬式の日に、そう願ったじゃないか。

自分で願ったのに、見たいものだけ見ようとするなんて、そんなの卑怯(ひきょう)だ。
　どこまでも自分勝手な私は……早く、誰かの迷惑になる前に、ひとりにならなきゃいけない。
　そうだよ、これでよかったんだ。
　私はそう自分に言い聞かせたのだった。

＊＊＊

　今朝書いた退部届をいつ渡そうと悩んでいたら、あっという間に昼休みがやってきた。
　行くなら、今しかないよね。
　由真には止められるだろうけど、放課後になったら、善くんや部員のみんなに遭遇(そうぐう)してしまうかもしれないから。
　私は昼休み開始のチャイムが鳴ると同時に席を立つ。
「愛音？」
　勢いよく立ったからだろう、由真が驚いたように私を振り返った。
「ごめ……ん、私……」
「愛音、それ……まさか部活、辞めるの……？」
　私の手にある退部届を見て、困惑したような顔で尋ねてきた。
　それにうなずいて、ギュッと退部届を握りしめる。
　本当は私、部活をやめたくない。
　でも、誰かの迷惑にしかならない私は……。

そばにいると、大切な人を、善くんを……不幸にしてしまうから。
　だから、誰も引きとめないでほしい。
　みんなに引きとめられたら、私の決心が揺らぎそうで怖い。
　今だって、こうして声をかけられただけで、「ずっと写真部のみんなといたいよ」って叫んでしまいそうで、すでに、心が折れそうだった。
「まさか、善くんのケガが理由？」
　由真もウワサを聞いたんだろう。
　善くんのケガは、うちの学年でちょっとした話題になっているから。
　A組の障がい者が、人気者の善くんにケガをさせたって。
　思い出せばズキンッと痛む胸に、嫌気が差す。
　本当のことなんだから、傷つくなんて傲慢だ。
「でも、あれは愛音が悪いわけじゃ……」
「ちが、う……」
　私は首を横に振って、うつむく。
　あれは、私のせいだ。
　私がいたから、善くんはケガをした。
　今朝、由真からあの後、善くんがすぐ目を覚まして、念のため病院に行ったことを聞いた。
　なんでも、全身打撲だったらしい。
　ケガをさせてしまったことには変わりないけど……。
　無事でよかった……。

でも、ホッとした瞬間から、私のせいだと罪悪感が湧いてきて、気づいた。
　私は、存在しているだけで罪なのかもしれない……と。
　大切な人ほど、不幸にするんだ、きっと。
「ごめ、ん……行くね」
「愛音‼」
　由真が叫んだのがわかったけど、私は気づかないふりをして、教室を出た。
　そして、まっ先に職員室に向かう。
　すると、廊下に見慣れたチョコレート色の髪、背の高い男の子を見つけた。
「あっ……」
　一瞬、呼吸が止まりそうになる。
　だって、そこにいたのは……善くんだったから。
　善くんは私に気づいていないのか、同じクラスの女の子たちと楽しそうに話していた。
　元気そうでよかった……！
「あぁ……っ」
　その姿を見ただけで、泣き出してしまいそうなほどにうれしい。
　善くん、よかった、学校来られたんだ……。
　もう二度と会わないつもりだったけど、今こうして善くんの元気な姿が見られて心底ホッとしてる。
　女の子たちに囲まれながら、なにやら可愛らしくラッピングされたプレゼントのような物を受け取っている善く

ん。
　距離があるから、どんな話をしているかはわからないけど……。
　善くん、楽しそう……。
　私と話すときより、ずっと笑顔だ。
　そもそも、私なんかが善くんに釣り合うはずなんてなかったんだ。
　なのに、そばにいたいなんて、おこがましいよね。
　善くんは……障がいなんてない、普通の女の子といた方がいいに決まってる。
　私なんか、一緒にいる資格なんて……最初からなかったんだ。
「傷つけ、て……ごめ、ん……ね」
　小さく、擦れる声で伝える。
　頬に涙が伝って初めて、泣いていたことに気づいた。
　幸せになってほしい。
　善くんの悲しみごと包みこんで、寄りそってくれる人と一緒に。
　私はゆっくりと踵を返して、ちがうルートで職員室へと向かった。
　この想いもすべて断ち切るために、退部届を強く握りしめて。

　職員室へやってくると、笹野先生は退部届と私の顔を交互に見つめて、困ったような顔をした。

「善のことが原因か?」
　笹野先生の唇が、たしかにそう動いた。
　私は「ちがう」という意味をこめて、首を横に振る。
【自分を許せないから、辞めるんです】
　ノートを取り出して、そう書いて見せた。
　辞めることを善くんのせいだと思われたくなかった。
　もう、迷惑をかけたくないから。
「……あのことは、鈴原のせいじゃないんだぞ?」
【そういうことじゃありません。私の問題なんです】
　深くは話せない……というより、話したくない。
　ノートを見せると、先生は悲しげに眉を下げた。
「その闇は……誰なら救えるんだろうな」
「え……?」
　笹野先生は、意味深につぶやいて、コロッといつものヘラヘラした笑顔に変わる。
「いーや、なんでもないさ。んじゃ、まぁ……とりあえずもらっとくわ」
「は、い……」
「意外と、すぐ近くにいるもんだぞ」
「え?」
　笹野先生は笑顔なのに、やけに真剣な目をしていた。
　声が聞こえない分、私は表情には敏感(びんかん)な方だ。
　だから、気のせいではないと思う……。
　でも、なにが言いたいのか、今の私にはわからない。
「早く、気づけるといいな、鈴原」

第3章 優しさにさよならを ≫ 231

「……は、い?」
　とまどっていると、ポンポンと肩をたたかれる。
　それを不思議に思いながらも、私は一礼して職員室を出た。
　早く気づけるといいって、いったいなにに……?
　笹野先生の言葉の意味を考えながら、教室に戻ろうと顔をあげると……。
「愛音っ!!」
「え……善、くん……?」
　そこには、息を切らした善くんがいた。
　切羽詰まったような顔で、私の目の前にやってくる。
「愛音のこと、廊下にいたときに見かけた気がして……。追いかけてきて正解だった!」
「…………」
　善くん……気づいてたんだ。
　腕まくりした腕には、青あざがいくつもある。
「あ、もうピンピンしてっから気にすんな?」
　私の視線に気づいた善くんが、捲っていたワイシャツ袖を伸ばす。
　私に気を遣ってくれたんだろうな。
　それにさえ、チクリと胸が痛む。
　元気には見えるけど、傷を負わせてしまったことに変わりはない。
　全部、私のせいだ……。
　私なんかを、かばったから……。

「愛音にケガがなくて良かった。愛音が無事なのは、笹野先生から聞いてたけど、ちゃんと顔見ねーと安心できなくてさ！」
「…………」
　いつもそう、私のかわりに誰かが傷つく。
　どうして罪深い私じゃなくて、誰かなんだろう。
　私が傷つけばいいのに、善くんもお母さんも、私のためにケガをしたり、心を痛めたりするんだ。
　どんどん負の輪は広がっていって、いずれ写真部のみんなも、由真のことさえ私は不幸にするのかもしれない。
「それにしても、なんでこんなところにいたんだよ？　って、愛音聞いてるか？」
　やっぱり、私は善くんのそばにいられない。
　もうこれ以上、善くんを私のことに巻きこみたくないから。
「……退部、届……出しに、きた、の」
「……は!?　な、なんでだよ!?」
「……部活、やめ、る……から」
　善くんの顔は見る見るうちに青くなる。
「っ……まさか、俺のケガのせい？」
「ちが、う……」
　両肩をつかむ善くんに首を横に振った。
　私の意思でそうしたいと思ったんだから、善くんのせいじゃない。
「それなら、なんでだよ！」

つかんだ手に力がこめられる。
　痛みに顔を歪めると、善くんは「悪い！」と言って力を抜く。
　それでも、肩から手は離れなかった。
「なら、なんでだよ!?」
「…………」
「愛音、なんでなんも話してくんねぇの？」
　悲しそうな顔で私を見つめる善くん。
　結局、そばにいても離れても、傷つけているのは……私だ。
　ならいっそ、私を軽蔑するよう突き放してしまおうか。
　そう決めて、ゆっくりと善くんを見つめた。
「……私、人を……殺した……の」
「っ!!」
　善くんは目を見開いて、またも言葉を失っている。
　そんな善くんを追いつめるように、言葉を続けた。
「私……の、世界……から……音が、消えた、のも……その、せい」
「愛音、それ昨日も言ってたけど、なんかの冗談なら……笑えねーって」
「本当、の……こと」
　私の一言でお父さんは死に、お母さんは泣いている。
　その罰として、私は音を失ったんだから。
　……人殺しの私は、ひとりでいなきゃいけない。
「なに言ってんだよ！　愛音は優しくて、俺を救ってくれ

ためっちゃいい子で……っ」
「……本、当……の、私を、知らない……だ、け」
「知らないのは愛音の方だって！　愛音は俺の……っ、俺の世界を変えてくれた、本当に優しい女の子だ！」
「……っ、もう……やめ、てっ」
　そんな、綺麗なだけの私なら、どんなによかっただろう。
　でも、本当は……。
　病気のお父さんに『いなくなれ』なんて言った、最低で心が汚れた人間なんだ。
「なぁ、愛音……っ、」
「……さよ、なら……」
　一歩後ずさり、善くんと距離を取る。
　そして、最後に微笑んで見せた。
　本当にこれで最後……。
　もう、善くんと言葉を交わすこともないんだろうな。
　すれちがっても、目で追ったりなんかしないから……。
　さよなら、善くん……っ。
「愛音っ‼」
　善くんは私に手を伸ばすけど、その場から動こうとはしない。
　あぁ、やっぱり善くんも、人殺しにはさわりたくないよね。
　そう思うと悲しくて、涙が流れてしまう。
　……好きだったんだ。
　こんな私が、一時でも罪を忘れて、幸せになりたいと願

うほどに、善くんのことが好きだった。
「さよ、ならっ」
　そして、思いっきり踵を返して走る。

　どこからまちがったんだろう。
　善くんを好きになったこと？
　それとも、写真部に入ったことだろうか。
　ううん、きっと……。
　……善くんと、出会ってしまったことだ……。

想いを届けたくて

【善side】
「人殺しって、なんだよ……」
　なぁ愛音、俺は夢を見てるのか？
　いつでもまっすぐに俺を見つめてきた愛音の瞳。
　なのに、今日は暗い闇をのぞいてるかのような不安に襲われた。
　愛音が走り去った廊下にただひとり、立ちつくす。
「愛音……」
　愛音が、どっか遠くに消えてしまいそうで怖くなる。
　愛音は、危うい。
　母さんみたいに儚すぎて、すぐに見失いそうで、それでいつの間にか……。
　消えてしまうような危うさだ。
　つなぎ止めてなきゃいけねーのに、俺はなんで追いかけなかった？
　足が地面に縫いつけられたみたいに、動けなかったんだ。
　俺は怖かったのかもしれない。
　近づいて、触れた瞬間に愛音が壊れてしまうような気がして。
　手がカタカタと震える。
「人殺しなんて、ただの言葉のあやだろ……」
　そんなわけない。

優しい愛音が、そんなことするはず……。
「ねぇって……」
弱々しくつぶやいて、頭を力任せにかく。
もう、わけわかんなくなってきた。
なぁ愛音、全部嘘だって言ってくれよ……。
俺は、どうすればよかったんだ……。
見たこともない暗い瞳に、紡ぐ言葉を失った。
伸ばした手は、触れたら壊れそうな愛音の儚さに、動きを止めてしまった。
あのとき、なにがなんでも引きとめるべきだったのか？
「でも、わからなかったんだ……。なんて、声をかけたらよかったのか……」
どちらにせよ……たぶん、愛音はもう俺と会ってくれない気がする。
……覚悟を……した目をしていたから。
俺には受けとめきれないなにかを、愛音はひとりで抱えているのかもしれない。
途方に暮れてその場にしゃがみこむと、無力感に押しつぶされそうになる。
「愛音……っ」
どこか遠い場所へと去っていこうとするキミの名前を呼ぶ。
どうか、もう一度、俺に笑いかけてくれないかと願うように。
しばらく俺は、その場から動くことができなかった。

「愛ちゃん、退部したって本当に!?」
「あぁ、正式に退部届を笹野先生が受理したと聞いた」
　放課後、俺は部室にやってきて、席に座ると、どこかボーッとしながら、叶多先輩と澪先輩の会話を聞いていた。
「あのズボラ教師……引きとめもしないで、やすやすと受け取りやがって……」
「ブラックな方の叶多先輩、全開ですね」
　発狂する叶多先輩を横目に、章人が俺の前の席に座った。
「で、善先輩……ここで、なにしてんすか」
「章人……」
「アンタが引きとめないでどうするんです？」
　章人は俺の方は見ずに、そっぽを向いたままそう言う。
　その言葉は、俺の胸にズサズサと刺さった。
　胸が、痛くて仕方ない。
　だってそれは、俺自身に言ってやりたい言葉だったから。
「俺……」
「章人、あんまり善を責めるな。いつもなら物怖じせずに直球な善が、そうできないのには理由があるんだろう」
　フォローしてくれたのは、澪先輩だった。
　澪先輩はメガネをクイッと人さし指で直し、俺と章人に視線を向ける。
「すんません、善先輩……」
「いや……章人の言葉は、正しい」
　ただ、俺が弱虫だから、追いかけられなかった。
　あのときの愛音に、触れることを恐れたから……。

「善ちゃん、なにがあったのか僕たちに話して？　善ちゃんも愛ちゃんも大切な仲間だし、力になりたいのはみんな一緒だよ」
「叶多先輩……」
　ジンッと、胸に染みわたる優しさ。
　心底今、ひとりじゃなくてよかったと思う。
「実は……」
　階段から落ちる愛音をかばった日、愛音が自分のことを"人殺し"だと言ったことを話す。
「人殺し……そんなこと、愛ちゃんがするわけないよね」
「あの人、虫も殺せなそうな顔してますしね」
　叶多先輩と章人も、俺の話を信じていない。
　俺だってそう思う。
　なのに……。
「愛音の顔、本気だったんだ……」
　愛音は、冗談であんなことを言うような子じゃない。
　それに、あの目はまっすぐで、偽りじゃないことを証明していたから、とまどってるんだ。
「そんな……愛ちゃんに限って、それは……」
「まぁ待て、実際に人を殺したのなら、警察に捕まるとか、学校でもウワサが立つはずだろう？」
　悲しげな叶多先輩の肩に澪先輩が手を置いた。
　たしかに……。澪先輩の言うとおりだ。
　愛音は自分を責めているからこそ、わざとそんな言い方をしたんじゃないか？

「なんにせよ、愛音がなにか隠しているのにはまちがいないがな」
「そーゆーことだねぇ」
　突然現れた、あきらかに空気の読めない気の抜けた声。
　それに、全員の視線が部室の入り口へと向けられる。
「本当、どこから湧いたんです？」
「章人くん？　キミは相変わらずひどい子だね」
「どうも」
「褒めてないからネ!?」
　相変わらずかわりばえのしないコントをかます章人と笹野先生に、思わずため息が出る。
　こんなときでも、平常運転だなぁ……。
　さっきまでの俺は、不安で、軽くパニックを起こしていて、ひとりで抱えるには心細かった。
　だからこそ、この平常がホッとしたりする。
「でもまぁ、誰しも触れられたくない闇を抱えてるわけね」
　笹野先生は扉に寄りかかり、ニヤリと笑った。
「触れられたくない闇……」
「そうだなぁ、善。お前にもあったみたいにねぇ」
　三日月のように弧を描いた目が、意味深に俺へと向けられる。
　俺が囚われていた闇は、愛音が払ってくれた。
　あんな苦しみを、愛音も抱えてるなら……。
　そうだとしたら、救ってやりたい。
　俺が、守ってあげたい。

「救いたいなら、お前が救われたときと、同じことをしてやったらいいんじゃねーのぉ？」
「俺が、救われたとき……っすか？」
「ほーよ。ま、たくさん悩め、若者よ。じゃあなぁ〜」
　手をひらひらとさせて、去っていく自由奔放教師。
　その背中を見送って、俺は考える。
　俺を救ってくれたのは……愛音の言葉。
『善くんはわかってない』
　愛音は俺にそう言って、母さんの言葉を代弁してくれた。
　俺の写真が、母さんの生きた証だったって。
『泣いていいよ』
　そして、俺に……我慢していた１年分の涙を、思うままに流すことを許してくれた。
「愛音の言葉が、存在が……俺を許してくれた。愛音が、俺の存在を認めてくれてんだ……」
　あぁ、そっか……。
　なら、今度は、俺が愛音の存在を肯定してやればいい。
「誰かが愛音を人殺しと呼んでも、その罪も罰も全部受けとめて、愛音と一緒にいる」
　簡単なことだった。
　俺の心は、すでに愛音のものだ。
　好きな女の子の、すべてを受け入れて一緒に生きてやる。
「それくらいできねーで、どうする」
　愛音の見ている世界は、あんな暗い目をさせるくらい、光のない世界なのかもしれない。

あの笑顔の裏に、愛音がずっと抱えていたものがある。
　俺にもあったように、見たくないもの、触れられたくないもの……。
　いつでも意識のどこかにあって、忘れられない。
　救われるには……受け入れてもらえる人がいるってことに、気づくことだ。
　自分では認められなくても、たったひとりでもいい、必要としてくれる人がいれば、それでいいんだ。
　愛音がそうしてくれたように、俺が愛音の世界を変えてやるんだ。
「俺には、愛音が必要だから……」
　何度も伝えよう。
　俺には愛音が必要なんだって。
　こんなに必要としてるんだって。
　――ガラガラガラッ。
　自分の気持ちに整理がついた頃、突然部室のドアが開いた。
「すみません、愛音……来てるわけ、ないですよね!?」
　そこには、息を切らした由真がいた。
「由真？」
「善くん……愛音が……っ」
　由真の今にも泣きそうな顔に、俺はうろたえる。
　愛音に、なにかあったのか……？
　俺は勢いよく立ちあがって、由真に駆けよった。
「愛音がどうした!?」

「放課後、善くんのクラスの女の子たちに連れてかれたのを見た子がいて……。ずっと探してるんだけど、見つからないのっ」

　俺のクラスの女子が、なんで愛音を……？

　まさか、体育のときに愛音に絡んでたヤツらか!?

　嫌な予感がする。冷や汗が背中を伝った。

「とりあえず落ちつきましょうよ。由真先輩、こっち座って」

「ご、ごめんね、章人くん……」

　章人に促されて、由真がイスに座る。

　俺はたまらずその場を飛び出した。

「あ、善くん!?」

「絶対、俺が見つけるから!!」

　叫ぶようにそう言って全力で駆けた。

　早く、早く愛音を見つけねえと……!!

　また誰かに傷つけられて、泣いてるかもしれない。

『ただ……自分、を、大切……にするの、は……でき、ない』

　動物園で男に襲われたとき、愛音は自分を大切にできないと言った。

　たぶん愛音は……どんなに傷ついても、抵抗しない。

　それが、たまらなく怖かった。

　そう、俺にはわかる……。

　俺が辛くてもカメラをやめなかったのは、それが自分への戒めであり、罰だったから。

　愛音はきっと……傷つけられても、それが自分の罪だからと、抵抗せずに受け入れちまう。

そんなに悲しい生き方を、愛音はずっとしてきたのか。
　心がどんなに泣いても、平気な顔して生きてきたんだろうか。
　そう考えただけで、胸が張り裂けそうだった。
「だけど、そうじゃねぇんだよ!!」
　俺は叫びながら、なんだか泣きたくなった。
「っ……愛音が教えてくれたんじゃんかっ!!」
　なのに、どうしてっ……。
　俺の想いは、愛音の心に届かないんだよっ。
　愛音、どこにいるんだよ……。
　たぶん、まだそんな遠くへは行ってないだろう。
　由真のことだ、愛音が連れ去られたって知って、すぐに俺たちに知らせにきたはずだから。
　だとしたら、まだ学校内にいる可能性が高い。
「でも、どこだっ!?」
　教室か、体育館か、裏庭か!?
　焦りばかりが俺の心を支配する。
　見慣れた学校が、無限の迷路に変わっちまったみたいに、あてもなくただひたすらに愛音に続く道を探してる。
「愛音……!」
　何度も愛音の名前を呼びながら、大切なキミを守らなくては、という一心で走った。

神様ひとつだけ

【愛音side】
　放課後、私は由真が話しかけてくるより先に教室を出た。
　理由は、退部したワケを聞かれると思ったから。
　私が由真を写真部に誘ったのに、なんて言ったらいいのか、まだ気持ちを整理できないんだ。
「…………」
　私はうつむきながら、下駄箱に向かうため、廊下を足早に歩く。
　教室のある２階から、階段をおりて１階へやってきたときだった。
　グイッ。
「っ……えっ？」
　突然腕をつかまれて、強制的に振り返らされる。
　つかまれた腕が痛み、顔を歪めながらその相手を見ると、見覚えのあるＢ組の女の子だった。
　この子、確か善くんに近づくなって言ってた人だ……。
　その子のうしろには、他に５人ほど女の子がいる。
『いいよね、障がい者は目をかけてもらえて』
『特例で学校も遅刻できるし、いいことづくしじゃん！』
　前に体育館で言われたことがフラッシュバックする。
　無意識に、体が凍りついたように固まった。
「鈴原さん、ちょっと話があるの」

「っ……な、に……」
　話なんて、きっとろくなことじゃない。
　どうしよう。
　聞きたくないけど、手をつかまれてて逃げられないっ。
　無理やり、引きずられるようにして連れてこられたのは、階段裏にある倉庫の前だった。
「ヘンなしゃべり方。耳障りなのよ」
「っ……」
　耳障り……。
　前に、滝川くんにも言われたっけ。
『話し方、気持ち悪いんだよ』って……。
　そっか私……話すだけで、誰かを不快にさせちゃうんだ。
　ならいっそ、話さない方がいいのかな……。
　筆談でも、こと足りる……もんね。
　そう自分に言い聞かせながら、それでもこらえきれずに、涙がにじんでくる。
「わからない？　アンタみたいな障がい者がいるから、周りの人間が迷惑こうむるわけ」
「あっ……」
　ズキズキと、胸が痛くなる。
　それは自分でも十分感じていたことだから、否定できない。
「あなたさえいなければ、善くんだってケガすることなかったのよ！」
「それ、はっ……」

そうだ、結果、善くんのことも傷つけて……。

きっとこの子たちにとって、善くんは大切な人だったんだ。

私は、私のわがままで大切な人、その人を大切に思う人まで不幸にしてしまう。

「ま、た……」

同じことを繰り返すんだ。

ほら、やっぱり私がいけないんじゃん。

なら、なら……。

私は、ノートを広げて、文字を書く。

それを、煩わしそうに見つめる女の子たち。

【償うには、どうしたらいいですか？】

文字を書きおえると、ノートを広げて見せた。

彼女たちの心を軽くするには、どうしたらいいのかを、私は知りたい……。

「は？　償うとか……なに言っちゃってんの？」

「善くん、ケガしちゃってるんだよ？　簡単に償えるわけねーじゃん」

……そう、だよね……。

私なんかがなにかを犠牲にしたとしても、犯した罪のかわりになんてならない。

もともと存在価値もない私じゃ……。

「ならさ……その髪でも切って、許し乞えばぁ？」

サラリと、目の前の女の子に長い黒髪をつかまれる。

簡単に償えるはずがないことはわかってる……。

今の私は、その提案に救われた気がした。
　この髪を切るくらいで許されるなら、いくらでも……捨てられる。
　そうしたら、少しは許される……？
　私は肩にかけていたカバンから、文房具セットを取り出して、迷いなくハサミを手に持った。
　そしてハサミで女の子がつかんでいる私の髪を挟む。
「は？　ちょ、ちょっと……」
「……ごめ、なさ……いっ」
　——パツンッ。
　長い黒髪を切り落とした。
　腰まであった髪は、肩の上くらいの長さまで短くなる。
　女の子は、地面に落ちた髪を呆然と見つめていた。
「や、やだ……ばっ、バカじゃないの!?」
「ねぇ、コイツ、まじでやばくない？」
「頭オカシイって……」
　みんなが気味悪そうに私を見つめる。
　そして、後ずさったのがわかった。
　どうしてだろう……みんな、ヘンな顔してる。
　私、またまちがったことをしてしまった？
　だって、こうしないと……私はまた、罪を……。
　すると、突然私の手からハサミが奪われた。
「えっ……」
　驚いていると、そこには見慣れたチョコレート色。
　息を切らして、泣きそうな顔をしている善くんが、そこ

第3章 優しさにさよならを 249

にはいた。
「愛音、髪……っ」
　善くんは痛々しそうに眉を歪めて、短くなった私の髪に触れた。
「どうして、こんなことになってんだよ!?」
　善くんが責めるように目の前の女の子たちをにらむ。
　私は、善くんの服の袖を引いた。
「ちが、う」
「え、ちがうって、どういうことだ？」
　善くんは困惑したように私を見つめてくる。
「私、が……やった、の」
「な……なんで、だよ？」
「罪……ほろ、ぼし……」
　私は、善くんの手からハサミを優しく受け取る。
　そして、両手でギュッと握りしめた。
「これ、で……わた、し……許され、る？」
「愛音……そうか、そこまで愛音の傷は深かったんだな。こんな風に自分を傷つけないと、心が……保てなかったんだな……っ」
　善くんが、泣きそうな顔で私の頬に手を伸ばす。
　どうして善くんがそんなに悲しそうな顔をするの？
「俺にはわかる、自分を傷つけないと……苦しい気持ち。許されたかったんだよな……ずっとっ」
　泣いてないのに、善くんは私の目じりから頬を伝って顎先まで、まるで涙の跡をたどるように指先で触れた。

許されたい……そうだ。
　だから私は、許されるために髪を切った。
　お父さんの次は善くん、どんどん罪を重ねていく私は、いつまで自分を傷つけ続ければいいんだろう。
　永遠にも近い苦しみの中、生きていかなきゃいけないのかな……。
「この子、善くんをケガさせた罪滅ぼしがしたいって言うから、髪でも切ればって言ったのよ……。も、もちろん冗談だったのよ!?」
「本気で切るとか、どうかしてる……」
　すると、目の前の女の子たちが、善くんを囲んでそう言ったのがわかった。
「どうかしてるのは、お前らだよ……」
　ポツリと善くんがそうつぶやいた。
　私は、善くんの見慣れない怒った顔に驚いて、目を見開く。
「ぜ、ん……くん？」
「……っ、愛音にそうさせたのは、お前らだろ」
　善くんは、怒っているのに、今にも泣きそうな複雑な顔をしていた。
　悔しいのか、悲しいのか……唇がわずかに震えている。
「ぜ、善くん、私たちはっ」
「俺、本気で怒ってんだよ……。悪いけど、ブチ切れる前にどっかに行ってくれ」
「なっ……なに、善くん、超つまんない!!　行こ、みんな！」

第3章 優しさにさよならを ≫ 251

そう言って、女の子たちが去っていく。
　もしかして、私のせいで善くんが悪者になっちゃったんじゃ……。
「ごめ、善く……ん……」
　私のせいで、善くんもひとりになっちゃう。
　大切な人さえ大事にできない私は、存在する価値もない。
　うつむいていると、善くんが私の両頬を包みこむように両手で触れた。
「守ってやれなくて悪かった」
「え……」
　善くんの手が、私の頬をなでる。
　目を見開くと、善くんは何度も頬をさすった。
　……どうして？
　どうして、善くんは私に優しくしてくれるんだろう。
　私は、善くんにひどいことばかりしてるのに……。
「そばにいたのに、俺……愛音のなにを見てたんだろうな」
「善、く……ん」
「俺、あいつらのことも、愛音を守れなかった自分のことも許せねぇよ」
「……どう、して……」
　私は首を傾げて、善くんの眉間のシワにそっと触れる。
　善くんは見たことないくらい怖い顔をしていて、それでいて悲しそうだった。
　私のためにこんな顔しなくていいのに。
　明るくて、笑顔が絶えない善くんに、こんな怖い顔させ

たくなかった。
　私のせいだと思うとなおさら、胸がズキズキと痛む。
「私、善……くん、ケガ、させた、のに……」
「そんなん、気にすんな。俺がしたくてしたことだし」
「……私、いろんな人、を……不幸、に……する」
　首をフルフルと振って、こみあげる涙を我慢しようと目に力を入れる。
　そんな私を、善くんは驚いたように見つめた。
「いつも……そう……。だから、善くん……とも、さよなら……しな、きゃ……」
　突き放すように善くんの胸を押して、距離を取る。
　そして、勢いよく背を向けた。
　善くん、今までありがとう。
　善くんのおかげで、短い間だけど、私は罪も忘れて自由に生きられた気がする。
　楽しかった、誰かをこんなにも好きになれたことがうれしかった……っ。
「ふ、うっ……」
　目にたまっていく涙がこぼれないようにと上を向く。
　手に入れられないと思っていたものを、私は手に入れたんだ。
　恋を知れた、それ以上になにを望むというんだろう。
　もう十分、私は幸せだった。
　さよなら……私の大好きな人。
「さよ……なら……っ」

そのまま歩きだそうとした。
　なのに私は、すぐに歩けなくなる。
「えっ……」
　ギュッと、うしろから強く抱きしめられたから。
　驚いて身じろぐと、離すまいと強く、痛いくらいに善くんの腕が体に回される。
　その勢いに驚いて、ふたり一緒にしゃがみこんでしまった。
「善、く……ん……っ？」
　その腕に触れてゆっくり振り返ると、善くんは目に涙をためて私を見つめていた。
　えっ……善くん、泣いてる……。
　どうして、なんで泣いてるの……？
　困惑していると、今度は正面から私を抱きしめてきた。
　顔をあげると、少し怒ったような顔をする善くんと視線がからみ合う。
「……なんで、わからねーの？」
「え……」
「愛音、俺には愛音が必要だって、わからないのか!?」
　ビクッと体が震える。
　善くんが叫んだのがわかって、私は目を見開いたまま、呼吸ができなくなる。
「愛音が俺を不幸にしたことなんて、一度もねーよ！」
「でも、私……善、くんに……迷惑……かけ、たく……ない……っ」

善くんは優しいからそんなことを言うんだ。
　実際、ケガだってさせられてるのに、私は悪くないだなんて……。
「迷惑とか、そんなん思わねーよ！　なぁ、頼むから人を拒絶するな、俺から離れるな!!」
　必死な様子が善くんの表情から伝わる。
　私よりも、善くんの方が苦しそう……。
　こんな顔をさせているのも私だと思うと、辛い。
「どう、して……？」
「どうしてって……」
「私、善、くんを……傷つけ、たく……ない。離れた、方が……いい、のに……」
　なのに、どうして離れるな、なんて言うの。
　私は善くんが好きで、大事だからこそ離れたい。
　大切な人を傷つけることほど、辛いことはないから。
「なぁ愛音、俺は愛音がどんな過去を抱えてても、愛音の味方だ」
「っ、善く……ん……」
　私が、どんな過去を抱えててもだなんて……。
　私が……人殺しでも？
　自分の親に『いなくなればいいのに』なんて、ひどいことを言っていたとしても？
　私の必死に隠してきた罪を知っても、善くんは味方でいてくれるっていうの？
「たとえ、愛音が人殺しでも……。俺は、俺を必要だと言っ

てくれた愛音のそばにずっといる!!」
「どう、して……そこ、まで……して、くれる、の……?」
　理由がわからない。
　私にとって善くんは恩人。
　心を救ってもらって、守ってもらってばかりで、心から感謝してる。
　でも、私が善くんにしてあげられることは、なにひとつないのに……。
　だからこそ、そこまでしてくれる理由がわからないんだ。
「そんなん……」
「え……?」
　善くんは深呼吸をして、私をまっすぐ見つめる。
　そして……。
「愛音が好きだからに決まってるだろ!!」
　善くんは、たしかに私をまっすぐに見つめてそう言った。
　見まちがえたのかと、一瞬頭がフリーズする。
「なに……言って……」
「好きだ、愛音が好きだ!」
「っ……う、そ……」
　ありえない。
　善くんが私を『好き』だと言うなんて。
　……これは、夢?
「嘘じゃねーの、愛音が好きだ……。だから、いいかげんわかれって……っ」
「だっ……て、私……」

好かれるところなんて、ひとつもない。
　　それに、善くんにはもっといい人がいるはずなのに。
　　私みたいな重荷じゃない、誰かが。
「愛音のこと、俺は誰よりも必要なんだ。だから、守りたいし、そばにいて―の」
　　優しく、愛おしむように、私の頬をなでる善くん。
　　私の頬にツゥゥッと、涙が伝った。
　　それを、善くんの指が受けとめる。
「愛音の罪も罰も、俺にはどんなものかわからないけど」
「う、ん……」
「俺は、全部ひっくるめて、愛音が好きだ」
　　え……？
　　善くん……。
　　私の罪も罰も……全部受け入れるって言ってくれてるの？
　　私は人殺しだって言って突き放したのに、善くんは全力で追いかけてきてくれた……。
「愛音、俺は愛音の気持ちを知りたい。全部、受けとめるから……」
「……あっ……私……は……っ」
　　言葉にしていいの？
　　私の、本当の気持ち……。
　　幸せなっていいの？
　　私は、罪人なのに……。
「そばにいる理由が見つからないなら、俺を理由にしてい

いから。愛音、俺のために一緒にいてくれ……お願いだから……」
 それは、世界で一番優しいお願いだった。
 それに、私の凍りついていた心が溶けていく。
「私、善……くん……の……こと……」
「ん、聞かせて」
「す、き……好き……っ、うぅっ……」
 そう口にしたとたん、ブワッと涙があふれてしまう。
 そんな私の言葉を聞き届けて、善くんは優しく微笑んだ。
「俺も、愛音が好きだ……」
「っ……うぅっ……」
「俺は、愛音の言葉のひとつひとつで幸せなる。なぁ、愛音は俺の幸せそのものなんだ、わかってんのか？」
 困った子だな、そんな意味合いの微笑み。
 私はたまらなくなって、ギュッと善くんの服の袖を握りしめた。
 あぁ、やっぱり善くんは優しい。
 私が自分を責めないように、私の存在が必要だと言ってくれる。
 だって私は、善くんが幸せになるためなら、どんなことでもしたいと思っているから。
 自分を大切にできない私に、存在理由をくれてるんだ。
 キミの腕の中は、世界で一番安心できる。
 その体温にさえ、恋をしていた。
 善くんのすべてが……好きだ。

「これから、俺が愛音に教えてやる。俺が、どれだけ愛音を必要としてるかをさ」
「善……くん……」
「俺に守らせて、愛音のこと……」
　そう言って、善くんは私を深く胸に抱きこむ。
　……うれしいっ。
　ずっとずっと、善くんと想いが通じ合えたらなんて夢を抱いては、そんな資格ないってあきらめてたけど……。
　善くんが私を大切にしてくれるたびに、やっぱりキミだけはあきらめられないって思う。
　私は善くんに甘えるように頬をすり寄せて、その胸に顔を埋めた。
　お父さんにひどいことを言ったあの日から、いつも誰かに責められている気がして、人が怖かった。
　私のことを受け入れてくれる人なんて、いないと思ってたのに……。
　ここは、大好きな人のそばは、世界一安心するんだって初めて知った日だった。

「帰ってこいよ、写真部に」
　しばらくして善くんは少し体を離すと、私の顔をのぞきこんでそう言った。
　写真部……。
　勝手にやめて、みんな怒ってるかな……。
　私がいたら、みんなのことも不幸にしてしまうかもしれ

ない。
　それでも、また仲間に入れてもらっていいのかな……？
「っ……いい、の……？」
「そんなん、当たり前だろ」
　即答する善くんに、私は泣き笑いを浮かべる。
　あの温かい場所に帰れるなんて……こんなに幸せでいいのかな。
　そう思ってハッとした。
　そっか、私……。
　いつの間にか、帰りたいと思える場所ができてたんだね。
　すると、善くんのうしろから、ゾロゾロと写真部の人たちがやってくるのが見えた。
「あ、愛音‼」
「ゆ、ま……？」
　由真が、泣きそうな顔で駆けよってくる。
「愛ちゃーん！」
「叶多……先、輩……」
「心配したよー！　でも、うまくいったみたいでよかったね、いろいろと……さ♪」
　叶多先輩は、善くんと私を交互に見て意味深に笑う。
　その『いろいろ』に、私たちが特別な関係になったことを、見破られたことに気づいた。
　カァァッと、顔が熱を持つ。
　嫌だな、絶対私の顔赤いよ……。
「叶多先輩、馬に蹴られて死にますよ」

ヌッと現れた章人くんが、ボソッと叶多先輩につぶやく。
「章ちゃん、ひどい」
「……でもまぁ、アンタが無事でよかったですよ」
　章人くんは相変わらず無表情だけれど、私をいたわるような、優しげな眼差しをしていた。
「もう、なにも言わずに急にいなくなって！　水くさいじゃないの！　親友なのにっ！」
「ごめ、ん……由真……」
　善くんから少しだけ離れて、由真にヒシッと抱きつく。
「ううん、愛音が無事で本当によかった」
　由真は目に涙をためて、私に微笑んでくれる。
「って、愛ちゃん、髪短くなってるじゃん‼」
「これは、美容院でそろえないと無理そうっすね。んじゃ、俺予約します」
　驚く叶多先輩に、章人くんは携帯をポケットから出すと、美容院を探してくれた。
　善くんをケガさせたことも、部活をやめるって言ったことも、全部知ってるはずなのに……。
　みんなは、いつもどおりだった。
　たぶん、私が気にしないようにあえていつもどおりに接してくれてるんだと思う。
　その気遣いがうれしくて、胸がいっぱいだった。
「愛音」
　すると、澪先輩が私の目の前にしゃがみ、視線を合わせてきた。

「澪……先、輩……」
　勝手に部活を辞めたりして、澪先輩、怒ってるよね。
　なんて謝ればいいんだろう……。
「また、よろしく頼む」
　怒られると思っていた私は、その言葉に拍子抜けする。
　澪先輩は、どんなに見返しても、やっぱり優しい笑顔で私をまっすぐに見つめていた。
「っ……は、い！」
　元気よく返事をすると、澪先輩はまた小さく笑って、私の頭をなでる。
　あぁ、私はここにいてもいいんだ……。
　まだ、不安でたまらない。
　こんなに幸せでいいのかって、怖くなる。
　思わず善くんを見ると、すぐに気づいて両手を広げてきた。
「おいで、愛音」
　あの太陽の笑顔が、まぶしい。
　優しくて包みこむような温かさに、私は迷わず飛びこんだ。
「っ、善、く……ん……っ」
　抱きつくと、善くんが優しく背中をポンポンとなでてくれる。
　この人のそばに、ずっといたいな……。
　身をゆだねながら、そんなことを思う。
　私の中から、罪も罰も消えることはないけど……。

もし神様、願いが叶うなら……。
　……神様、ひとつだけ。
「愛音」
　優しくて、私を必要としてくれる……私の存在を認めてくれた善くんのそばにいることを、許してください。
　他にはなにも望まないから、キミだけは奪わないで。
　そう、心の底から願った。

第4章
迷宮の果てに

隣合わせの罪と幸福

【愛音side】
　6月に入ったある日の放課後、私は善くんと下駄箱の前で途方に暮れていた。
「やべぇな、雨」
「う、ん……」
　目の前でザーザーと降る雨に、傘の持っていない私たちは困り果てていた。
　天気予報は大ハズレ、梅雨入りにはまだ早い6月上旬。
　テスト期間で部活がお休みの今日は、善くんと初めてデートする特別な日だったのに……。
　急遽、駅前にできた新しいカフェに行くのは次回に回して、善くんの家でお家デートになった。
　なんだか、出鼻をくじかれた気分だ。
「お前ら、なにしてんだぁ？」
　するとそこへ、笹野先生がやってくる。
「傘がなくて困ってたんすよ！　お願い、笹野先生、傘貸して!!」
「んあ？　1本だけ忘れ物の傘があった気がすんな、待ってろ〜」
　笹野先生は、そう言って透明な傘を1本持ってきてくれた。
「ありがとう、笹野先生!!」

第4章 迷宮の果てに

「あり、がとう……ござい、ます!」

善くんと一緒に頭をさげると、笹野先生は相変わらずヒラヒラと手を振った。

「お幸せに〜」

「「っ!!」」

笹野先生の一言に、ふたり揃って顔を赤くする。

「なっ、からかうなよ、笹野先生!!」

「若者よ、青春を謳歌せよ、ハハハ〜」

「はぁ!?」

善くんの反応も気にせず、謎の言葉を残して去っていく笹野先生を見送って、私たちは昇降口を出た。

髪を切った次の日から、私は部活に参加して、変わらずみんなのお手伝いをして過ごしていた。

みんなは付き合いはじめた私と善くんをよくからかってきて、はずかしいけど、にぎやかなあの場所は居心地がいい。

私にからんできた女の子たちも、善くんが怒ってくれたからか、あれからなにもしてこなかった。

毎日が、本当に楽しくて仕方ない。

そう思う一番の理由は……。

「愛音、肩濡れるぞ」

「うん……あり、がと」

善くんの隣にいるからなんだろうな。

善くんが私の方へと傘を傾けてくれた。

胸がキュンッとなる。

善くんは、今日も全力で優しい。
「愛音、やっぱり短い髪も似合うな」
「そ、そう……かな？」
　実はこれ、もう何度も善くんに言われていた。
　毎日見ているのに、善くんはこっちがはずかしくなるほど、似合うとか、可愛いとか言ってくる。
　うれしいんだけど、心臓がもたないよ……！
「章、人……くん、に……感謝、しな、きゃ」
　自分で髪を切ったあの日、章人くんが予約してくれた美容院に行って、綺麗に整えてもらったんだ。
　今じゃ、ロングヘアーだったのが嘘みたいに、短い髪にも慣れた。
　お母さんは『急にどうしたの』って、びっくりしてたっけ。
　そんなことを考えていると、善くんが傘を持っていない方の手で、私の短くなった髪にさわった。
　ドキンッと、心臓が跳ねる。
「あぁ、マジですげー可愛い！　俺の彼女はこんなに可愛いんだぞって、叫びながら帰りてぇーくらいだ！」
「えっ……え!?」
　善くんの言葉に、私はギョッとする。
　付き合いはじめてからというもの、善くんは私が言うのもはずかしいけど……溺愛ぶりがすごい。
「あっ、い、いや、ちが……くなくて、その!!」
　お互いに顔を赤くしてあわてふためく。

「そのーだな、可愛いってことだ、うん」
「あっ、あり、がと……」
「あぁ～!! 俺、どんなキャラ!? マジで俺は誰!? 自分でもヤバいくらい、愛音のこととなると、なんでも口走ってるよな!?」
　混乱している善くんを見ていたら、なんだかおかしくなってきて、たまらずプッと噴きだした。
「おーい、笑うなよなー。俺、本気ではずかしいと思ってるんだから……ぷっ、くく!」
　そう言う善くんも私の笑いがうつったのか、肩を震わせる。
「善、くんも……笑って、る!」
「俺たち、なにしてんだろうな!」
　本当に、こんな雨の中でなにしてるんだろう。
　善くんがそばにいるだけで、どんなことも楽しく思える。
「ヘン、なのっ!」
「本当だな! そうだ愛音、あの子猫さー、また桜の木のとこにいて、木をカリカリ爪ぎにしてたぞ」
「へぇ……」
　緊張していたのが嘘みたいに、話が弾む。
　雨が降って最初は憂鬱だった気持ちも、善くんと一緒なら、なにもかもが大切な宝物に思えた。
　帰り道、善くんの家に行く途中にある大きな池のある公園の前を通りかかる。
「あ……」

広い公園だな……。
　わりと近くに住んでるのに、こんな公園があることに気がつかなかった。
　ちょっと、行ってみたいな……。
　そう思って善くんを見あげると、ちょうど私になにか言おうとしている善くんと目が合う。
「愛音、どうせなら、公園寄ってかね？」
「あっ……うん！」
　まさかのシンクロ、以心伝心。
　私はそれがうれしくて、力強くうなずいた。
　こうして雨にも関わらず公園に立ち寄ると、私たちはあてもなくふらふらと池の方へ歩いていく。
　水面をのぞきこめば、雨の滴(しずく)が、いくつもの波紋(はもん)を生んで、幻想的な世界を作りあげていた。
「愛音、見ろよ鯉(こい)がいる」
「ほん……と、だ……可、愛いっ」
　藻(も)で緑色に濁(にご)った池の中を、ときどき赤や白、黒色の濃いが顔を出しているのが見える。
　ふと、善くんが立ちどまった。
　不思議に思って善くんを見あげると、善くんが私を見つめていることに気づく。
　善くん……？
　急に見つめてきたりして、どうしたのかな？
　そんな私の疑問は、すぐに解消された。
「雨もさー、愛音といると、すげぇ特別に感じる」

「え……？」
「愛音と見た景色全部が、俺にとって宝物だ」
「あ……私、もっ……」
　偶然なのか、それとも二度目の以心伝心なのか……。
　同じことを考えていたなんて、私たちは似た者同士なのかも。
「お、同じ……こ、とっ」
　早く伝えたくて、想いがあふれて、言葉をつまらせてしまう。
「愛音、ちゃんと聞くから、ゆっくりでいいぞ」
　身を乗り出す私に、善くんは優しい眼差しを向ける。
　私は深呼吸して、もう一度口を開く。
「同じ、こと……思って、た！」
「ハハッ、そーか！　なら俺ら、すげぇシンクロだな！」
「う、ん！」
　やっぱり、私が思ってたことと同じことを善くんも思ってくれてたんだ。
　それが、たまらなく……うれしいっ。
「鯉、さん……」
「あ、愛音!?」
　私は善くんの静止も聞かずに、傘から出て池に近づく。
　どんよりした雨空とは反対に、気分は晴れやかだった。
　心が躍って、足取りも軽やかになる。
　私の髪や服を雨が濡らしていくのも気にせずに、鯉に手をたたいてみた。

すると、エサをくれるとカンちがいした鯉たちが集まってくるのが見える。
「見て、すごいよ、善、くん！」
　まるで、奇術師になったみたいでうれしくなり、善くんの名前を呼ぶ。
　そして、振り返ると同時に、パシャッと、フラッシュがたかれたのがわかった。
「……え？」
　一瞬、なにも考えられなくなる。
　善くんはかまえていたカメラをおろして、驚きとうれしさが入りまじったような笑顔をこちらに向けた。
「愛音……!!」
「善、く……ん……」
　私たちは、ほとんど無意識に名前を呼び合い、お互いに向かって一歩を踏みだす。
「愛音っ」
「善……く、んっ！」
　そのまま加速して、ぶつかるように抱きあった。
　善くんが、私を撮った!?
　たしかに今、フラッシュは私に向けられていた。
　フラッシュでチカチカする目がなによりの証拠だ。
「善、くん……」
　そっと善くんの顔を見あげる。
　すると、なんだか泣きそうな顔をしていた。
「愛音のこと、撮りたいって思ったんだっ」

「う、ん……っ」
　いつか、善くんが誰かを撮りたいと思えたらいいって、そう思ってた。
　撮りたいものを素直に、心の望むままに撮れたらって。
　それが、私だったなんて……。
　どうしよう、すごくうれしい。
　善くんのために、私にもできることがあったんだ！
「こんなに……シャッターが軽く感じたのは、初めてだったよ……。愛音を撮ることに怖さなんて感じなかった。愛しさだけがこの胸にあったんだ」
　善くんより先に涙があふれてしまう。
　すると、私の顔を見た善くんも、つられて涙を流した。
「愛音のおかげだ、本当……。ありがとうなんて言葉じゃ、足りないくらいに感謝してる」
「ううん……善、くん……の、力、だよ」
「俺に力をくれんのは、いつも愛音だし……。本当に、すげぇ、うれしいんだ……っ」
　本当の意味で解き放たれた善くんは、泣きながら笑っていた。
　私も……うれしいよ、善くん……。
　善くんが善くんらしく生きはじめたことが……泣きたくなるほどにうれしい。
　私も同じように泣いて、ギュッと善くんにしがみつく。
　雨に濡れても、体は冷たくなるどころか、善くんと触れ合う部分から温かくなっていく……。

善くんは、まるで宝物を抱きしめるかのように、私を広い胸の中へと、包みこんでくれた。

「愛音、体冷えただろ？　俺の家に行こう」
「う、ん」
　私たちはしばらく抱き合ったあと、ゆっくりと体を離した。
「んー、離れがたいな」
「う、うん……」
　善くんと離れると、寒くて仕方ない。
　もっと、善くんに近づきたいな……。
「あの……さ、手……繋いでもいいか？」
「え、へ？」
　すると、私の答えを待たずに、善くんが私の手を取った。
　優しくエスコートされるみたいで、頬が熱くほてる。
「ごめん、俺がこうしたいから、返品不可な？」
「あっ……ふふっ、しない、よ！　返品、なんて！」
　いたずらな笑みを浮かべる善くんに、私は笑ったり、赤くなったり……。
　忙しなく動く感情に、新鮮な気持ちになる。
　だって、こんな風に素直に感情を表に出すのはいつぶりだろう。
　わからなくなるくらい、私は自分を殺して生きてきたから……。
　善くんはつないだ手をブンブンと揺らす。

「なぁこれ、小学生みたーい！」
「ふふっ、でも……楽、しい！」
　ずっと、キミのそばで笑っていられたらいいな……。
　私たちは手を繋いで、傘も差さずに歩きだす。
「もう濡れちゃったし、傘差さずにこのまま行くか！」
「たま、には、いい、ね」
「そうだな！」
　私たちはふざけ合いながら善くんの家へと向かった。
　善くんが……これからもっと素敵な写真を撮れますように。
　今日からがスタートだと、そう思った。
　だからこそ、私はそんな善くんを、支えていきたいな。
　ちゃんと、彼女として……。
　キミの隣で、許されるのならずっと。

　公園から５分ほど歩いた住宅街に、善くんの家はあった。
「ただいまー」
「お邪魔……しま、す……」
　家に足を踏み入れた瞬間、いつも善くんから香るお日さまの匂いがした。
　わぁ……な、なんか……すごく緊張する。
　ご家族に会ったらどうしよう。
　まるで、結婚のあいさつに来たみたいに緊張でガチガチになる。
　そんなとき、急に階段から駆けおりてきた、同じ顔の男

の子ふたりとバッチリ目が合って、私は息を止めた。
　え、この双子は誰!?
「げ、兄貴が女連れてきた!!」
「げ、マジだ!!」
　そういえば、双子の弟さんがいるって言ってたっけ。
　それにしても、そっくりだなぁ。
　善くんのチョコレート色に染められた髪とはちがって黒髪だけど、長身で整った顔。
　確か、小学生じゃなかった?
　背も高いし、見た目からは、とても小学生には見えない。
　興味本位でマジマジと見つめてしまう。
「お前ら、『げっ』てなんだよ!?」
「だって兄貴が女連れてくんの、初めてじゃん」
　善くんと弟さんの会話を見ながら、私はうれしくなる。
　善くん、女の子連れてくるの、初めてなんだ……。
　そういえば、善くんって彼女とかいたことあるのかな。
　ズキンッ。
「…………」
　想像するだけで胸が痛んだ。
　私は善くんが初恋だけど、善くんはモテるし……。
　きっと今までに彼女のひとりやふたり、いただろうな。
　それも、私より断然可愛い女の子。
　考えはじめると、さっきまで浮上していた気持ちがどんどん落ちていく。
　善くんのこととなると、心がコロコロ動いて忙しい。

「はぁ……」
「愛音？」
　ため息をつくと、善くんが私の顔をのぞきこんできた。
　私はハッとして、背筋を伸ばす。
「えーと、鈴原……愛、音……です」
　自己紹介して、ペコリと頭をさげる。
　すると、弟さんたちが驚いたまま固まっているのがわかった。
　あ、あれ……。
　私、ヘンだったかな？
　って、もしかしてしゃべり方……っ。
「「ヘンな声」」
　弟さんたちがそう言ったのがわかった。
　それに、ズキンッと胸が痛む。
　でも、しょうがないことなのに……。
　私の発音がヘンなのは前からだし、動じない写真部のみんなが特別なだけだ。
　普通の人の反応はこうだったって、忘れちゃってたな。
「お前ら!!」
　それを聞いた善くんがスリッパを手に、弟さんたちの頭を勢いよくたたいた。
「大丈、夫」
「でも、愛音……」
　私のために、弟さんたちとケンカになったら悲しい。
　だから、善くんの服の袖をつかんで止める。

ノートを取り出して、【私は、耳が聞こえません】そう書いて、弟さんたちに見せた。
　それを見たふたりは顔を見合わせて驚いている。
【ときどき筆談も使って話してます。あらためて、鈴原愛音といいます。善くんとお付き合いさせていただいてます。よろしくお願いします】
　そう書いてお辞儀をすると、ふたりがズイッと顔を近づけてきた。
　え、な、なに……？
「「ーーーーー!!」」
「……ん？」
　ふたりがなにかを言ったのが、口の動きでわかった。
　でも、同時だったから読み取れずにとまどっていると。
「お前ら……同時に話したら、わからないだろ」
　善くんが、ふたりに説明してくれる。
　すると、ふたりは納得したようにうなずいた。
「俺、柚、よろしくな!!」
「俺、凛、よろしく」
　ふたりは、ひとりずつ自分を指さして、交互に自己紹介してくる。
　ふたりは双子で似ているけれど、少しちがう。
　柚くんは、善くんに似た太陽みたいな笑顔で笑っていて、明るい性格みたいだけど……。
　凛くんは口もとにホクロがあって、決して無口なわけではないけど、どちらかというと表情はあまり動かない静か

めな子だった。
「「あ、わからない？」」
　そう言って首を傾げるふたりに、私はニコリと笑う。
　そして、自分の唇を指さして、「わかる」と口パクで伝えると、ふたりの顔がパァッと輝いたのがわかった。
「すげ、読唇術だよ！」
「忍者みたいだな」
　忍者って……。
　柚くんと凛くんは、初めて善くんに読唇術のことを話したときみたいな反応をした。
「ふふっ」
　兄弟は似るんだなぁ……。
　自然と笑みがこぼれる。
「愛音、めっちゃ濡れてんじゃん！」
「タオルあるよ」
　柚くんと凛くんが、私の手をつかんで中へと引っぱった。
「おい、柚！　勝手に愛音って呼ぶなよな！」
「「なんだよ、兄貴のケチ！」」
「お前たちにはいろいろ譲ってきただろ。でも、愛音のことはなにも譲らねーから」
　え……？
　ぜ、善くん、なにを言ってるの……？
「あ、あの……」
　赤い顔で善くんを見あげる。
　私のことは、譲れないって言ってくれたんだ……。

なにげなく放たれた言葉だからこそ、本音なんだとわかる。
　善くんの言葉を思い出すと、胸がキュンッとなってうれしさがこみあげてきた。
「あ、ちがうんだ、愛音!　いや、ちがわないけど!　今のはっ!」
　すると、自分の言ったことに気づいたのか、善くんが顔をまっ赤にして弁解する。
　デジャヴ?
　こんなやりとりをさっきもした気がする。
「その、愛音のことだけは……誰にも譲りたくないというか……」
「っぅ……」
　や、やめてほしい……。
　結局、弁解どころか、褒め殺しだ。
　バクバクと破裂しそうなほど拍動する心臓に、胸が苦しい。
　私たちはお互い顔を見合わせ、視線が重なると、照れ臭くてパッとうつむいたのだった。
「愛音、こっち」
「うん……あっ……」
　善くんに手を引かれるまま廊下を歩いていると、仏壇が目に入った。
　それに、自然と足を止める。
　あれ、きっと善くんのお母さんの……。

第4章 迷宮の果てに ≫ 279

「母さんだ」
　立ちどまった私にそう言った善くん。
　やっぱり……。
「あい……さつ……いい？」
　善くんのお母さん。
　きっと……優しくて、善くんみたいにまっすぐな人だったんだろう。
　できれば、生きているうちに会いたかったな……。
「愛音……あぁ、ありがとうな」
　善くんはなにかを悟ったのか、優しく私の手を引いて、仏壇の部屋へと促す。
　仏壇の前に来ると、遺影(いえい)には優しく微笑む綺麗な女性が写っていた。
「きれ、い……」
「息子が言うのもアレだけど、俺も美人だと思う」
「ふふっ」
　善くんは照れくさそうに、遺影の中のお母さんを見た。
　善くん、お母さんが大好きなんだ。
　この世にいなくても、善くんや柚くん、凛くんの心の中に生き続ける人……。
　私は両手を合わせて、瞳を閉じた。
　こんにちは、鈴原愛音といいます。
　善くんと……お付き合いさせていただいてます。
　こんな罪深い私では、きっとお母さまも心配だと思います。

だけど、どうかそばにいさせてください。
　私が……初めて、誰かのそばにいたい、一緒に生きていきたいと思えた人なんです。
　だから、どうか……善くんのそばに、いさせてください。
　トントンッと肩をたたかれて目を開ける。
「愛音、なに話してたんだ？」
　長い間目を閉じていた私を不思議そうに見つめる善くんに、小さく微笑んだ。
「秘、密」
「ええっ、気になるじゃんか！」
「ふふっ」
　驚く善くんに、私は笑う。
　そして、これは秘密だけど……。
　いつか、善くんのことも守りたい……なんて、思ってたりするんだ。
　守られてばかりの私が言うのは……おこがましいかもしれないけど……。
「生きてるときに、愛音に会わせたかった……。愛音っていう大切な人ができたって、報告したかったな」
「善、くん……」
「こういうとき、あぁ、もう母さんはこの世界のどこにもいないんだって、思い知らされる。それが……やっぱ、辛い」
　ポロリとこぼれた弱音に、私は胸が切なく締めつけられる。

でもきっと、明るく見せようと、なんでも笑顔の裏に隠してしまう善くんのことだから……。
「いや、忘れてくれ……」
　ほら。
　こうやって、取りつくろうように笑って、心の中で傷つくんだ……。
　そのたびにさびしくなる。
「置いてきぼり……に、しない……で……」
　私は、そんな善くんの腰にギュッと抱きついた。
　すると、善くんは驚いたように私を見おろす。
「隠……さ、ない……で」
　どれだけ、私が善くんを支えたいと思っているのか、気づいて。
　どんな私でも受けとめると言ってくれた善くん。
　私も同じ気持ちなんだよ。
「え……」
「受け、止める……からっ……」
　私は、善くんの心の奥に、触れたいんだよ。
　どんなことでもいい、そのために私がいるのに……。
　精いっぱい、自分の気持ちを伝える。
　私たちは、傷だらけだ。
　だからこそ、そばにいて、支え合えばいい。
　そう教えてくれたのは……善くんなんだよ……。
　伝われ、伝われと……。
　強く強く抱きしめると、善くんの体からフッと力が抜け

て、私の背に腕が回される。
「敵わない、愛音には……。悪い、本当は……母さんのことを思い出して、辛かった」
「う、ん……」
　ポツリとこぼされる、善くんの胸の内。
　こうやって、善くんが弱音を吐けるように、私は強くなりたい。
　なにもできない私だけど、善くんの彼女なんだもん。
　少しでも、善くんの力になりたいよ。
「もう少しだけ、こうしててくれると、助かる……」
　弱々しく微笑む善くんに、私は強くうなずいた。
　こんなことでよければ、いくらでも……。
「ずっと……いるよ」
「あぁ、そばにいてくれ……」
　痛みを分け合うように、互いの体温を感じようと強く抱き合う。
　どうか、善くんの傷が癒えますように。
　そう、心をこめて抱きしめ返した。
「っ、クシュンッ」
　雨でびしょびしょだったことをすっかり忘れていた私は、思いのほか体が冷えていたのか、そこでクシャミをしてしまう。
「あ、悪い！　服も髪も濡れてるんだった。とりあえず、風呂入るか？」
「……え？」

今、善くん、風呂って言った？
　見まちがい……なわけないよね、たしかにお風呂って言ってた。
　いや、いくら彼女でも、いきなり一緒にお風呂に入るのは……ハードルが高すぎるよっ。
「愛音？　なんで顔赤くなって……」
「あっ……あ、の！　風呂、入る……かって、その……」
　一緒ってこと!?
　思いきって口にしようとして心が折れた。
　やっぱり、はずかしすぎる！
　カンちがいだったらどうしようっ。
　でも、善くんには伝わっていたのか、善くんも顔を真っ赤にした。
「悪い！　俺、言葉まちがえたんだな!!　そのっ、一緒とか、そういう……意味じゃなくって、風呂貸すよって意味だから!!」
　しどろもどろに話す善くんに、私ははずかしさに顔が熱くなり、そのまま蒸発してしまいそうになった。
「下心じゃなくて、お、俺は純粋に、愛音の体を心配してっ」
「か、体……」
　ぜ、善くん、言い方をなんとかしてっ。
　わ、私が考えすぎなだけなのかな!?
　でも、一回気になると、なにもかもが気になって……。
「だぁーっ!!　ちがう、ちがうんだよ、愛音ーっ!!」
　善くんの叫びが、柄沢家に響き渡る。

悶々としながらも、やっぱり寒さには勝てずに、お風呂と着替えを借りることにした。

　お風呂を出てリビングに顔を出すと、善くんと柚くん、凛くんがソファに腰かけていた。
「あ、の……」
　おずおずと声をかけると、みんなの視線がいっせいに私に集まる。
「おおっ！」
「目の保養だ」
　柚くんと凛くんがそう言ったのがわかった。
　え、なにかヘンだったかな……。
　心配になって、自分の格好を見おろす。
　善くんの着替えだからか、袖は長く、ズボンもズルズルと床を引きずってしまっている。
　全体的にぶかぶかで少し動きにくい。
「なっ、愛音っ……」
「ん……？」
　すると、なぜか視線を不自然にそらしながら、善くんが私に駆けよってくる。
　心なしか、弟さんたちから隠すように、前に立ちはだかっている気が……。
「ちょっと、こっち来なさい」
「え、え？」
　なぜか敬語の善くんに引きずられるようにやってきたの

は、誰かの部屋だった。
 中に入ると、カメラや写真がたくさん飾られていて、すぐにここが善くんの部屋だとわかる。
 扉が閉まると、手を引いていた善くんが私を振り返った。
「それ、反則だぞ!?」
「え、え?」
 怒ったような、照れたような複雑な顔をする善くんに、私は首を傾げることしかできない。
 反則って、どういうこと?
「弟たちの教育上、大変よくないので、ここで保護する!」
「ん、ん?」
 善くん、なんで怒ってるの?
 それに加え、意味がわからない発言。
 なんだか、逮捕された気分だ……。
「この、無防備……。ぜってぇー、気づいてねぇし……」
「あっ……」
 そう言って、とまどっている私をフワリと抱きしめる善くん。
「あ、愛音……俺んちの石けんの匂いがする……」
「それは、シャン、プーとか、借りた……から……」
 なんか……。
 付き合ってから、善くんのスキンシップが増えた気がする。
 すごくうれしいんだけど、私はドキドキで毎回心臓が壊れそうになるから、辛い。

もちろん、はずかしいから善くんには秘密だ。
　バレないように必死に平静を装うのが難しい。
「なんか、ヘンな感じだよな……。俺と同じ匂いなんて、その……照れるっつーか……」
「っ……う、うん……っ」
　善くん、はずかしいことをっ。
　私まで照れて顔があげられなくなる。
　なんで、こんなことになってるんだろう。
　雨が降って、善くんの家に来て、兄弟に会って……善くんの……へ、部屋に……。
　あぁ、今になって、緊張がピークに……っ。
　ここには、善くんと私しかいないんだ……。
　善くんの腕の中でカチコチになっていると、善くんが私の両頬をつかんで、顔をあげさせた。
「えっ……」
　至近距離に善くんの顔がある。
　吐息が前髪を揺らすほどに近い。
「本当に危険なのは、俺か」
「う、ん……？」
　それって、どういう意味なのかな？
「愛音……」
　でも、名前を呼ばれて見つめられたら、そんなことどうでもよくなった。
　ただ、キミを感じられるこの時間を大切にしたい。
　善くんの、まっすぐな瞳……。

私は、この瞳が……好きだ。
　嘘偽りのない、信じられる……瞳。
　その瞳に吸いこまれていくのを感じていると、善くんの吐息が私の唇をなでた。
「あっ……」
　これから、なにが起きるのかわからないほど、子どもでもない。
　とまどいつつも、なだめるように私の髪をなでてくれた善くんを信じて、そっと目を閉じてみる。
　すぐに、熱が触れた。
「……んっ……」
　私のとまどいも、吐息もさらうように優しく重ねられる、善くんの唇。
　驚いたのは一瞬だった。
　重ねられた温もりの優しさに、あっという間にすべてを善くんにゆだねてしまう。
「ふっ……」
「愛音……」
　ゆっくりと離れると、熱をはらんだ瞳で善くんが私を見た。
　その視線に頭がクラクラして、ついに私は耐えられず、ボッと顔を赤くしてよろけてしまう。
「あ、愛音っ!?」
「ううっ……」
　もう無理だ……キャパオーバーだよっ。

初めてのキスだったから、息の仕方も、どのくらい触れていいのかもわからないしっ。
　しかも、慣れてないって思われたりしてないか不安で。
　あぁ、こんなにもはずかしいなんて……っ。
　善くんのことが好きすぎて、私の心臓が止まっちゃう。
「え、い、嫌だった!?　ご、ごめっ……」
　善くんはよろけた私の腰をを支えて、アタフタしだす。
　私はブンブンと首を横に振って、大きすぎる服の袖でほてった自分の頬を覆い隠すように押さえた。
「わた、し……初めて、で……っ」
　ちゃんと説明しないと、嫌だったって善くんがカンちがいしちゃう。
　だから、はずかしくても言わないと……。
　善くんが好きで、でも初めてで、驚きとはずかしさと、うれしさが……一気に押し寄せてしまったんだって。
「はず……かしかった……のっ」
「初めてが、俺って……しかも、はずかしいって……!!」
　顔を赤くする善くんに、私は泣きそうになる。
　今すぐ土の中に埋まるか、落とし穴に落ちるかしてしまいたい。
「どう、したら……いい、のか……わからなく、てっ」
「なっ……」
　すると、なぜか言葉を失ったように固まる善くん。
「善、くん、どうし……」
「クソッ、殺し文句だし、それっ……」

私の言葉を遮った善くんに、ガバッと強く抱きしめられる。
　それは深く、善くんの顔も見えないほどに。
「善、く……んっ」
　顔が見えないから、善くんがどんな顔をしてるのか、なにを言ってるのかわからない。
　だけど、胸がいっぱいで、たまらない。
　だって、抱きしめる手から、好きだって気持ちがあふれてる。
　愛をささやく声が聞こえなくなっても、満たされてるんだ、心が。
　私も……幸せだと、心の底から感じるんだから、不思議。
「俺、愛音に隠し事したくないから言うけど、前に彼女がいたこともあった」
「あっ……」
　そうだよね、やっぱりいたよね。
　だって善くん、カッコイイし、優しいからモテるもん。
　でも、わかってても胸が痛いや……。
「でも、付き合ってても、俺はいい人を演じてて、一緒にいても疲れるだけだった」
「う、ん……」
「愛音が初めてだったんだ、本当の俺を知っても、受け入れてくれるだろうって思えた女の子は」
　私が、初めて……。
　その特別に、胸がトクンッと跳ねた。

「だからきっと愛音が……俺の最初で最後の本気の恋で、もう一生現れない運命の女の子なんだと思う」
「善、く……ん……っ」
　うれしいな。
　だって私も、善くんが最初で最後の恋で、運命の男の子だから。

「愛音、俺のことさ……その、善って呼んでくんない？」
「えっ……？」
　しばらく抱き合って、お互いに少しだけ体を離すと、善くんは突然そんなことを言い放った。
「今も、もちろん愛音は特別な存在なんだけどさ……。もっと特別だって、実感したい」
「あっ……」
　善くんのことを呼び捨てにするなんて……。
　すごく、はずかしい……けど……。
　私も、善くんの特別になりたい。
　そう、実感したいから……。
「すぅ、はぁ……っ」
　ゴクリと唾を飲んで、私は深呼吸する。
　そして……まっすぐに善くんを見つめた。
「……っ、ぜ……善っ」
「っ……あぁ、愛音っ。……あー、クソッ、マジで好きすぎて困る……っ」
　照れ隠しなのか、善くん……善は、自分の前髪を手でク

シャッと握った。
「私……も、好きっ」
「っ……ちゃんと、伝わってる。愛音の気持ち……」
　手を重ねて、指を絡める。
　この手が、決して離れませんように。
　ずっとそばにいられますように……。
　私は、犯した罪を償うため、音を失って生きていく罰も、孤独という罰もすべて受け入れていたはず。
　なのに、私は……。
　もう、善がいない人生なんて考えられない。
　音は失ったままでもいいから……。
　だけど……善と生きることだけは、あきらめられない。
　願ってはいけない幸せだとわかっても、善のそばにいる。
　神様が許してくれなくても、キミと生きていく。
　それが新しい罪を重ねることになったとしても、私はもう決めたんだ。
「もう一度、愛音に触れさせて……」
「う、ん……」
　二度目のキスは、一度目よりも善の想いを感じられた。
　触れ合って、ドキドキするのに、じんわりと体の内側から温かくなるような、不思議な安心感。
　ずっとこうして、繋がっていられたらいいのに……。
　少しでも長くこの時間が続くことを、心から願っていた。

＊＊＊

「愛音さん、料理すげーうまい!!」
「兄貴の殺人料理には、何度死にかけたか……」
　柚くんと凛くんが私の作ったオムライスとミネストローネを食べながら、大げさなくらいに感動してくれる。
　なんでも、善は料理が苦手らしい。
　柚くんと凛くんから"一生のお願い"をされて、私はご飯を作ることになったのだ。
「お前ら、もう飯作らねーぞ!!」
「ふふっ……」
　温かい家族の様子に、私の胸がホッコリする。
　善のお父さんは、仕事が忙しいのかな……？
　もう7時だけど、まだ帰ってきていない。
　こんな風に、いつも3人で食事してるのかな。
　ふと気になったけれど、楽しそうに会話する善たちを見ていたら、なんとなく聞きそびれてしまう。
　言葉にしたら、この温かい空気も壊してしまう気がした。
　そういえば、お母さん……今、なにしてるかな。
　お母さんは、今家にひとりでいる。
　ご飯は友達と食べてくるとメールで嘘をついてしまった。
　お母さんをひとりにして、私だけがこんなに楽しくて、幸せでいいのか不安になった。
　そんなことを考えながらミネストローネを見つめていると、ふいにスプーンを持つ手が、善くんの手に包みこまれ

る。
　顔をあげれば、優しく微笑む善と目が合った。
「愛音、ご飯食べおわったら、家まで送る」
「え……」
　私の不安を知ってか知らずか……善はそう言って、ポンポンッと私の頭をなでた。
　きっと、私のことはなんでもお見通しの善のことだから、私の胸の内を見すかしたにちがいない。
「あり、がとう……」
　いつも、闇からすくいあげてくれる善に、私はホッとして笑みを向けたのだった。

「ええー、もう帰っちゃうのかよ！」
「愛音さん、また遊びにきて」
　ご飯を食べおえて少し休ませてもらった頃には、7時を回っていた。
　帰ろうとする私を、玄関先まで可愛い双子が見送ってくれる。
「あり、がとう。また、来るね！」
「愛音、こいつら調子乗るから、あんまし甘やかすなよー？」
　まるでお父さんみたいな言い方の善に、私は笑う。
「「約束ー！」」
　そして、柚くんと凛くんの言葉を見届けてから、善の家を出た。
　雨はすっかりあがっていて、空には星たちが顔を出して

いる。

　ずいぶんと長居しちゃったんだなぁ……。

　でも、すごく楽しかった。

「行くか、愛音」

　善が私に手を差し出す。

「うん、お願い、します」

　それを握り返して、私たちはできるだけゆっくりと歩きだした。

　いつの間にか、こうして手をつないで歩くことがあたりまえになっていた。

　善と少しでも長くいられたらいい。

　善も同じように思ってくれてたらいいな……。

　善もゆっくり歩いてくれていることが、その答えだと信じて、私は隣を歩く善を見あげる。

「柚と凛、うるさかったろ。ごめんな、疲れた？」

「うう、ん、楽しかっ……た」

　心配そうに私の顔をのぞきこむ善に、笑ってみせる。

　すると、善の顔がホッとした顔に変わった。

「愛音、さっき飯のとき……なに考えてたか聞いていいか？」

　ポツリと、善が尋ねてきた。

　その質問に、体に力が入るのがわかる。

　善のことは信じてるし、好きだ。

　だけど、大切な人にすべてを知られることは……やっぱり怖い。

でも……話せるところまでは、話そう。
 善には私のことを、ちゃんと知ってほしい。
 時間はかかるけど、勇気を出して、少しずつでも……。
 そう思って、私は静かに口を開く。
「……幸せな……ことが、怖く……なって……」
「……それって、愛音の言う"罪"のせい？」
 私はうなずいた。
 そして、うまく話せる自信がないから、カバンからノートを取り出す。
【これでいい？】
 ノートにそう書いてみせると、善はうなずいてくれる。
【私は、人殺しだって前に言ったよね？】
「あぁ、言ってたな」
【私は、大切な人を殺してしまったの】
 お父さんとは……言えなかった。
 家族を大切にしている善に、家族を殺したなんて知られたら、どんなに優しい善でも私を嫌うだろうから。
 それに、私はきっと耐えられない。
「っ……そう、か……」
 善は息をのんだけれど、逃げずに聞いていてくれる。
 私も怖い……。
 文字を書く手が、カタカタと震える。
 だけど、善にはできるだけ隠しごとをしたくない。
 私のことを知ってほしい、だから……伝えなきゃ。
【大切な人を殺した日、私は耳が聞こえなくなった】

「愛音は、もともと耳が聞こえないわけじゃないって言ってたけど、それでか……」
【私の難聴は、大きな病院で早く治療をしないと治らない】
「え……でも愛音、薬飲んでたよな？」
　そう言われると思ってた。
　薬を飲んでたら普通、治療してるって思うよね……。
　だけど、私は首を横に振って自嘲的な笑みを浮かべる。
【私は、治療を受ける気はないんだ。耳が治らないことが、聞こえないことで苦しむことが……私の罪滅ぼしだから。それでも、お母さんが治療してほしいって言ったから、あまり効果も期待できないけど薬だけ続けてたの】
「……っ、そうだったのか……。俺……こんなときになんて愛音に声かけていいのか、情けねーけど、言葉が見つからなくて……」
　善は辛そうに顔を歪めて、私をそっと抱きしめる。
　そして、なぐさめるように私の髪をゆっくりと梳きはじめた。
「あぁ、なんか……どんな言葉も、愛音を傷つけそうで怖いな。ただ……俺は、愛音に幸せになってほしい、むしろ俺が幸せにしてやりたい」
　私の髪を梳く善を見あげながら、胸がいっぱいになる。
　もう、幸せだよ。むしろ、幸せすぎて怖い。
　これ以上、望むものなんて私にはないし、贅沢だと思う。
　本当なら許されなかったはずの幸せだから。
「だから俺は、どんな理由があったとしても、愛音の彼氏

として、治療を受けないっていう愛音の決断は応援できない」
「え……？」
　善なら、それでも私の決断を応援するって言うと思ってた。
　なのに否定されて、私は驚く。
「だって、愛音はもう十分傷ついたじゃんか……っ。俺は、愛音を幸せにするために、愛音が望めない幸せを叶える」
　私が望めない幸せ……。
　もう幸せなのに、そう言おうとしてふと頭を過った。
　善が私を"愛音"と呼ぶ声を聞ける幸せ。
　最初は、善のそばにいられればいいと思ってたのに。
　恋人同士になってから、あの頃の自分よりずっと、わがままになっている。
　それでも、永遠に償い続けていくことをやめられないんだ、私は……。
　それで私を大切にしてくれる善が、傷つくとわかっていても。
　私は、私を大事にはできない……。
「……ごめ、ん……」
「愛音……愛音が命を奪ってしまったその……大切な人は、本当に愛音を憎むような人だったのか？」
　どうだろう……。
　たしかに、大きくなったら宝箱をくれると約束してくれたお父さんは私を憎むなんて考えられないくらいに優しい

人だった。
　だけど、お酒に溺れてからのお父さんは……。
　私を憎んで、怒るかもしれない。
　お前だけ幸せになるなんて、許せないって。
「…………」
「なにも言えないのは、少しでも愛された記憶があるからじゃないのか？」
「わから……ない」
　だってお父さんは、それを尋ねることもできない場所に、天国にいるんだから。
　答えを出せずにいると、善は私の両肩に手を置いて、まっすぐに見つめてくる。
「愛音が大切に想っていた人なら、その人だって愛音の幸せを望んでくれてると俺は思う。だから治療のこと、あきらめないでくれよっ」
　必死に説得しようとする善にうなずけないでいると、頭を優しくなでられる。
「愛音は、自分を追いこみすぎだ……。そのたびに、俺は胸が痛くなる」
「ごめ、ん……ね……」
　まるで、懇願(こんがん)するかのように私の名前を呼ぶ善に、胸が締めつけられる。
　うなずいてあげられなくて、ごめんなさい。
　これだけは、けっして捨てることは許されない私の罪だから。

私から音が消えたのは、罰なんだ。
　それを捨てることは、それだけは絶対に許されない。
　それが、たとえ……大切な人、善のお願いであっても。
　言葉では言いあらわせない想いに、お互い寄りそうことしかできないでいると、ふいに善が顔をあげた。
「善……？」
　それに合わせて私も顔をあげると、そこには見知らぬ男性がいた。
　驚いたように私たちを見つめていて、私はあわてて善から体を離した。
　いけない、こんなところを見られちゃうなんてっ。
　それにしても、この人は誰……？
　不思議に思って善を見あげると……。
「親父!?」
　善は驚いたようにビクッと肩を震わせた。
「えっ……」
　ぜ、善のお父さん!?
　こんな風に会うことになるなんて……。
　私は驚いて、背筋を伸ばす。
　すると、お父さんの視線が私に向けられた。
「善、お前……その子は？」
　話題が私のことになって、ビクッと肩を震わせる。
　わぁ、どうしよう、どう思われたかな……。
　善の彼女にふさわしくないとか思われてたら、どうしよう……っ。

「か、彼女だ、その……俺の、大事な人」
「……そうか……」
　彼女って紹介された……！
　うれしさゆえのくすぐったさと緊張が同時に襲ってきて、頭の中はパニックになる。
　そうかって……お父さん、どう思っただろうっ。
　私も、なにか言わなきゃだよね……!?
「あの、善が世話になってます、父親の柄沢玄です」
　お父さんが静かに頭をさげる。
　その表情は柔（や）らかく、思わず見とれそうになったけど、あわててお辞儀をした。
　頭をあげて、あらためて善のお父さんを見つめる。
　善のお父さんは、歳を重ねているはずなのに、とてもハンサムだ。
　やっぱり善のお父さんだなと感心してしまう。
【鈴原愛音です。善くんとお付き合いさせていただいてます】
　そして、ノートにそう書いて、お父さんに見せた。
　この声で話したら柚くんと凛くんに驚かれてしまったから、筆談にしたのだ。
「筆談……？」
　不思議そうな顔をするお父さんに、私はあわててノートに付け足した。
【私は耳が聞こえなくて、筆談ですみません】
　すると、それを見た善のお父さんの表情が曇（く）る。

「鈴原さんは、耳が聞こえないのかい？」
「え……は、い……」
「あれ、でも私の言葉がわかってるみたいだけど……」
　困惑した様子のお父さんに、善があわてて説明する。
「愛音は、読唇術ができるんだよ」
「あぁ、そうなのか……」
　そう言った善のお父さんは、表情が暗かった。
　私は嫌な予感がして、体が震える。
　この視線には見覚えがある。
　異質なものを見るような、そんな目だ。
　人は、自分とはちがうものを無意識に警戒する。
　それが、差別に繋がることもある。
　私のような難聴もその対象になってしまうことが、とても辛くて、生きづらい世界だと思う。
　ただ、善のお父さんはそんな人ではないって信じたい。
　きっと、善のお父さんが私を警戒するのは……心配だからだ。
　私みたいな障がい者と付き合っている、善のことが。
「申しわけないが……善とは別れてくれ」
「……は!?　親父、なに言ってんだよ!!」
　案(あん)の定(じょう)、善のお父さんから告げられたのは、私を拒絶する言葉だった。
　怒るよりも納得している自分がいる。
　当然だよ……。
　大事な息子だもん、苦労を背負わせたくない気持ちはわ

かる。
　お母さんがいないからこそ、お父さんは善を守ろうと必死なんだ。
「善の幸せを考えているからこそ、言ってる」
「俺の幸せは、愛音といることなんだよ!!」
「ちゃんと考えるんだ。お前は一時の感情に流されて、先が見えていないだけだ」
　私との未来に先はないって、お父さんは思ってるんだね。
　でも、そうかもしれない。
　私がそばにいたいと願うばかりに、善はこれから……私の障がいも一緒に背負っていかなきゃいけない。
　結婚したとしても、周りから中傷を受けたり、生活も普通にはいかなくなるかもしれない。
　私は、そんな苦しみを善にも背負わせるの……？
「高校生の恋愛なんて、ただ恋に憧れてなんとなく付き合った程度なんだろう」
「愛音が、俺のことをどんだけ救ってくれたのかも知らないくせに、勝手なこと言うなよ！」
「っ、善!!」
　パシンッと、お父さんの手が善の頬を勢いよくたたいた。
　一瞬にして時が止まる。
　嘘……どうしよう……っ。
　私も善も頭がまっ白で、動けなくなっていた。
　それは、たたいたお父さんも一緒のようで、自分の手を見つめて放心している。

「……よくわかった、親父は最低だってな」

 善はお父さんをにらんでそう言った。

 お父さんは、傷ついた顔で善を見ている。

 私のせいで、ふたりがケンカしている。

 この状況を作ったのは、私なんだ……っ。

 私はノートに文字を綴る。

【善くんは、なんとなくで誰かと付き合うような人じゃありません】

 そう書いてお父さんに見せた。

「キミ……」

【こんな私にも、真剣に向き合ってくれました。それだけは、大切にされていた私が自信をもって言えることです】

 そこまで伝えて、私はうなだれる。

「……な、さ……い……」

 ……ごめんなさい。

 嗚咽が邪魔して、声がうまく出ない。

 悲しくて、申しわけなくて、言葉にするのが苦しかった。

「愛音……？」

 それに気づいた善が私を見つめて目を見開く。

 ハラハラと流れる涙でいつの間にかグチャグチャになった私の顔を見て、驚いていた。

「っ……ごめ、ん、なさいっ」

「愛音、ちがう！　愛音のせいじゃねぇーんだよっ」

 ちがうよ、善。

 こんな状況になったのは私のせいだ、そんなのわかって

る!!
　大切な人すら、不幸にしてしまうくらいならっ、離れた方がいいんだ!!
　耐えきれずに踵を返した私は、全力で走った。
　見えないから聞こえない善の言葉。
　だけど、たぶん善は私を呼んでいるんだと思う。
　ずっと善のそばにいたんだ。
　振り返らなくても、見なくても、わかるようになってしまった。
　それでも、罪悪感から振り返れずに走り続けた。
　さっきはあんなに幸せだったのに……。
　どうして、幸せな時間ほど脆く、すぐに過ぎ去ってしまうんだろう。
　それもすべて私の罪のせいに思えて、また絶望した。
「ううっ……っ」
　泣きながら、ひたすらに走る。
　雨はあがったのに、私の心には絶えず悲しみの雨が降り続けている。
　もう、これ以上、私が誰かを不幸にするのは嫌。
　私は……どうしたら、いいのっ。
　善に私の罪まで背負わせるなんて……できないよっ。
　今の私には、このまま善と一緒にいていいのか、わからなくなってしまっていた。

見つからない答え

【愛音side】
　あのあと、私を追いかけようとした善は、お父さんに引きとめられてしまったらしく、かわりに20件以上もの着信とメールがスマホに入っていた。
　でも、それに答える勇気も気力もなかった私は、こうして朝を迎えてしまった。
　はぁ……行きたくないな。
　どんなに望んでいなくても、朝はみんなに平等にやってくる。
「いって、きます……」
　憂鬱な気分で学校へ行こうと家を出ると、こちらに背を向けてうちの門に寄りかかっている善がいた。
　え、どうしてここに……。
　予想もしていなかった出来事にフリーズしてしまう。
　昨日の今日で、どんな顔して会ったらいいのかわからないよ。
　すると、気配に気づいたのか、善が私を振り返った。
「あ……愛音」
　ぎこちなく笑って、軽く手をあげる善。
「悪い、会いたくて来ちゃったんだけど……」
「あっ……」
　視線を迷わせる善に、私は胸がキュッとなる。

どんな顔したらいいか……とか、たくさん悩んだのは事実だけど……。
　やっぱり、私も善に会いたかった……。
　こうして、そばに善がいると思うだけで、私は……っ。
「昨日……その……」
「善っ!!」
　なにかを言いかけた善に、私は駆けよってギュッと腕に抱きつく。
「わっ、愛音!?」
　善は驚いたように私を抱きとめると、すぐにホッとしたように表情を崩した。
「愛音、昨日は親父がひどいこと言って悪かった。あんなん、気にしなくていいから」
「……ケンカ……、した、まま？」
　私は善の腕に身を寄せながら尋ねる。
　すると、善はごまかすような笑顔を浮かべるだけで、なにも答えてはくれなかった。
　やっぱり、ケンカしたままなんだ。
　そんな、私のせいなのに……。
　このままじゃいけないのに、私は……っ。
「行こうぜ、愛音」
　私の頭をなでて、愛おしそうに見つめてくるこの人のそばを、離れたくないと願ってしまう。
「……っ」
「愛音？」

そばにいたいよ……。
でも、どうしたら善を傷つけずにそばにいられるの。
自分の気持ちを優先したら、また善を傷つけてしまうのかな……。
答えが見つからなくて、返事のかわりに善にしがみつくことしかできなかった。

学校に着き、A組の教室前で善と別れた私は、自分の席に座って深いため息をついた。
すると、先に来ていた由真が私を振り返る。
「おはよう、元気ないね？」
「う、ん……」
「なんかあった？　ほら、話してみなさい」
そう言って私の方へ体を向ける由真。
正直、ひとりで抱えるには辛かった。
私は小さく息をはいて、由真に話すことを決める。
【私、昨日、善の家に行ったの】
長くなるとうまく話せないと思った私は、筆談で伝えることにした。
「ええっ、それで!?　っていうか、呼び方変わってるし！」
「それ、は……また今度」
あきらかにちがう期待をしている由真に苦笑いを浮かべて、話をもとに戻す。
【お父さんに会って、別れてくれって言われちゃった】
「えっ……」

【私が、障がい者だから】

ズキンッ。

自分で言って、勝手に傷ついてるなんて……。

本当に、私は弱くて情けない。

でも、この"障がい"という言葉がすごく痛かった。

自分に、欠陥品のレッテルを貼っているみたいで、虚しくなる。

「そんな……っ、ひどい!!」

自分のことのように怒ってくれた由真に、私は「ちがう」と首を横に振る。

【大切な息子だから、当然のこと】

「でも、愛音……」

善くんのお父さんにとって、善や柚くん、凛くんは宝物だ。

お母さんが亡くなったことで、なおさら守らなきゃって思ったはず。

もう、善たちしかいないんだ、大切な人が。

だからこそ、守りたいと思うんだ。

たとえ、それで他人を傷つけたとしても……。

【ありがとう、由真。でも、このままでいいのか、わからなくなってきた】

「それってまさか……善くんと一緒にいていいのかってこと?」

コクンッとうなずくと、由真は大きく頭を振る。

「そんなの、いいに決まってるじゃないっ!!」

身を乗りだして声を荒らげる由真に、クラスの視線が集まった。
　由真は「ごめん」と言って、声のトーンを落とす。
「でも、愛音は今までたくさん大変な目にあってきたんだよ。もう、自分のために生きていいんだよ……っ」
　由真は、私が犯した罪を知っている。
　詳しくは話していないけど、私がお父さんに言った言葉と、それと同時期にお父さんが死んだことは知っている。
　それを知ってもなお、そばにいてくれて、こんな風に言ってくれる。
　私はそんな由真を信頼しているんだ。
　由真の言葉はうれしい。
　本当にありがたいけど、私はもう……。
【誰も、傷つけたくない】
　だから、自分のために生きるのを選ぶなんて、今の私にはできない選択なんだ。
「愛音……ダメだよ、善くんから離れたりしたら……」
「…………」
「大切な人とは、ずっと一緒にいなきゃ！　愛音にとって善くんは、必要な人なんだよ!!」
　なぜか、由真の方が泣きそうだった。
　誰かを傷つけてばかりのこんな私の周りには、優しい人たちが集まっている。
　それが不思議でしょうがない。
　それだけで、満足しなきゃいけなかったのに……。

たったひとりに愛されたい。
　誰かを、愛したい。
　そんな……身勝手な感情が、あふれてくるんだ。
　前の私なら、お母さんがお酒に狂ったお父さんを、どうして愛し続けられたのかわからなかった。
　だけど、今ならわかる気がする。
　一度、唯一無二の相手だと思ったら、代えがきかない。
　傷つけられても、傷つけてしまうとわかってても、簡単に手放せないほどに、大切に想う。
　だからこそ、人はたったひとりの人を愛し続けられるんだ。
「愛音、私は親友として、愛音に幸せになってほしいの。それだけは、忘れないで……っ」
「由、真……」
　由真が、私の手を両手で握りしめる。
　あったかい、優しい手だ……。
　こんな優しい親友にさえ悲しい顔をさせる私は、なんてひどい人間なんだろう。
「ごめ、ん……」
　大事な人たちを、大切にする方法がわからない。
　自分の幸せを考えるなんてことも、できない。
　私は、どうすればいいのか……。
　前からずっと問いかけては見つからない答えを、今も探し続けていた。

＊＊＊

放課後、教室まで迎えにきてくれた善。

テスト期間中は、善と一緒に帰れるので吉なのか、気まずく帰らなきゃいけないので凶なのか……。

うれしいような、会いたくなかったような、複雑な気持ちで、善の隣を歩く帰り道。

「…………」

「…………」

前までは、会話がなくても苦じゃなかったのに……。

今は、沈黙が重苦しくて辛い。

「愛音……」

「ぜ、善……」

なにか話さなきゃと口を開いた瞬間が被る……最悪なタイミング。

そして、また失う会話のタイミング。

私たち、今までどうやって話してたんだっけ。

そばにいるのに、遠い……私たちのもどかしい距離。

だからなのか……。

手の甲が触れ合った瞬間に、どちらからともなく手を繋いだ。

『手を繋いでいい？』とか、そんな確認は怖くてできない。

私たちはなにも言わず、そのことには触れずに、だけど少しでも繋がっていられるようにと……その手を強く握りしめた。

ほとんど会話もなく、ついにたどり着いてしまった家の前。
　すると、50代くらいの派手な装いをした女性がうちを見あげているのを見つける。
　見あげているというより、にらんでいると言った方が正しいような鋭い眼光。
「愛音、あれって……」
　善が声を発したと同時に振り向いた女性は、私の顔を見て目を見開く。
　こ、この人は……っ‼
　その顔に見覚えがあった。
　どうして、なんでうちの前にいるのっ⁉
「あ……あっ……」
　私は声にならない声をあげて、後ずさる。
　善と繋いだ手からも体温が失せていくように、冷や汗が止まらない。
「ーーーーーっ‼」
　善が、私の横でなにかを言っているのがわかる。
　だけど、私はそれを視界の端で捉えながら、目の前の人物から目を離せないでいた。
『あなた……それでも、和彦の娘⁉』
『っ……すみま、せ……』
『謝ってすむ問題じゃないわよ！　あんたみたいな娘がいるから、和彦は酒に溺れたんじゃないのっ‼』

病室で、私がお父さんに『いなくなれ』と言ってしまったあのときの記憶がフラッシュバックする。
　ひどいめまいと、頭を鈍器で殴られたような頭痛が一気に襲ってきた。
「うっ……」
「あら、アンタ……まだ生きてたの」
　たしかに、紀子さんがそう言ったのがわかった。
　私は頭を押さえながら、カタカタと震える。
　そして、そのまま無意識に聞こえるはずのない耳をふさいだ。
　聞こえない、聞きたくないっ。
『……アンタが殺したのよ』
『い、いやっ……私っ……』
　もう、やめて……。
　なにも聞きたくない、私を責めないで……っ。
　耳をふさいでも、音を失っても聞こえるこの声は、過去の罪の産物。
『最低ね』
　辛うじてふさがっていた心の傷口が開いて、ドロリと血が流れ出す。
　忘れられない、過去の傷跡。
「この、人殺し」
「人……殺……し……」
　頬に涙が伝って、私は壊れた人形のように、言われた言葉を繰り返して、その場に崩れ落ちた。

「うっ……あっ……」
　誰かの腕に抱きとめられたのがわかったけど、私は言葉を失ったように呻いて、暴れる。
「うぅっ、う!!」
　離してっ、離して!!
　怖い、誰も触らないで、近づかないで!!
　そんな私の顎をつかんで、誰かが無理やり顔をあげさせる。
　涙でぼやける目でその主を見つめると……。
「愛音っ、しっかりしろ!」
「あっ……善……?」
　その人は、誰よりも信じられる人……善だった。
　その姿を見たら、少しだけ落ちついた。
「愛音っ、大丈夫……俺がいるから、な?」
　私の涙を親指で拭って、優しく声をかけてくれているのがわかった。
　それに縋るように善のワイシャツをギュッと強くつかむ。
「失礼ですけど、いきなり暴言吐くなんて、どういうつもりですか」
　善が、静かな怒りをたたえながら紀子さんに向かってそう言った。
　それを聞いた紀子さんは、フンッと鼻で笑う。
「アンタ知らないの?　その子は人殺しなのよ」
「それは、愛音から聞いてます」

善の言葉に、怪訝(けげん)そうな顔をする紀子さん。
「知ったうえでそばにいるの？　変人なのね」
「変人でもなんでもいい、愛音のそばにいられるんならな」
　善……。
　善が、また私のせいで傷つけられてる。
　私は、どこまで大切な人を傷つけたら気が済むんだろう。
　紀子さんも……被害者だ。
　紀子さんにとってお父さんは、大切な弟。
　そんな弟に、私はいなくなれなんて言ったんだ。
　だから、私が紀子さんに責められるのは、しょうがないことなのに……。
「俺は……愛音の過去も含めて、愛音が好きだ。だから、なにがあってもそばにいるって決めてるんですよ」
「……わかった。あなた、全部を聞かされてないのね」
「えっ？」
　善の動揺を感じ取ったのか、紀子さんは不敵に笑う。
　私は暴かれるのが怖くて、善のシャツを握る手に力が入ってしまった。
　核心的なことは、まだ善には言ってない。
　私が殺した相手が、お父さんだってことを……知られたくない。
　だってきっと幻滅(げんめつ)されてしまう。
　嫌われたくない、離れていかないでほしい、どうか……善だけは、私から奪わないでっ。
　そんな願いもむなしく、紀子さんは楽しそうに口を開く。

「その子はね、病気で死にかけていた実の父親に……」
　いや……言わないで……。
　知られてしまう、本当の汚い私を……。
「やっ……」
「死ねって言ったのよ」
「……っ！」
　あぁ……知られてしまった。
　私の、見たくない、触れられたくないもの。
「なっ……」
　善は、驚きで言葉を失っている。
　ガラガラと、必死に隠そうと重ねてきた偽りの城が崩れ落ちていくような、感覚。
「いなくなれって、最低な娘よねぇ。そのあとすぐに、父親は息を引き取った。悪魔よ、その子は」
「あぁ……っ」
　もう、もう終わりだ、知られてしまった……！
　深い絶望に、体が冷たくなっていくのを感じた。
　善は、前に私を優しいと言った。
　だけど本当は……紀子さんの言う通り、悪魔なんだ。
　ずっと……汚いものを隠して、綺麗になろうとしていた。
　でも、そんなの無理だったんだ。
　もともと石ころの私は、どんなに磨いても澄んだダイヤモンドにはなれない。
　私は心から、芯から穢れてる。
　お父さんを殺した罪がある限り、永遠に綺麗になんてな

れないんだ。
「ふっ……うっ……」
　ポロポロと涙があふれる。
　これは、私が受ける当然の報い。
　仕方ないことなのに……。
　善に知られてしまった。
　ずっと、隠したかったものを……っ。
「愛音……」
　とまどっている善の瞳に、私は自嘲的に笑う。
「善に、だけ……は、知られ、たく……なかっ、た……っ」
「っ!!」
　善が息をのんだのがわかった。
　嫌いになった？
　もう二度と、私を好きだなんて思わないよね？
　絶望感に苛まれた私はゆらりと立ちあがる。
　そして、善から一歩後ずさった。
　その瞬間……。
「この、バカっ!!」
　そう言った善が、私の腕を強く引いて、その胸に引き戻す。
「ぜ、善……っ!?」
　え……ど、どうして……？
　私のこと、軽蔑したでしょ？
　なのに、どうしてこんな風に抱きしめたりするの？
　頭がまっ白になって、ただ善の腕の中でじっとしている

と、怒ったように善が私を見おろした。
「愛音がどんな過去を持っていようと、俺が愛音に救われたことには変わりない!」
「でも、それは……」
　それは、ただ私がそうしたかったから。
　善のためになにかしたいと、勝手に私が思ってやったこと。
　だから、結局私のためだったんだよ?
「俺にとっては、優しくて綺麗な愛音のまま、なにも変わらねーよ」
「っ……」
　私は、綺麗なんかじゃないのに……。
　バカなのは善の方だよ。
　バカみたいに、私をどこまでも信じて……。
「いいかげんわかれ!!　勝手に、離れていこうとするな!!」
　怒鳴られたんだとわかった瞬間、ブワッと涙があふれた。
　……不思議。
　怒られているのに。
　それなのに……。
　私の汚い過去も含めて受け入れられたんだと安堵するんだから……。
　でも、だからこそ……。
　私は、善を自分の生き方に巻きこみたくない。
　償いばかりの毎日に、暗い闇の中を歩く永遠に、善を巻きこみたくないんだよ。

ずっと好き……。
　最初で最後、きっと善だけを……。
「やってられないわね。頭おかしいわ、あなたたち」
　そう言って去っていく紀子さんの背中を見送って、私は善からそっと離れる。
「愛音っ」
「離、して……っ」
　伸ばされた善の腕を、勢いよく払った。
　その瞬間、善は信じられないと言わんばかりの視線で私を見つめる。
　ズキズキと胸が痛んで、すぐに謝りたい衝動に駆られた。
　それでも、グッとこらえて善を見つめる。
「も、う……」
　さよならしなきゃ……。
　そう思うのに、悲しくて、こんなときでもまだ離れたくないと思ってる。
「愛音、やめろ……言うなっ」
　善は、私がなにを言おうとしているのかわかっているみたいだった。
　私の言葉を恐れるように、悲しげな顔をする。
　私の言葉を、いつも待ってくれていた善。
　こんなにも拒絶を露わにする善を、初めて見た気がする。
　誰かを不幸にする悪魔には、孤独がお似合いだから。
「……さよ、ならっ」
「愛音っ、行くなっ！」

そう言って、手を伸ばそうとする善から逃げるように、家へと駆けこんだ。
　そして、バタンッと扉を閉めて鍵(かぎ)をかける。
　扉を背に、汚れることも気にせず、ズルズルと床に座りこんだ。
「うぅっ、ごめ、んねっ」
　ポロポロと泣いて、両手で顔を覆う。
　きっと、私の名前を呼んでいるであろう善。
　今は、それが聞こえなくてよかったと思う。
　もし、また名前を呼ばれたりしたら……。
　きっと、弱い私はすぐに善に泣きついてしまうから。
「大好き、だった……っ、今も……これからもっ……」
　だけど私には、善を傷つけないように、大切にする方法が、わからないから……。
　そばにいるって言ったのに、離れてごめんなさい。
　こんな守り方で、ごめんね……。
「ごめ、んね……善っ……」
　膝を抱えてひたすらに泣き続けることしか、今の私にはできなかった。

＊＊＊

　それからしばらく、私は善を避けていた。
　部活にも行かずに、ぼんやりと過ごす学校と家の往復の毎日。

善が教室まで来て話しかけてきたこともあったけど、トイレに行くとか、体調が悪くて保健室行くとか……。
　とにかく話しかけられても、善を避けていた。
「愛音、部活今日も休む……？」
　気を利かせて聞いてくる由真に、私は首を横に振る。
「ごめん、ね……」
　今は、なにかをしようとする気が起きなかった。
　机に頬杖をついて、窓から見える青空を見あげる。
　空はどこまでも澄んでいるのに、心はいつも雨。
　悲しい、好き、嫌い、うれしい……。
　そんな心の動きが、胸の痛みを生むのなら……。
　いっそ、感情なんてなくなってしまった方が幸せだと思った。
　夏休みが近くなった7月。
　時の流れに私だけが取りのこされている。
　私はただ生かされているだけの毎日を送っている。
　そんな、変化のない世界に、心まで死んでいくみたいだった。
「愛音」
　まただ……。
　今日も善は、下駄箱で私を待ちぶせている。
「善……」
　あの日、善との別れを決意してからずっと、私に声をかけてくれていた。
　だけど、殺したのがお父さんだって知られて、善が私を

どう思ったのか、知るのが怖くて、善の顔を見られない。
　本当の私は、善が綺麗だと言ってくれた私とはほど遠くて……。
　罪に汚れてる私に、善みたいな彼氏はもったいない。
　だから……もう関わらないって決めた。
　ごめんね、善……。
　私は無言で靴を履き替えて、その横をすり抜けようとした。
「待って、愛音!!」
「っ……離、して……っ」
　なるべく平静を装って、つかまれた手を振り払う。
　善にこんな態度を取る日が来るなんて、思ってもみなかった。
　善は命の恩人で、大切な人なのに……。
「また、ひとりで抱えようとしてんだろ？」
「……っ、善には、関係、ない……」
「愛音、自分を傷つけるな……頼むから……っ」
　また悲しそうな顔をさせてしまう。
　そんな善の顔を見たくなくて、私は視線をそらすと、勢いよく走りだした。
　こんなことを、毎日繰り返している。
　惑わせないでほしい。
　もう善と一緒にはいられないのに、ひとりに慣れなきゃいけないのに。
　声をかけられるたびに迷ってしまう。

第4章　迷宮の果てに 323

　善のそばにいたいって、思ってしまうから。
　だから今日も、全力で善から逃げる。
　きっとこれは、いつか善に飽きられて私が孤独になる日まで続くんだろう。
　それが、胸をえぐるほどに辛いことだとわかっていても、私はずっと避け続ける。
　もうなにも……望まないと決めたから……。

守るということ

【善side】

キミがどんな過去を背負ってたって……。

俺が、キミに救われた事実は変わらない。

俺にとっては、優しくて綺麗なキミのまま、なにも変わらないのに……。

どうして、キミには届かない。

キミはきっと、今も……。

ひとり、罪の重さに耐えようと、必死に苦しんでるんだろう。

何度も呼びかけても、キミにこの声は届かなくて。

何度手を伸ばしても、すり抜けていく。

そしていつか……キミはひとりで消えてしまうんだろうか。

それが怖くて、俺はいつも必死で、焦っている。

焦りばかりが先行して、ついに迷い、立ちどまってしまった。

俺には、なにができるんだろう……。

なぁ、愛音……。

俺たちが出会ったのはきっと運命で、愛音が俺の未来を変えてくれたように、俺にも……。

俺にも、愛音のためにできることがあるはずだって、ただそれだけを信じて、今は歩き続けるしかないんだよな？

ただ、あきらめることはしたくない。

愛音は、17年間生きてきて、この人だって思えた唯一の女の子だから……。

***

7月下旬。

何度も愛音に会いにいった俺は、一度も口を利いてもらえないまま、ついに今日から夏休みに入ってしまった。

今日は写真部の活動があるから学校に来てるけど、夏休みの部室に愛音の姿はない。

いつもならすぐに被写体を探しにいく部員のみんなも、愛音がいないからなのか、その場を離れようとはしなかった。

お菓子を食べたり、ボーッと外を眺めていたり……みんなで、ぐだぐだして過ごしている。

心のどこかで、愛音が部室に来てくれるんじゃないかって、期待していたからかもしれない。

「はあぁー……っ」

俺は、一生分の幸せが逃げるんじゃないかと思うくらいに深いため息をついた。

「善先輩、魂 出かかってますね」

「あぁ……」

俺は机に突っ伏したまま、心ここにあらずで、向かいに座っている章人に返事をした。

「うーん、負のオーラが漂ってるね」
「叶多先輩、なにしてるんですか？」
　不思議そうな由真の声に顔をあげると、叶多先輩が俺の髪をゴムで結んでいた。
　頭を動かすたびにピョンピョンと触覚が動くのを感じる。
　なにしてんだ、この人は……。
「なにって、もちろん善ちゃんを可愛くプロデュース!!」
「叶多、善で遊ぶな」
「はぁーい」
　俺で遊んでたのかよ!!
　澪先輩の言葉に心の中でツッコんでみたものの、口にするほどの元気はなかった。
「でもさぁ、善ちゃんがここまで静かだと、気持ち悪いよねぇ？」
「出ましたね、ブラック叶多」
「章ちゃん？　なにか言ったかなぁ？」
「イヤー、やっぱ暑いですね、夏は」
　あきらかに殺意のこもった笑みを浮かべる叶多先輩を無視して、章人が明後日の方向を見る。
「善、大丈夫か？」
　澪先輩が俺の隣に腰かける。
「大丈夫……とは言えないっすね……。自分でも驚くくらい、愛音のこととなると余裕なくて……」
　こんな弱い俺だから、愛音は頼ってくれねーのかな。

誰より力になりてーのに、全然ダメだ。
　うまくいかねー。
「当然だ、好きな女の一大事なら、誰だって余裕もなくなる」
「澪先輩……」
「善、俺たちにできることはないか？」
「それは……」
　でも、愛音が必死に隠してきたことを、俺から話していいのか？
　そんなことをしたら、愛音はもっと、俺たちから距離をとってしまう気がする。
　いったいどうすればいいのか、考えがまとまらない。
「……俺たちは、お前たちの味方だ」
　悩んでいると、澪先輩は言葉は少なにそう言った。
　それでも、その言葉の裏に励ましの意味を感じる。
　澪先輩の言葉にジーンとしていると……。
「わー、なんか楽しそうだねぇ～、俺もまーぜてっ！」
　空気を読めない教師がひとり、部室に入ってくる。
　それに、全員が沈黙した。
「あの～、どうしたらこの状況を見て、楽しそうな話してるように見えるんですかね、あの人」
「章ちゃん、見ちゃダメ。あれは公害だから」
　章人と叶多先輩が聞こえるようにコソコソ話をしている。
　あの人、あれ、公害……。
「はは……キミたち、エグイこと言うねぇ」

相変わらずひどい扱いをされる笹野先生は苦笑いしつつ、「まぁ、愛されキャラってことかな～？」と、まちがった結論に達しながら、流している。
「笹野先生、空気読んでくださいよっ」
　由真が笹野先生の腕をバシッとたたいた。
　それに相変わらずヘラヘラと笑う脱力系教師。
　笹野先生の適当ぶりは筋金入りだから、これは治らないな、一生。
「え～、空気っておいしいのぉ～？　真由ちゃん、今日も可愛いね～」
「先生!!　今は愛音のことで大事な話をっ」
　笹野先生を説教する由真に、どっちが教師かわからなくなってくる。
「誰だ、ここに小学生を呼んだのは」
「はぁ～い部長！　ここにいるオジ……小学生は、勝手に、ひとりでここに来ました！」
　叶多先輩が可愛らしくニコッと笑って、手をあげながら毒を吐く。
　今、オジサンって言おうとしてたよな、叶多先輩……。
「はーい部長、この人迷子っていうより、ただのエロオヤジなんで、警察に突きだ……連行しますか」
　章人もわざとらしい言い方で便乗する。
「こら章人くん、最後、さほど意味変わってないから！　こういうのはテンポが大事なんだからね、いじるなら最後まで責任持っていじろうか!!」

すると、なぜか笹野先生が自分のいじり方にイチャモンをつけはじめる。
「…………」
　マジで、なにがしたいんだコイツら……。
　今さらながら、うちの部活ってキャラ濃かったんだな。
　変わらないみんなの姿に、沈んでいた気持ちが少しだけ軽くなる。
　みんななら、愛音の過去を知っても、変わらずにいてくれるはずだ。
　だって、澪先輩は『お前たち』の味方だって言ってくれたんだから。
　やっぱり、俺ひとりで考えてもなにも解決しないし、話を聞いてもらおう。
　そう思ってみんなの姿を見渡す。
　そういえば、由真が静かだ。
　さっきまで笹野先生のところにいたと思ったけど……。
　不思議に思って視線で探すと、窓際にその姿を発見する。
「あぁ、雲ひとつない青空……ふふっ」
「…………」
　オイオイオイ!!
　思いっきり現実逃避してんじゃねーかよ!!
　まぁ、その気持ちもわからなくはない。
　だって、話が進まないもんな!?
　由真だって、もうお手あげのはずだ。
「あ……鳥のさえずりが……ふふふ」

「……本格的にヤバイな」
　ちがう世界に行っちまってる……。
　あきらかに限界が来てる。
　愛音の親友だもんな、由真は……心配なんだ、きっと。
　なのに、この連中ときたら……。
「心底、部長であることを放棄したくなる部活だな」
「……本当に今さらっすけど、マジでヤバイですね、うちの部員……。いや、顧問に問題があるんだな、きっと」
「善、本当に今さらだな。話が進まん、頭痛がする。まずそこの適当教師、座れ」
　澪先輩のイライラがピークを超えて、ついにメガネが光った。
　これは、表情の乏しい澪先輩の怒りスイッチが入った合図だ。
「叶多、由真もだ」
「ハーイ！」
　勢いよく返事をした叶多先輩と、窓際で現実逃避していた由真がこっちへ歩いてくる。
「すみません、お待たせしました」
　由真が座った瞬間、ようやく全員が席に着いた。
　ここまで長かったな……。
「本題に入るが……善、愛音のことで話したいことがあるんじゃないか？」
　まっ先に話を振ってくる澪先輩に、俺はうなずく。
　澪先輩に隠しごとなんて一生できねーな……。

俺が、みんなに頼りたいんだってこと、見抜いてる。
「詳しくは……愛音以外の口から話すのはちがう気がするから、話せないんすけど……」
　どこまでなら、話していいんだろうか。
　愛音にとって触れられたくないことに、俺はどこまで勝手に踏みこんでいいのかわからない。
　腫れ物にさわるみたいに、どう触れたらいいのかとまどっている。
　でも、とまどっているうちに、愛音はいなくなってしまった。
　だから、迷ってる暇はない。
　こうしている間にも、愛音はどこか遠くに行ってしまいそうで、俺は焦っていた。
「愛音は、誰にも言えない傷を抱えてて……。お父さんが亡くなったことと関係してるんすけど、それを自分のせいだって責めてる……」
　たどたどしくて、うまくしゃべれない俺の言葉を、みんなが静かに聞いてくれてる。
　どんな言葉も受けとめようとしてくれているみたいで、うれしかった。
「この間、愛音の家の前で、愛音の過去を知る人と会ったんですけど……。その人、愛音のことを人殺しって言ったんだ」
「わ、穏やかじゃないね……」
　叶多先輩が相づちを打つ。

みんなも、驚きに息をのんでいた。
「そしたら愛音、すげぇ傷ついた顔してて……」
「そりゃそうですよ、人殺しなんて……傷つきますって」
　無表情なことが多い章人が、めずらしく眉間にシワを寄せている。
　それだけ、愛音はみんなにとって大切な存在なんだ。
　なぁ愛音、愛音の居場所はここにあるのに……。
　今も……ひとりで泣いてるのか？
　今でも忘れない。
　あの、痛そうに、苦しそうに、大粒の涙を流す愛音の顔。
　彼氏なのに、なにもできない自分が嫌になった。
「俺は……愛音にどんな過去があっても、一緒にいる覚悟がある。だけど……愛音にはその気持ちが届いていなくて……」
「そして今に至るわけか」
　澪先輩が、俺のまとまらない話をまとめてくれる。
「はい……」
　俺はうなずいて、うなだれた。
「善くんがそこまで知ってるなら……。愛音の治療のことも聞いてる？」
　すると、今まで黙っていた由真が口を開いた。
　愛音の治療って……。
「治療を受けたくないってことなら知ってる」
　薬を飲んでいるのは、治療をしてほしいっていうお母さんのためにしかたなく続けてるとか……。

「愛音は、父親を殺したって罪を、耳が聞こえないままの自分でいることで、償ってるんだろ？」
「っ……そっか、愛音がそこまで話したんだね……」
　すると、由真はなぜかうれしそうに笑って、俺を見た。
　由真、どういう意味だ？
　言葉の真意が読めずに、俺は首を傾げる。
「ちょ、ちょっと待ってよ。愛ちゃんの耳、あの薬で治らないの！？」
「それは、俺も驚きました……」
　驚く叶多先輩と、章人。
　それもそうだろう、俺だって知ったときは衝撃だったんだから。
「そう、愛音の耳は、本当はもっと大きい病院で治療しないといけないみたいなんです。だけど、愛音はずっと断ってきた。……耳が聞こえないことが、お父さんへの罪滅ぼしだと思ってるみたいで……」
　由真が説明してくれる。
「……なんとなく、事情は察した。つまりは、愛音が人を遠ざけるのは、過去が原因というわけか」
　澪先輩の言葉に、俺と由真はうなずいた。
「そして、愛音を変えられるのは、お前を変えたのが愛音のように、善……お前だけだ」
「俺……に、できるんすかね……」
　ついこぼした弱音に、澪先輩がめずらしく驚いたような顔をする。

「めずらしいな、いつものお前なら迷わずにやると言うと思ったが……」
 澪先輩の言うとおり、いつもの俺ならそう言っていたかもしれない。
 だけど今の俺は、自信がなくなっていた。
 何度もかけてきた愛音への言葉も、引きとめようと伸ばした手も、なんの役にも立たなかったから。
 自分にそんな力があるようには思えなくなっていた。
「善ちゃんは怖いんだ……愛ちゃんが」
「え、愛音のことが、怖い……？」
 叶多先輩の言葉に、俺は驚く。
 愛音が怖いなんて、考えたこともなかった。
 どういう意味だ……？
「そう！　大切だから、傷つけたくないから、近づくのが怖いんだよ、きっとね」
「傷つけるのが、怖いから……か」
 でも、たしかにそうかもしれない。
 俺は、愛音を傷つけたくないと思うばかりで、結局なにもしてやれなかったんじゃないか。
 愛音は脆くて、触れたら壊れてしまいそうに儚かったから……。
「でも、僕はもっと傷つけ合ってもいいと思うけどね」
「ちょ、叶多先輩、毒舌ですよ」
「もー、そういう意味じゃないよ、章ちゃん」
 フォローしようとする章人に、むくれる叶多先輩。

傷つけるなんて、俺には……。
「僕が言いたいのは、付き合ってまた一歩、キミたちは特別な存在になったんだし……」
　それは、友達より繋がりの深い、恋人という関係になった、ってことか？
「もっとお互いの言葉に傷ついたり、ケンカしたりしてもいいんだよ。ずっと仲よしだなんて、気味悪くない？」
「あ、それは納得ですね」
　すると、めずらしく章人が叶多先輩の言葉に賛同した。
「遠慮せず、お互いもっと寄りかかってもいいんですよ。善先輩はそうしてるつもりでも、現にアレコレ頭で考えて、結局腫れ物にさわるようにしてるみたいですし」
　……読まれてる。
　叶多先輩の言葉も、章人の言葉も、核心をついていた。
　俺は、無意識に愛音が頼れないような空気を作ってたんじゃないか？
　頼れとか、もっと話してほしいとか、そう言うのは簡単だ。
　けど、それが愛音の重荷になっていたのかもしれない。
　ただ、愛音が自然と甘えられるような俺でいなきゃいけなかったんだ。
　それには、遠目から優しくするタイミングを見計らってるだけじゃダメだ。
　俺が自分で言ったんだろ、勝手に守るって。
「そっか、嫌われてもいいから、もっと愛音の心に踏みこ

んで、強引にでも想いを聞きだすべきだったんだ……」
　そうすれば、ひとりで悩んで、離れた方がいいだなんて決断せずに済んだのかもしれない。
　ふたりの言葉に、気持ちの整理がついていく。
「なら、今の俺たちが愛音にできることはなんだろうな」
　澪先輩の問いに、俺もみんなも真剣に考える。
　……やっぱり、愛音の過去をちゃんと知る必要があるんじゃないか？
　愛音から聞く話は断片的で、よくわからないことばっかだ。
　もっと、事情を知ってる人に話を聞いて、愛音の過去を知るところから始めないといけない気がした。
「俺は、愛音の過去を知るために、愛音の周りの人に話を聞きにいこうと思う」
「善くん……。でも、まずは愛音に聞かないの？」
「由真、今の愛音は俺たちに過去を知られて、嫌われるのを怖がってる。だからきっと話してくれない。愛音の知られたくないことを勝手に探るのは、愛音を傷つけることになるかもしれないけど、そんくらい踏みこんで、愛音を知らないといけないときなんだと、思う」
　不安そうな由真に、俺はそう言って説得する。
　由真は……俺と似ている。
　大切な親友を傷つけたくなくて、遠目に、間接的に守ることしかできなかったんだ。
「踏みこんで……」

「由真、愛音に教えてやろう。俺たちがどんだけ愛音を大切に思っているかを、さ」
「……そう、ね。私、愛音にまた笑ってほしい。あの子にもっと自分の幸せを、考えてほしいから……。だから、私も覚悟を決める」
　由真は迷いを断ち切ったような、まっすぐな瞳で俺を見つめ返した。
「なら、写真部で鈴原奪還作戦やるとするかねぇ〜。俺もついてくし、外部活動ってことで、先生許しちゃう☆」
「奪還って、なにからなんですか」
「細かいことは気にしないの。章人くんは頭硬いよね、本当」
「アンタがやわらかすぎなんですよ……」
　章人と笹野先生のコントを聞きながら、少しだけ……暗闇に光が灯った気がしていた。
「曲がりなりにも、うちの顧問から許しが出た。明日から行動するぞ」
「曲がりなりにもって！　相変わらず、澪ちゃんは冷たいね〜、ま、そこがクセになるんだけど」
「…………」
「え、無視!?　無視なの!?」
　笹野先生を視界に入れないように完全に背を向けた澪先輩に、俺は「ぷっ」と噴きだす。
「やっぱ、うちの部活、楽しすぎっすね！」
　俺がたまらず笑いだすと、みんなの温かい視線が自分に向けられていることに気づいた。

「ま、善ちゃんはそれくらい明るくないとね」
「たしかに、暗い善先輩なんて気味悪いですよ」
　叶多先輩と章人が、こんなときに限って結託する。
　言い方はひどいけど、ふたりのやりとりに自然と笑ってるんだよな、俺……。
「ひとりで悩んでると、苦しいもんね」
「由真の言うとおりだ。善、お前はひとりじゃない」
　由真、澪先輩……。
　ふたりの静かに支えてくれる優しさに、いつも救われる。
　ひとりじゃないって、こんなに心強い。
　なぁ、愛音……愛音もひとりじゃないんだよ。
　愛音のことを心配してくれる、仲間がいるんだってこと、俺が教えてやるから。
「ま、誰しもひとつくらい、闇を抱えてるもんだ。そんなときに、持つべきものは写真部ってね」
「笹野先生、雑ですね」
　章人が、あきれた顔で笹野先生を見た。
　たしかに雑な言い方だけど、ここぞというときは、まるで俺たちに諭すような言葉を投げかける笹野先生。
　たぶん、誰よりも俺たちを思ってくれている先生だ。
「俺、今心底、写真部に入ってよかったって思いましたよ。だから、愛音にもひとりじゃないんだって、こんな最高の仲間がいるってこと、知ってほしい」
　写真部のみんなを、俺を、もっと信頼していいんだって。
　誰しも傷を、闇を抱えて生きているから……。

こんなときこそ、助けを求めて、すがってもいいんだって。
　だって俺たちは、仲間だから……。
　次に愛音に会ったら教えてあげたい。
　愛音の存在が、俺だけじゃなくてみんなにとっても、かけがえのない存在になってるんだってこと。
　だからさ、待ってろ、愛音。
　ひとりで遠くへ行ってしまった愛音に追いつけるように、俺もあきらめずに愛音の背中を追うよ。
　それで、全力で抱きしめてやるんだ。
　そう心に決めて、俺は頼もしい仲間たちに笑顔を返した。

希望を探して

【善side】
　次の日、さっそく俺たちは外部活動という名の、愛音奪還作戦を開始した。
「由真、ここで合ってる？」
「うん、愛音が前に話してたの。東川野辺病院に親父さんが入院してたって」
　由真の情報を頼りに、まずは愛音の親父さんが入院していた病院にやってきた。
　愛音の過去を知るって言ったって、本人に聞いても教えてもらえないだろうからな……。
　本当なら、愛音の母さんに聞くのがいいんだろうけど、家には愛音がいるだろうから、行けなかった。
　まずは手当り次第、当たってみるしかない。
　誰か、愛音の親父さんのことを知っている人がいればいいけど……。
「それにしても大きいな……」
「愛音のお父さん、お酒に依存しちゃってたみたいで……。肝臓の病気になったんだって言ってたの」
　病院を見あげていると、由真がそう言った。
「そういえば、愛音の家の前で会った女の人が、病気の父親に、愛音がその……死ねって言ったとかって言ってたな」
　俺が思い出すようにつぶやけば……。

第4章　迷宮の果てに

「え、愛ちゃんが!?」
「まぁ、驚きますよね……」
　叶多先輩が驚きの声をあげる。
　俺も、いまだに信じられない。
　あんなに優しい愛音が、そんなこと言うはずないって思うけど……。
　そんな俺の想いも、きっと愛音を追いつめてしまっていたのかもしれない。
　自分はそんな優しい人間じゃないって、きっと傷ついてた。
　安易に「愛音はいい子だから大丈夫だよ」なんて、声をかけてたのがバカみたいだ。
　優しくしているはずが、愛音を傷つけてたこと。
　それが俺の胸を苦しくさせた。
　愛音に「死ね」だなんて、そこまで言わせる"なにか"。
　それがなんなのか、ここでわかればいいんだけど……。
　それはきっと、愛音の触れられたくないものだ。
「まぁ、行こうじゃないの」
　サンダルを足に引っかけて、だらしなく歩きだす笹野先生に続いて、俺たちは病院の入り口をくぐった。
　中に入った俺たちは、手始めに総合受付にやってきた。
「すみません、ここに鈴原……あー、お父さんの下の名前、なんていうのかわかります？」
　受付のお姉さんに声をかけた章人が、困ったように俺たちを振り返った。

やべ、名前まではわからねーな。
「何科に、もしくはいつ入院されたかわかりますか？」
「えーと、いつ入院したんすか？」
　またも章人が困ったようにこっちを見て助けを求めてくる。
「何科とかもわかんねぇな。入院っつーか、もう……亡くなってるし」
　俺の言葉を聞いた受付のお姉さんは怪訝そうな顔をする。
　亡くなってる人のことを聞きにくるなんて、ヘンだよな。
　まずい、さすがに怪しまれたか……？
「基本、病院は個人情報を守る義務があるからな」
　そう、俺に耳打ちした澪先輩。
「ど、うすれば……。へたしたら、ここで門前払いっすよ」
「そうだな……よし、行け、叶多」
　すると、澪先輩はなぜか、叶多先輩の肩をたたく。
　な、なんで、叶多先輩を指名？
「はいは〜い、適材適所、ね☆」
「え、適材適所？」
「細かいこと気にしないで、僕に任せといてよ♪」
　……心配だ。
　満面の笑みで「よいしょっ」と、カウンターに身を乗り出す叶多先輩。
「ねぇお姉さん、僕たちすごく困ってて……」
「え？」

「お姉さんを頼るしか、ないんだ……。というか、僕にはもう……お姉さんしかいないんだ」

　いったいなんの会話なのか……。

　まるでナンパしてるかのように見える。

　それはもう、しおらしい顔で目をウルウルさせる叶多先輩に、お姉さんが「ぐっ」と、なにかに耐えるような顔をする。

「……わ、私に、なにをしてほしいんですか？」

「うん、もう亡くなってるんだけど、鈴原さんって人、この病院に入院してたかな？」

「そ、それだけじゃわかりません。それに、個人情報は簡単に話せな……」

「お姉さん、お願いっ。たぶん、肝臓が悪いって言ってたし、そういう人が入る病棟だと思うんだけど……」

　両手を合わせてお願いをする叶多先輩を、俺たちは唖然としながらも見守る。

　これは、なんというか……詐欺師だ。

「それなら、消化器外科病棟かもしれないですね……」

「あっ、そうなんだ！　ありがとう、お姉さんっ」

「うっ」

　お姉さんが、胸を押さえてうめく。

　今、お姉さんはこの小悪魔に翻弄されているにちがいない。

「あ、えーと……ゴホンッ、病棟看護師に確認を取りますから」

あきらかに顔が赤いお姉さんに、申しわけなくなる。
　叶多先輩は……罪な男だな。
　でもまぁ、今回は目をつぶらせてもらおう。
「うんっ、ありがと、お姉さん♪」
「え……えーと、こちら総合受付ですが……」
　お姉さんが受話器を耳に当ててなにやら話している。
「だ、大丈夫なの……？」
「ふ、不安しかないよな……」
　由真と俺は不安になりながら、お姉さんが電話している姿を見つめた。
「ええ……そうですよね。え、わかりました、こちらでお待ちいただきますね、それでは」
　そうこうしている間に、お姉さんは話が終わったのか、受話器を置いた。
「鈴原様のことは、お話できません、が……」
「え、お姉さん、ひどいよ〜」
「さ、最後まで聞いてください。あなた方にお会いしたいという看護師がおりますので、ここでお待ちください」
　受付のお姉さんは、あわてて俺たちにここに留まるように言う。
　俺たちに会いたい看護師って、どういうことだ？
「なんか、出だしから予想外の事態が起きてますね」
「本当だよな」
　章人の言葉に、先行きが不安になる。
　これが、吉と出るか、凶と出るか……。

そして、受付前で待つこと5分。
「お待たせしました」
　そこへやって来たのは、黒髪をだんごにしてまとめた20代くらいの看護師だった。
「前木さん、すみません」
　看護師は受付のお姉さんに軽く頭を下げると、俺たちを見回した。

「あらためて、私は三枝由美と言います」
　来客室のような場所に通されると、看護師……三枝さんが俺たちに深々と頭をさげた。
　それに合わせて、俺たちも頭をさげる。
「本来は、ご家族以外にはお話できないのですが……。あの、皆さまは鈴原さんとはどういったご関係ですか？」
「え？」
　三枝さんは、愛音の親父さんを知ってるのか？
　いきなり親父さんの知り合いに会えるとは思っていなくて、俺はつい声をあげてしまう。
　でも、三枝さんの目は真剣で、なにか深い事情があるのだとわかった。
　だから、包み隠さず話そうと決めて、口を開いた。
「俺たちは、鈴原さんの娘さんと同じ部活で……って、俺は彼氏なんすけど……」
「え、娘さんって、愛音さんの……」
「え、はい……って、愛音を知ってるんですか？」

驚いていると、三枝さんも心底驚いたような、それでいて泣きそうな顔で俺たちを見つめ返した。
「これも、なにかの縁ね……」
「え？」
　なにか三枝さんがつぶやいた気がして聞き返すと、三枝さんは「なんでもないわ」と首を振った。
「三枝さん、あの……俺、どうしても愛音の過去になにがあったか知りたいんです」
「…………」
　三枝さんは、看護師という立場からなのか、無言で話すか否かを悩んでいるように見えた。
「愛音は親父さんにその……ひどいことを言ったのがきっかけで親父さんが死んだんだと、今も自分を責めてます。俺は、そんな愛音の心を救ってやりたい」
「そう……愛音さんは、あのときのことを……まだ……」
「愛音、耳が聞こえないんです」
「え……？」
「治療も、お父さんを殺してしまったのは自分だから、受けないって言っていて……」
「そんな、愛音ちゃんがそこまで思いつめていただなんて。私は、なにもわかってなかったのね。看護師失格だわ」
　三枝さんは悲しげにそうつぶやくと、意を決したように俺を見た。
「私は、鈴原さんの担当看護師だったの」
「え！！」

まさか、こんな風に担当看護師に会えるなんてな……。
　なんか、愛音の親父さんが引き合わせてくれたみたいな、不思議な縁を感じる。
「愛音さんの家は複雑でね、詳しくは守秘義務があるから話せないけれど……。私はよく、鈴原さんから家の話を聞いていたわ」
「あの……鈴原さんが亡くなったのは、病気のせいなんですよね？」
　愛音はどうして、自分が殺したなんて言い方をしたのか、それを確かめないと……。
「え、そうよ？」
「で、ですよね……あと、愛音さんと仲が悪かったっていうのは……」
「あ……そうね、鈴原さんは失業してからアルコール依存症になっていて、よく家族を苦しめたって後悔していたの」
「え……」
「お酒に酔った勢いで家族に暴言を吐いたり、ときには手もあげたって、話してたわ。でも、私にはそう言っている鈴原さんも辛そうに見えた……」
「そうか……」
　じゃあ愛音は、家族を苦しめた親父さんが許せなかったってことか？
　だけど……愛音のお父さんは、後悔していた。
　愛音はそれを知らなかったんだ、きっと。
　だから、親父さんに「死ね」なんて言ってしまったんだ。

それを、今もずっと後悔して……。
　ズキンッと、胸が痛くなる。
　愛音の抱えているものの重さに、息をするのさえ苦しくなった。
「愛音も親父さんも、ずっと後悔して生きてたなんて……」
　あの華奢な体で、ずっと耐えてきたのか……。
　そう思うと、今すぐにでも愛音のところへ走っていって、抱きしめてやりたくなる。
　泣いてるなら、涙を拭ってやりたい。
　愛音には俺がいるよって、言ってあげたい。
　その衝動をぐっとこらえて、三枝さんの話に耳を傾ける。
「あのね、鈴原さんは愛音さんが小さい頃の話や、奥さんと出会ったときの話をうれしそうにたくさん話してくれたわ。愛音さんが４歳のときに、"はじめてのおつかい"に行った、とかね。ふたりのことをとても大切に思っていたと思うの」
　そんな話をするくらい、三枝さんは親父さんにとって、信頼できる人だったってことがわかる。
「そうなんですね……。でも、愛音はたぶん、そのことを知りません。それで、今も苦しんでる……」
「そう……。あ、そうだわ。自分が亡くなるってわかってた鈴原さんは、手紙をふたりに残したはずなの。愛音さん、それは読んでいないのかしら？」
「手紙……？」
　そんな話、俺は聞いてないけど……。

「知ってるか？」という意味をこめて由真を見ると、首を横に振っていた。

　由真も知らないなら、愛音も知らない可能性が高いな。
「手紙って、手渡しで渡したんじゃないんですか？」
「わからないわ。でも、面会によく来ていた鈴原さんの親友だっていう男の人に渡していたのは見たわね」
「そうですか……」

　正直、それだけじゃわからない。

　でも、そのお父さんの手紙が、なにかを変えるきっかけになる予感がする。
「私、ずっと、あの鈴原さんの悲しげな顔が忘れられなくて……。残された愛音さんや奥さんのことを考えると、ずっと苦しかったの」

　三枝さんが、うつむいてそう言った。

　きっと、三枝さんも担当看護師だったことで、思うところがあるんだろう。

　だから、今日こうして会ってくれたんだと思うし……。
「だから、まだ鈴原さんのご家族が苦しんでいるのなら、救ってあげてね」
「三枝さん……」
「鈴原さんの親友の奥さんが、私の母が働いているクリーニング店の女主人、細野さんの娘さんなの。なにか知りたいのなら、私が連絡先を教えてもいいか聞いてみるわ」
「ありがとうございます！」

　俺は感謝の気持ちでいっぱいになりながら頭をさげた。

少しして許可をもらえたのか、三枝さんは連絡先の書かれた1枚のメモをくれた。
　それを受け取って、俺たちは頭をさげる。
「ありがとうございました」
「いいえ、私の方こそ、来てくれてありがとう」
　三枝さんに見送られながら病院を出ると、俺たちは神妙な面持ちで向かい合った。
「善ちゃん、これからどうする？」
「とりあえず、もらった連絡先に電話をかけてみようかと」
　叶多先輩の質問にそう答えて、俺は手もとのメモに視線を落とす。
　もらった紙には、細野瀧(たき)と書かれた名前と、固定電話の番号が記されていた。
「今は、頼れるものには手当りしだい当たった方がいい」
「そうですね、今回はラッキーでしたよ」
　澪先輩と章人の言うとおりだ。
　こんな風に、すぐに手がかりがつかめてよかった。
「私は……少し怖いかな……」
「由真……」
「愛音が必死に隠してきたものを知って、愛音に嫌われてしまうことが怖いの。ごめんね、みんなでがんばろうって決めたのに、弱気になったりして」
　由真の瞳が不安げに揺れている。
　俺も、怖い気持ちは一緒だった。
　踏みこむことも必要だとわかってても、心に土足で踏み

こんでるのも同じ。
　そんな俺たちを、愛音は嫌いになるかもしれない。
　そう思うと……怖いんだ。
　俺は、なんて言ってやればいいんだろう。
　同じ不安を抱えてる俺は、なんて言われたいんだろうな。
　悩んでいると、笹野先生が由真の肩に手を置いた。
「でも、俺たちはひとりじゃないんだろう？」
「あ……」
「怖くても、仲間がいるって、素敵なことだよねぇ〜」
　口調はまるで不マジメなのに、俺たちを支えるには十分すぎる励ましの一言だった。
　そうだ、俺たちみんなで進もう。
　それで、愛音を闇の中からすくいあげよう。
「とりあえず、かけてみたら？」
「あ、あぁ……」
　笹野先生に促され、俺は緊張しながらスマホを取り出すと、電話をかける。
　——プルルルッ。
『はい、こちら細野クリーニング店です』
「あ、あの……、そちらに細野瀧さんはいますか？」
　すると、電話ごしにとまどっているような空気が伝わってきた。
『はい、私が細野瀧ですが……』
「あ、俺、柄沢善といいます！」
　電話に細野さんが出たことを知らせるため、見守ってい

るみんなにうなずいてみせる。
　みんなもホッとしたように表情を緩めた。
「さきほど、東川野辺病院の看護師の、三枝由美さんから連絡がいってると思うのですが……」
『ええ、由美ちゃんから聞いてるわ。鈴原さんの旦那さん、和彦さんのことで話があるのよね』
　和彦さん……。愛音の親父さんの名前、和彦さんっていのか。
　三枝さんが細野さんにも状況を説明していてくれたおかげか、スムーズに話が進む。
　三枝さんに感謝しないとな。
「はい、お時間大丈夫ですか？」
『もちろんよ、電話ではなんだし……そうね、今からうちのクリーニング店に来られるかしら？』
「はい、大丈夫です！」
　願ってもない提案に俺は即答する。
　住所を教えてもらい、電話を切った。
「うまく行ったみたいだねぇ〜」
「はい！　笹野先生、みんな、これから細野さんのクリーニング店に行くことになったんで」
　笹野先生の言葉に、俺は経緯を説明する。
「なら、早く行きましょうよ。すぐに日が暮れちゃいます」
「そうだな、章人。やっと、先行きが少し明るくなった」
　少しでも早く愛音を救うために、急がないと……。
　すでに日は、一番高い所まで登っている。

時刻は12時半。
　お昼時だけど、俺たちはお昼を食べる時間すら惜しくて、そのままクリーニング店へ向かった。

「あ、ここ、細野クリーニング店！」
　スマホの画面と看板を見比べて、俺は声をあげた。
「おー、オンボロ……」
「章人、黙れ」
　細野クリーニング店をみんなで横並びに見あげながら、章人の失言を澪先輩が注意した。
　まぁ、決して綺麗とは言わないけど……。
　なんというか、下町の昔ながらのクリーニング屋って感じだな。
「あら、あなたたちは……」
　すると、店から60代くらいの優しい目もとをした女性が出てきて、横並びに立っている俺たちを驚いたように見つめる。
「もしや、さっき電話してきた……」
「あっ、柄沢です！」
　俺が手をあげると、女性は人がよさそうな笑みを浮かべて俺たちを手招きする。
「私が細野瀧です。どうぞ中へ」
「失礼します」
　俺たちは頭を下げて、クリーニング店の中にある奥の部屋、生活スペースの居間に案内された。

「今、麦茶でも持ってきましょうね」
「いえ、おかまいなく！」
　せっせと俺たちをもてなそうとする細野さんに、叶多先輩が声をかける。
　それでも自分がしたいからと、細野さんは俺たちに麦茶と茶菓子を用意してくれた。
「それで、今日は和彦さんのことで話があるんでしょう？」
　細野さんから本題を投げかけてくれる。
　俺はそれに甘えて、さっそく話すことにした。
「実は俺たち、和彦さんの娘さんと同じ部活で……」
「あら、愛音ちゃんと？」
　すぐに愛音の名前が出てくるとは思わなかったな……。
　え、親戚とかじゃないよな？
「細野さんは愛音をご存知で？」
　思考にふける俺にかわって、澪先輩が聞いてくれる。
「私、愛音ちゃんのお母さんと一緒に働いていてね。それで、お見舞いに行っていたの」
　……ってことは、愛音のお母さんと仲がいいってことか。
　今日は仕事、休みなんだな。
「愛音ちゃんのことも、病院でよく見かけていたわ」
「親父さんが入院中のときの愛音は、どんな様子でした？」
　俺が出会ったときには、愛音はすでに自分の本心を押し殺して、罪の意識に苦しんでいた。
　そうなる前の愛音は、どんな子だったんだろう。
「すごく、悲しそうな目をするのが印象的だったわね。あ

とから聞いた話だけど、愛音ちゃんは酒飲みの和彦さんをあまりよくは思ってなかったみたいね」

　他人が見てもわかるほどの、深い悲しみ。

　それほどまでに、愛音の心や体は限界だったんだ。

「私は愛音ちゃんの苦しみがわかる気がするの。だって愛音ちゃんは、和彦さんから暴力も振るわれてたってお母さんが話していたからね」

「愛音が暴力を受けてたなんて……」

　その事実を知って、怒りが湧いてくる。

　親父さんでも、愛音を傷つけたことだけは許せなかった。

「そんな愛音ちゃんを追いつめたのは、きっとお葬式での出来事だと思うわ」

「お葬式でなにかあったんですか？」

　言いにくそうにする細野さんに、叶多先輩が続きを促す。

　それに、意を決したように細野さんが口を開いた。

「……親戚の人に、アンタが殺したのよって責められていたから、きっと自分自身を追いつめてしまったのね」

　親戚……。

　それってもしかして、愛音の家の前で会った人のことか？

　愛音は酒飲みの父親を許せず、憎むことしかできなくて、そんな思いをぶつけるように言ってしまった一言。

　その一言が、愛音をずっと後悔という名の鎖に繋いだ。

　どんな思いでそれをつぶやいたのか、考えるだけで胸が重くなっていく。

「そこから、愛音ちゃんは取り乱して、なにも……聞こえなくなればいいって叫んだの」
「……っ」
　そのときの愛音の姿を想像する。
　すべての音が、自分を責めているみたいに思えたのかもしれない。
　俺が、母さんの写真を見たときに感じた後悔と似ているかもしれない。
　俺も、俺が写真を撮ったりしたから、母さんは死んだんだって……。
　その写真を見るたびに親父や弟たちを苦しめてしまうんじゃないかって、自分を責めてた。
　だから、少しなら理解できるつもりだ。
　すべてを消してしまいたい、そう思った愛音の苦しみを。
「そんな愛音ちゃんに、お母さんがなにか声をかけていたみたいだけど、そのときにはもう……耳が聞こえなくなってたの」
「なっ……！」
　驚きで心臓が激しく動悸する。
　愛音に難聴の原因はなんだって聞いたとき、ノートに【原因はわからないんだ】と書いて答えた。
　あのとき、愛音の顔が強ばっていたのは、知られるのを恐れてたからなんだな……。
「愛音の難聴の原因って……」
「原因は不明らしいけど、過度なストレスが原因で起こる

こともある難聴だって、あとから聞いたわ」
　愛音は、そこですべてを閉ざしたのか……。
　そしていつしか、その難聴こそが、自分に与えられた罰だと思うようになった。
　俺の写真が母さんを殺したと思っていたとき、続けることさえ苦しかった写真を、撮り続けることが自分の罰だと思ったように。
　同じなんだ、俺も愛音も。
　俺たちは過去にとらわれて、罪悪感に生きていたんだな。
「お母さんも、それをずっと自分のせいだと責めていたわ」
「愛音のお母さんが……」
「私のせいで、和彦さんも愛音ちゃんも、不幸になってしまったって。きっと今も……大切な家族を守れなかったと苦しんでいるのね」
　そんな……なんだよそれ。
　なんだか、やるせない。
　みんなが本当はお互いを思っているのに、なのに……。
　家族の心はバラバラのままだ……。
「実は私もねぇ、旦那に先立たれてるから、母親として責任を感じる気持ちはわかるつもりよ」
「え、細野さんの旦那さんも亡くなってるんですか？」
　すると、由真が驚いた声を発した。
「えぇ、病気でね。だから娘のことは、私がひとりで育てなきゃって、必死になったわね」
「娘さんは、今は？」

由真の質問に、細野さんの顔が少しだけ緩んだ。
「結婚してるわ。和彦さんの親友とね」
　そうか、三枝さんが言ってたな。
　それにしても、こんな風に愛音の家族と繋がりのある人たちに出会えるなんて……。
「あの、和彦さんの親友って!?」
　俺は、親父さんが手紙を託したという、親友の話を思い出しながら尋ねた。
　もしかして、その人がっ!?
「和彦さんには、貴之さんっていう親友がいるのよ。それが、うちの娘の旦那さんでね」
　つい身を乗りだした俺に、細野さんは不思議そうな顔をしながらも、答えてくれる。
「あの、その貴之さんは、和彦さんから手紙をもらったとか聞いてませんか？」
　頼む、ここで希望が失われないように。
　どうか、そうであってほしいと心の中で願った。
「それは……ごめんなさい、わからないわ」
「そ……うです、か……」
　あきらかに落胆する俺に、「でも……」と細野さんが続ける。
「会ってみたらどうかしら、貴之さんに」
「え……」
　願ってもない申し出に、希望の光が灯った気がした。
　俺は顔をあげて目を輝かせる。

「直接聞いてみたらどうかしら？　娘に連絡取ってみるから」
「あ、ありがとうございます！」
「いいのよ、私も……愛音ちゃんたちになにかしたくて仕方なかったから……」
　たぶん、細野さんもなにか思うところがあるんだろう。
　感慨深げにそう言った。
　俺は感謝の気持ちで胸がいっぱいになるのを感じながら、いろいろ教えてくれた細野さんに頭をさげた。

　細野クリーニング店を出ると、空は茜色に染まっていた。
　今日は遅いからと、貴之さんに会うのは明日になった。
「今日は、ここで解散だな」
　澪先輩の声に、なんとなくみんなが顔を見合わせる。
　本当なら、まだ帰りたくない。
　まだ、できることがあるんじゃないかって考えてしまう。
　まだ、終わりたくない。
　そんな焦燥感を、みんなも感じてるんじゃないかと思う。
「なんか、今日はいろいろあったよね」
「たしかに、頭がパンクしそうですよ……」
　叶多先輩の言葉にうなずく章人。
　本当に、今日はいろんなことがあった。
　愛音の抱えているものは、想像よりはるかに大きかった。
「明日は、少し遠出になりますよね」

細野さんから教えてもらった貴之さんの家は、このクリーニング店から2時間ほど車を走らせた、郊外にある。
「由真ちゃんの言うとおり、明日は遠出になるから、俺の車を出すよ。だから、みんな学校前に集合してちょーだい」
　笹野先生が手をヒラヒラと振る。
「太っ腹～！　さすが笹野先生♪」
「おー、叶多もっと褒めろ～」
　それを言わなきゃいいのに、と思いながら、今回は本当に感謝しかない。
「先生、みんな、マジでありがとうさいます」
　俺は、みんなに頭をさげる。
　ここにいる誰かひとりでも欠けてたら、こんなにスムーズにはいかなかったはずだ。
「俺ひとりじゃ、ここまで来られなかったっすよ……」
　なにより、みんながいなければ、とっくの昔に心が折れてただろう。
「マジメキャラなんて、善先輩に似合わないですよ」
「章人……」
　章人の言い方はぶっきらぼうだけど、優しさが隠れているのがわかった。
「僕たちの仲なんだし、当然じゃん！」
「それに、これは俺たちの問題でもある。愛音は写真部の大事な仲間だからな」
　叶多先輩、澪先輩……。
　こんなに仲間の存在が頼もしいと思うのは、俺が写真部

のみんなを信頼してるからだ。
　ひとりじゃなくてよかったって、何度思って、助けられただろう。
「みんな、愛音の帰りを待ってくれてる……。それを、早く愛音に教えてあげたい」
「そうだな……」
　俺もそう思うよ、由真。
　だから、また明日もがんばろう。
「明日、またよろしくっす！」
「お！　その調子！　善が暗いと気味悪いからねぇ〜。ほら、お前ら、明日も一日動くんだから、さっさと家帰れー」
　バシッと俺の肩をたたいた笹野先生に、俺は笑う。
　また明日、俺がんばるからな。
　だから、もう少し待っててくれ、愛音……。

弱い心、最悪の選択

【愛音side】

　私の心は、いつから壊れたのだろう。

　お父さんがお酒に狂った日からか、それとも……。

　私が音を失った日からなのか……。

　今となっては、なにが引き金だったのかすら思い出せない。

　いつしか、悲しいとさえ思えなくなるほどに、感情は鈍麻していると思ってたのに……。

　最近では、うれしい、悲しい、怒り……。

　そんな感情を取りもどしつつあった。

　たぶん、善のおかげで……。

　だけど今は、それがものすごく苦しい。

　取りもどした宝物が、善がそばにいないだけで、余計に孤独を感じさせた。

　ひとりでいることをさびしいと思ってしまう、悲しいと思ってしまう、それがこんなにも……苦しい。

　あまりの苦しさに、こんな思いをするくらいなら、なにも知らないままでいいと、心に枷をはめられたようになっていた。

「あ……」

　まぶしい朝の光に、私はゆっくりと重いまぶたを持ちあげる。

また朝が来てしまった……。

嫌でも来る明日に、私は眠りにつくたびに絶望する。

私はまだ……生きてるんだって。

あとどれほど、苦しみながら生き続ければいいのか。

そう思うと、苦しくて仕方ないんだ。

ふいに、部屋の扉が控えめに開けられる。

ゆっくりとベッドから体を起こして、私は扉を見つめた。

すると、お母さんが顔だけをのぞかせて、心配そうに私を見る。

「愛音、リビングへ来たら？」

お母さんの唇が、そう言葉を紡いだのがわかった。

私は静かに首を振り、それを断った。

「そう……ならここに、朝ごはん置いておくわね」

そう言って、机の上に朝食を置いて、部屋を出ていくお母さん。

夏休みに入ってから２日がたった。

私はなにかをする気力もなくて、ずっと部屋に閉じこもっている。

善や、写真部のみんなから私を心配するメールが来たけど、どれにも返信はできなかった。

私の存在が誰かを苦しめてしまうと思うと、誰にも関わっちゃいけないと思ったのだ。

部屋にこもり、ただ時間が流れていくだけの毎日。

なんの彩りもない、閉ざされた世界。

私には、お似合いだ……。

善と出会って、由真や写真部のみんなと過ごした時間は、私にとって夢みたいな時間だった。
　楽しくて、幸せで、生きてると実感できた時間。
　でも、それももう……二度と戻らない。
　その事実に、絶望感が増した。
　苦しい、助けてほしい……。
　善に会いたい、だけど……。
「うっ……うぅっ……」
　それはもう、叶わないんだから……。
　ヘンな希望なんて持たないで、前の私に戻らなきゃ。
　そう思って、ベッドの上で膝を抱えていると、突然扉が開いた。
　それに驚いていると、そこに立っていた人物に、息ができなくなる。
「こんなところで引きこもってたのね」
「あっ……」
　そこには、いるはずのない人。
　もう二度と会いたくない、知られたくない私の罪を知る人がそこにはいた。
　紀子さん……。
「やめてください！」
　あわてて追いかけてきたのか、お母さんがそう言って紀子さんの腕をつかんだ。
「離しなさいよ!!」
「っ……」

それを振り払い、紀子さんは大股でこちらにやってくると、グッと私の肩をつかむ。
　指が肩に食いこんで、私は痛みに顔を歪めた。
「寝ても覚めても、アンタの顔を思い出して、殺してやりたくなるわ」
「あ、あ……っ」
　言葉を忘れたみたいに、ただ声が漏れる。
　怖くて、唇が震えた。
　なにもわからないように、目を閉じてしまいたいのに、それすらできないほどに硬直する体。
「アンタはねぇ、生きてちゃいけないのよ!!」
「っ!!」
　生きてちゃ、いけない……。
　死んでしまえば、簡単に罪から逃げられる。
　だから、それを選ぶことこそ、罪だと思った。
　だけど、生きることが罪だというのなら……。
　私は、どうすれば……。
「やめてください!!」
　お母さんがそう言って、紀子さんを突き飛ばす。
　私の部屋の床に、紀子さんは尻餅をついた。
　そして、憎らしげにお母さんをにらみつける。
「死神、悪魔!!　アンタたちさえいなければ、弟は死ななかったわよ!!」
「っ……帰ってください、警察を呼びますよ」
　お母さんは、凛とした態度で紀子さんに言い放つ。

紀子さんは忌々しそうな顔で私とお母さんを一瞥すると、部屋を出ていった。
「ごめんなさいね、紀子さんをあげるつもりはなかったんだけど、押しきられてしまって……」
　お母さんは申しわけなさそうな顔をして、私のそばへやってくると、ギュッと抱きしめてくれた。
　紀子さんは、こうしてたまに家にやって来ては恨み言を吐いていく。
　そこまで、私を憎んでいるんだ。
　向けられた冷たく鋭い憎しみという感情に反して、お母さんがくれた温もりに、私は涙をこぼす。
　だけど、お母さん。
　お母さんも本当は、私を憎いと思ってるんじゃないの？
　お母さんも私を責めたらいい。
　なのに、どうして優しくするの……？
　その優しさが、辛いんだよ……。
「愛音、母さんには愛音が必要なの……」
　ちがう。
　私がそばにいたら、お母さんが苦しむ。
　紀子さんも、私は生きていちゃいけないって言ってた。
　私は、消えてしまった方がいいんだ。
　きっと、そうすれば全部がうまくいく。
　本当は私……もう、疲れ果ててしまっていたのかもしれない。
　お母さんの腕の中で、そんなことを考える。

もう、すべてを終わらせよう。

そう思った瞬間、フッと抜ける肩の力。

私はどこかで、「死んでもいい」と言ってくれる誰かを探していたのかもしれない。

それが、たまたま紀子さんだった。

優しくされるより、責められた方がずっと楽だ。

優しくされるたび、私は優しくされるような人間じゃないのにって、罪悪感に苦しくなるから。

私は、私自身をずっと許せないから、もう解放されたかった。

それは、死ぬことでしか叶わない……。

「ぜ、ん……」

善は、私がいなくなったら泣いてくれる？

きっと、優しいキミは泣いてくれる気がする……。

チラリと、忘れられない人の姿が浮かんで、すぐに頭から振り払った。

ごめんなさい、善、お母さん……。

私は、弱い人間です。

お父さんに償うこともできずに、好きな人や写真部の仲間、お母さんまで苦しめて、悲しませることしかできない私を、許してね……。

心の中である決意をする。

私は大切な家族の温もりを焼きつけるようにして、お母さんの胸に顔をうずめたのだった。

第5章
届ける想い、愛の形

誰より大好きなキミへ、届け

【善side】

　翌日、俺たちは笹野先生の運転する車で、愛音の親父さんの親友、鎌田貴之さんに会いにいくことになった。
「くぁぁっ、眠いですね」
「章ちゃんは、低血圧っぽいもんね」
「叶多先輩、それどういう意味ですか……」
「ほら、いつも顔怖いじゃん」
　車内では、いつものコントが繰り広げられている。
　後部座席のふたりは、車に乗ってからずっとこんな感じで、騒がしい。
　すると、隣に座っていた澪先輩が小さくため息をついた。
「小学生か、お前たちは」
　澪先輩のあきれた一言に、俺は空笑いを浮かべる。
「ははは……そうだ、由真はバイト大丈夫なのか？」
　そして、話をそらすように、助手席に座る由真に声をかけた。
「ええ、休みをもらったの」
「あ……そうたったのか！　でも、大丈夫なのか？」
　バイトって、そう簡単に休みをとれないだろ。
　もしかして、今回のことで無理してるんじゃ……。
　大事な愛音の親友に無理させるわけにいかないのに、配慮が足りてなかったな、俺。

本当、感情だけで突っ走る自分にあきれた。
「愛音は……私の親友だもの。その親友のために時間を裂くのは、当たり前のことよ」
「由真……そっか……。その、がんばろうな」
　なんて言葉をかけたらいいのかわからなくて、それしか言えなかった。
「そうね、がんばろう」
　それでも、由真はうなずいてくれる。
「おーい、お前ら、そろそろ着くぞ〜」
　笹野先生の一言で、車内は静かになった。
　みんな、これから知るであろう新たな真実を、受けとめる準備をしていたのかもしれない。
「それにしても、すごい、自然!!って感じですね」
　由真が窓の外をまじまじと見つめながら驚きの声をあげる。
「ここは、県内でも田舎の方だからね〜」
「笹野先生、道まちがえていませんよね？」
　不審感丸出しな視線を笹野先生に向ける澪先輩。
「ひどい!!　澪ちゃん!!　俺ってそんな信用ないのぉ〜？」
「むしろ、あると思ってたことが不思議だよねぇ〜」
　澪先輩……いや、部員の心の声を、オブラートに包むことなく叶多先輩が告げる。
　そんな軽口をたたいていると、立派な門かまえの一軒家の前で車が止まった。
　県内なのに車で２時間もかかる奥地にある日本家屋は、

どこか風情(ふぜい)がある。

　周りは木々に囲まれていて、自然豊かで、どこか開放的な気持ちにさせた。
「おぉ……」
　なんだ、このでかい家は……。
「染物工房(そめものこうぼう)……」
　家の門のところに、『染物工房』と書かれた看板がある。
　俺たちはそれを見あげていた。
　病院、クリーニング店の次は染物工房か……。
　ずいぶん、いろんなところに来たな。
「善くん、インターフォンこっちにあるよ」
「サンキュー、由真」
　俺は由真が指さした、門にあるインターフォンを押す。
　——ピーンポーン。
『はい』
　するとすぐに、インターフォンから女性の声が聞こえた。
「すみません、柄沢です」
「あら、お待ちしてました。今そちらに行きますね」
　インターフォンが切れてすぐ、門のところへ40代くらいの女性がやってくる。
「こんにちは、鎌田早苗です。話は母から聞いてますよ、どうぞこちらへ」
「ありがとうございます」
　丁寧(ていねい)に頭を下げる早苗さんは、さすが親子だ。
　細野さんと優しげな目もとが似ていた。

居間に案内された俺たちは、早苗さんが工房にいるという貴之さんを呼びにいっている間、そこで待たせてもらうことになった。
　少しして、ふわりと香った染料の匂いにいっせいに振り向く。
「遠くからよく来たな、君たちが愛音ちゃんの友達か」
　居間の入り口から現れたのは、堅物そうな顔の、がたいのいい男性。
　今まで工房にいたのか、エプロンをつけている。
　その表情の硬さに、少しだけ体が緊張した。
「柄沢善と言います。こいつらは、同じ部活の仲間で……」
「よろしく、俺は鎌田貴之。お母さんから聞いてると思うが、和彦の親友だ」
　貴之さんは、事務連絡のようにあいさつをする。
　や、やりにくい……。
　なんつーか、澪先輩２号って感じか？
　次になんて声をかけようかと悩んでいると……。
「なんかさぁ～、彼、澪ちゃんに似てない？」
　そう、小さい声で笹野先生が俺に耳打ちしてきた。
　おいおい、本人、目の前にいるんだぞ。
　勘弁してくれよ……。
「先生、今はそんな話をしてる場合じゃ……」
「えーでも、章ちゃん要素も含まれてるよね？」
　咎めるつもりで開いた口が、叶多先輩のせいでふさがる。
　まさかの、叶多先輩まで悪ノリ。

「澪ちゃんと章ちゃんを足して2で割った感じ？」
「あー！　わかる〜！」

 それをまた咎めようとして、やめる。

 今度は、俺も"たしかに"と、納得してしまったからだった。

 笹野先生のくせに、うまいこと言うな。

 そう思うと、なんだか笑えてきて、自然と緊張が和らいだ。

「君たちは……俺に、聞きたいことがあるんだろう」
「……はい、和彦さんの、ことで……」

 先に切りだした貴之さんは、一瞬辛そうに表情を歪めたように見えた。

 たぶん、親友を失った悲しい記憶を思い出しているんだろう。

 わかっていて尋ねるのは、胸が痛い。

 俺も、母さんのことを話すときは、あの日の悲しみがぶり返して、涙が出そうになる。

 あの、なんとも言えない痛みが、たまらなく苦しいことも理解できるから、その一瞬の表情の変化に気づけたのかもしれない。

「和彦のことを話すのは、1年ぶりだな……」

 懐かしそうに天井を見あげる貴之さんは、天井ではないどこか、遠くのなにかを見つめているように思えた。

「愛音は、お父さんさんを傷つける言葉を言ったことをずっと後悔してます。それで、前に進めずにいる……」

「愛音ちゃんが……」
「たぶん、愛音のお母さんも……」
「……泉さんも……。そうか、まだ苦しんでいるんだな、和彦の家族は……」

　なにかを考えるように瞳を閉じた貴之さんは、すぐにまぶたを持ちあげて、俺たちを見た。
「俺は、壊れていく和彦にかけてやれる言葉をずっと探していた。……探しては見つからなくて、ただ話を聞くことくらいしかできなかったことを……今でもずっと後悔している」
「貴之さん……」

　その声が、震えているように聞こえて、悲しくなった。
「病気になって、余命がわかったアイツは、どこか……幸せそうな顔をしていてな……」

　それって……もしかして……。

　もしかしなくても、お父さんにも罪悪感があったからだ。

　自分が死ねば、これ以上、家族を苦しめずに済むと思ったから……。

　そう思うと、目もとが熱くなって、我慢できずに涙がにじむ。
「そんな顔をさせてるのに、なにもできなかったことが歯がゆかった……」

　苦しんでいる人に、なにもできずに寄りそうほど辛いことはない。

　頭に浮かんだのは、愛音の泣いている姿だ。

なにかしたいのに、なにもできなかったことが、後悔として残っている。
　貴之さんの気持ちが、痛いほどわかった。
「君たちにこんな風に頼むのは、申しわけないと思ってる。けれど、俺に……できることはなんだろうか」
「え……」
「なにか、俺にできることがあるから、こうして尋ねてきたんだろう？」
　なにもかもを見通した目に、強い決意を感じる。
　貴之さんは、愛音とお母さんを……親父さんも含めて救えるかもしれない、俺たちの希望だ。
　だからどうか……。
「貴之さん、愛音の親父さんから、なにか……手紙みたいなものを、預かってませんか？」
　どうか、ここまで来たことに意味があったと思わせてほしい。
　これが、愛音の笑顔に続いている道であってほしい。
　そう願いをこめて、俺は貴之さんに尋ねた。
「手紙……それなら、アイツに言われたとおり、アイツの部屋の引き出しに入れたはずだが……」
「え!?」
　アイツの部屋って、愛音の家の、親父さんの部屋にか!?
　こんな遠くに来たのに、まさか手紙が愛音のそばにあるとは……。
「ど、どうなってるんですかね？」

「さ、さぁ？」

　章人と叶多先輩が、コソコソと話しているのが聞こえる。

　どうなってるのかなんて、俺が知りたい。

　まさか、手紙はすでにふたりに渡されていて、それすらもふたりの心には届かなかったってことか……？

　希望が絶望に変わるかのように、気持ちが暗くなる。

　頼みの綱(つな)だったのに、どうすれば……。

「手紙は、アイツが亡くなったあと、仏壇に手を合わせに家にあがらせてもらったときに、こっそり入れたんだ。そうしてほしいっていうのが、アイツの遺言(ゆいごん)だった」

　そんな……。

　だったら、もう手紙はきっと読んでるよな？

　だとしたら、ここまでやってきたのはムダだったのか？

　手紙を見たら、愛音の心は救われると思ったのに……。

「なぜ、そのように手の込んだことを？」

　落ちこむ俺のかわりに、澪先輩が聞いてくれる。

　たしかに、どうして直接手渡さなかったんだ……？

「アイツは、ふたりが来るべきときが来たら、手紙を手に取れるようにしたいって言ってたな。だから、ふたりはまだ、手紙に気づいていないかもしれない」

「来るべきとき……」

　それって、愛音やお母さんが、親父さんの亡き言葉を必要としたときってことか？

　でも、そうだとしたら、まだ希望は失われていないことになる。

まだ、俺たちに亡きお父さんの言葉を伝える手助けができるかもしれないってことだ。
「それが、こっそり部屋の引き出しに入れることと、どういう関係があるのか……俺にもわからないんだが……。ただ、アイツの望みだったから……」
「そう……でしたか……」
「もしかしたら、今がそのときなのかもしれない」
　貴之さんは、そう言って俺たちの顔を見渡した。
「こうして君たちが俺のところに来たのも、アイツが俺に頼んでいるような……そんな気がする」
　俺も……貴之さんと同じことを思っていた。
　そうだ、きっとすべてのことに意味があった。
　愛音の親父さんも、家族が笑って、幸せになってくれることを望んでいるはず。
　だからこそ……いつかこんな風に家族が苦しむときが来ると思って、手紙を残したんじゃないか？
　だとしたら、俺がすべきことは……。
「俺……手紙を、ふたりに届けます」
　これは、俺がやらなきゃいけない。そんな気がした。
「……そうか、俺が手紙を在るべき場所へと残して、君がふたりに届ける。きっと……こうなるべくしてなったんだな」
「貴之さん……」
「頼んだ、どうかアイツの想いを……届けてくれ」
　貴之さんに頭を下げられる。

俺たちは、それに応えるように頭をさげた。
とても大切で、大きな願いを引きついだ瞬間だった。

「今日はありがとうございました」
　工房へ戻った貴之さんのかわりに門の前まで見送ってくれたのは、奥さんの早苗さんだった。
　俺たちが頭を下げると、早苗さんは首を横に振る。
「お礼を言うのは、私の方です」
「え……？」
　助けられたのは俺たちの方なのに、どういう意味だ？
　早苗さんの言葉に、俺は首を傾げた。
「貴之さんは、いつも和彦さんとの写真を見たりするたびに、後悔したような、辛そうな顔をしていたの……」
　先ほどの話の間、静かに俺たちの会話を聞いていた早苗さん。
　早苗さんも、貴之さんになにかしてあげたくて、でもそれができない歯がゆさを、感じていたのかもしれない。
　貴之さんが、早苗さんにとって大切な人だから……。
「だから、晴れた顔をしていたあの人を見られて、とてもうれしかった……。あなたたちのおかげね」
「いえ、俺たちはなにも……。しいて言うなら、ここまで俺たちの道をつないでくれた、瀧さんや早苗さんのおかげです」
　看護師の三枝さん、そのお母さんの勤め先だった瀧さんや、早苗さん、貴之さん……。

すべての出会いが、唯一の希望であるこの手紙へ繋がっていた。
「なら、よかった……。私の血の繋がりが、貴之さんとの縁が、こうして希望に繋がってたのね……」
　早苗さんも、泣きそうな顔で笑顔を浮かべる。
　これは……みんなの想いのタスキだ。
　俺は、俺たちは……それを、愛音たちに届けなきゃいけない。
　早苗さんに見送られながら、俺はそう強く思った。

「これから、どうする〜？」
　車に乗りこむと、笹野先生がハンドルを握りながら尋ねてくる。
　答えは決まっていた。
「愛音の家に行く」
　今すぐに、このタスキを届けたい。
　それで、早くこの苦しみの連鎖(れんさ)を断ち切る。
　愛音が、心から笑って、生きることに希望を持てるように。
「善ちゃんなら、そう言うと思ったよ」
「俺たちも、同じ気持ちですしね」
　叶多先輩と、章人が俺を見て笑顔を浮かべた。
「私も、親友としてあの子を守りたい。善くんの言ったとおり、勝手に守ってあげるつもりよ」
「愛音は、俺の大事な部員だ」

由真と澪先輩の言葉に、強くうなずき返す。
「じゃあ、終着点は鈴原家～、しゅっぱーつ！」
　まるで、バスの運転手のような笹野先生の一言で、車が発進する。
　俺たちの、大切な仲間を迎えに。
　大切なキミと、過去にとらわれず、一緒に未来へ歩いていくために。
　愛音、俺は愛音を幸せにするためなら、どんな可能性もあきらめたりしない。
　愛音があきらめた希望のひとつひとつを全部拾いあつめて、愛音を笑顔にする。
　そんな想いを胸に、俺たちは青空の下、愛音の家へと向かうのだった。

＊＊＊

　愛音の家にたどり着いたのは、空に茜が差す頃だった。
　インターフォンを押すと、すぐに40代くらいの女性が出て来る。
「どちらさまですか？」
　大人数で押しかけた俺たちを見て目をパチくりさせている。
　目が大きくて、可愛らしいところが愛音にそっくりで、この人が愛音のお母さんだとすぐにわかった。
　あぁ、よく考えれば、俺……愛音のお母さんに会うの、

初めてだな。
　今さらながら、緊張してきた……。
「俺、柄沢善といいます！」
「はい……？」
　お母さんの不思議そうな顔にたじろぎそうになりながら、俺は気持ちを落ちつけて言葉を繋ぐ。
「急にすみません、あの……愛音……さん、と、お母さんにお話があります！」
「愛音に……そう、ここではなんですから、あがって？」
　単刀直入にそう伝えると、愛音のお母さんは驚いていたが、すぐに家へとあげてくれた。
「いらっしゃい、もしかして……写真部の皆さんかしら？」
　そう言って俺たちに麦茶を入れてくれる愛音のお母さん。
　案内されたリビングには、愛音の姿はなかった。
　愛音、どこにいるんだろう。
　会いてぇーな……。
「あの……？」
「は、はい……っ」
　お母さんに話しかけられて、俺は我に返る。
　そういえば、勢いとはいえ、彼女のお母さんに会うって、何度も言うけど、ヤバイ緊張する……。
「写真部顧問の笹野です。突然、大人数ですみませんねぇ」
「いいえ、娘がお世話になっています」
　バクバクと鳴りだす心臓を手で押さえながら、俺は笹野

先生と話す愛音の母さんを見つめる。
　お母さん、疲れた顔してるな……。
　もしかして、愛音になにかあったんじゃ……。
　つか、愛音は家にいるのか？
　なんつーか、どんな顔して愛音と会ったらいいのかとか、まだちゃんと整理できてねーけど……。
　早く愛音の顔が見てーな。
「あの、愛音は……」
　気になって、意を決して尋ねてみる。
「それが、部屋から出てこなくなってしまって……」
「っ……そう、でしたか……」
　部屋から出てこないって……。
　俺がそばにいない間、どれだけ愛音の心が絶望に苦しんでいたのかを、思い知った。
「善、先にお母さまに話をしたらどうだ？」
　そうだな。
　澪先輩の言うとおり、まずはお母さんに話をしよう。
　娘の愛音にも言えない本音を口にできるように、別々に話をするのはいいのかもしれない。
　そう思って、うなずいた。
「実は俺たち、東川野辺病院の看護師の三枝さんと、細野クリーニング店の瀧さん、娘の早苗さん、和彦さんの親友の貴之さんにお会いしてきました」
「えっ……」
　驚いているお母さんの瞳を、俺はまっすぐに見つめ返す。

「愛音は、ずっと罪悪感と闘ってました。お父さんが死んだのは、自分がひどいことを言ってしまったからだって。耳の治療をしないのも、耳が聞こえないことで苦しむことが、自分への罰だと思ってるからみたいで……」
「……そう。だからあんなに頑なに、治療を受けなかったのね……」
「はい……。だから、俺は……俺たちは、なんとかしたいって気持ちで、ずっと愛音が前を向ける方法を探してたんです」

　そして、やっと……ここに来られた。
「それで、方法は……見つけられたの？」
「それは、親父さんの部屋にあります」
「和彦さんの……？」

　お母さんは不思議そうな顔で首を傾げる。

　それに、俺は「はい」と、うなずいた。
「親父さんは、おふたりに手紙を残していたみたいなんです」
「え、和彦さんが……？」
「はい、入院しているときに手紙を貴之さんに託していたらしくて、今は親父さんの部屋の机の引き出しに入ってるそうです……」

　お母さんも知らなかったんだろう。

　驚いたまま、言葉を失っている。
「親父さんは貴之さんに、来るべきときが来たら、ふたりに届くって言ってたそうです。俺は今がそのときなんだと

思ってます」
　みんなが、そしてなにより天国の親父さんが、きっと望んだのだと、勝手ながら思う。
　そう思わせるほど、奇跡の連続で、俺たちはここまで来たんだから。
「……そう、あの人が……」
　お母さんはそうつぶやいて、瞳を閉じる。
　なんだか泣いてしまいそうで、胸が痛んだ。
　だけどすぐに目を開けて、困ったように微笑む。
「あなたたちに……お願いがあるの」
　そう言ったお母さんは、とても不安げな顔で、なにかに立ち向かおうとしているようにも見えた。
「俺たちにできることなら、もちろん！」
「はい、なんでも言ってください」
　つい立ちあがった俺に続いて、澪先輩もそう言ってくれる。
　みんなも次々とうなずいてくれた。
「じゃあ、こっちへ」
　そう言って歩きだすお母さんについていくと、廊下の途中にある部屋の前で足を止めた。
　そして、その扉の取っ手に手をかけたお母さんは、ひとつ深呼吸をしてから、ゆっくりとドアノブを回した。
　ガチャリと、開くまでの時間がえらく長く感じる。
「ここが、和彦さんの部屋だったの……」
　ゆっくりと足を踏み入れると、昨日まで誰かが住んでい

たみたいに、ベッドに敷かれたシーツのシワや、ハンガーにかけられたスーツ、机の上にある読みかけの本が目に入る。
「掃除も、最低限しかしてないの。なんだか、ここに和彦さんがいたっていう証も消えてしまうような気がしてね」
　そう言って、お母さんは愛しげに机の木目を手でなでた。
「もう何度もここに足を踏み入れては、こっそり泣いていたけど……。あなたがそんなものを残してたなんて、全然知らなかったわ……」
　俺たちに話しかけているのではなく、亡き旦那へ向けた言葉だとすぐにわかった。
「愛音はね、1年前からずっと、この部屋には入ってないの」
「え……そうなんですか？」
「ええ……そう。扉の前で立ちどまっては、辛そうに目をそらすだけ。きっと……怖かったのね……」
「怖い……？」
　なにに対しての恐怖だろう。
　罪を目の当たりにする恐怖か、それとも大切な人の死に対してか……。
「あの子にとって、どんなにひどい人でも、父は父でしかなくて、そんな家族の死を認めることは、とても勇気がいることだわ……」
　いや、どちらもか……。
　お母さんの言葉で納得する。
　愛音だって、親父さんが亡くなって辛かったはず。

その死を受け入れることは、お母さんの言ったとおり、ものすごく勇気がいることなんだ。
　それは、俺も母さんが亡くなったときに、嫌というほど感じた。
　俺がそれでも生きてこられたのは、家族の存在と、それから……。
　俺を縛りつけていたはずの、罪があったからだ。
　写真を撮り続けるという償いが、実は俺の生きる意味になっていた。
　俺は、大切な人を失った悲しみを、償いという形に変えて、自分の心を守っていたのかもしれない。
「愛音も……そうだったのか……？」
　もしかしたら愛音も、自分の心を守るために、償いという形で自分に生きる意味を持たせてたんじゃないか？
　大切な人の死を受けとめて生きていくほど強くなれなくて、俺も愛音も、理由をつけて今まで生きてきた。
　人を恨んだり、自分を蔑んで生きることは、自分を、誰かを信じて生きるより簡単で楽だった。
　だから、罪や罰の上に生きていくと決めたのに、別の生きる意味に気づいてしまった瞬間。
　俺にとってはそれが愛音に会った瞬間だったように、愛音にとってもそうだったのだとしたら……。
　それを見つけたとたんに罪悪感となって、心を縛ってしまう。
　幸せになることに、ひどく心が苦しくなるんだ。

「でも、愛音が教えてくれたんだ。幸せになってもいいんだって、俺を必要としてくれた……」

傷つけることしかできないと思いこんでいた俺を、必要だと言ってくれた。

その瞬間に、俺は救われたんだ。

他の誰に俺の命を否定されたとしても、愛音が必要としてくれる限り、生きようって思えた。

俺にとっても、愛音の存在は必要不可欠なんだよ。

愛音がいない人生なんて、考えられない。

「……あなたにとっての愛音……ううん、あなたは、愛音にとっても、大切な存在なのね」
「あっ、えーと……実は、彼氏……です。すみません、報告が遅くなって……」

はずかしくて、ヘンな汗をかいた。

それでも、それを聞いたお母さんはうれしそうに微笑む。
「ふふっ、そう……あなたのように、愛音を心から守ろうとしてくれる人が彼氏だなんて、私はうれしいわ」
「あっ……ありがとう、ございます！」

わぁ……すげ、笑った顔まで愛音にそっくりだ。

そりゃあ、親子なんだし、当たり前だけど……。

愛音の親父さんにも、生きているうちにあいさつしたかったな。
「ねぇ、善くん。どうか私たちを救ってくれないかしら」
「あ……」
「もう、私たちだけでは前に進めなくなってしまったの。

第5章 届ける想い、愛の形 >> 389

あなたなら……私たちを変えてくれる……そんな予感がするわ」

その言葉に、俺は愛音への想いと同じものを感じていた。

俺も愛音に感じた、世界を変えてくれるような予感。

そして、それは現実になった。

だから今度は、俺が愛音と、愛音の大切な人の世界を変える番だ。

「引き出しに、和彦さんの手紙があるはずです。開けても、いいですか？」

引き出しの前に膝をつき、確認するようにお母さんを見あげると、静かにうなずいてくれる。

俺はそれを見届けて、一番下の引き出しを開けた。

「これは……」

するとそこには、2通の手紙とたくさんの写真、貝殻などがバラバラと入っていた。

「和彦さん、その引き出しを"宝箱"って呼んでたの」

「宝箱、ですか？」

「ええ、中身を見たことはなかったけれど、私たちとの思い出をそこにしまっていたのね……」

よく見れば、3人が海で撮った写真や、そのときに拾ったであろう貝殻などがある。

どれだけ親父さんが愛音たちのことを大切に思っていたのか、わかる気がした。

「この宝箱は愛音にあげるんだって、ずっと言ってたわ。まさか、それがこんな……っ」

「おばさん……」

　ついに両手で顔を覆ったお母さんの肩に、由真が手を置く。

　そして、背中を優しくさすっているのが見えた。

「由真ちゃん、ありがとう。私は、和彦さんが悩んでることに気づいてたはずなのに、和彦さんの「大丈夫」って言葉に、気づかないふりをしてた……」

　お母さんは、俺の隣に座りこむ。

　そして引き出しから、【泉へ】と書かれた手紙を手に取って見つめた。

「なんて声をかけたらいいのか……言葉が見つからなくて。結局……和彦さんがお酒に逃げるまで、なにもしてあげられなかった……」

　あぁ、それがお母さんの後悔なんだ。

　愛音もお母さんも、ずっと苦しんでいた。

「なのに和彦さんは……私たちにこんなものまで、残してくれてたのね……」

　亡き最愛の人へ語りかけながら、手紙を開けていく。

　そして、それを開いた瞬間……。

「あぁっ……あの人の字だわ……っ」

　ポタポタと涙が、手紙の文字に落ちてにじむ。

　そして、嗚咽がこらえきれなくなったお母さんは、手紙を俺に渡した。

「善くん、こんなことお願いしちゃってごめんなさい。手紙を、かわりに読んでくれる？　文字、ちゃんと見えてな

くて……っ」
「はい、任せてください」
　涙でぼやけて、字が見えないんだろう。
　俺はたった2枚の紙なのに、ひどく重いものを持っているかのように感じた。
　大切に、両手で受け取って、文字に視線を落とす。
「泉へ、まず始めに……君に謝らせてほしい」
「ううっ……」
「幸せにすると誓ったはずなのに、俺は君たち家族を苦しめることしかできなかった……」
　それは、親父さんの後悔と、ふたりへの愛がたくさんこもった手紙だった。
　1年ものときを経て今、ようやく愛する奥さんに届いた、大切な手紙。
　それを、俺が読んでいいのか……不安になったけど、頼ってくれたその気持ちをむげにすることはしたくなかった。
「君は優しい人だから、きっと、こんな俺にも、なにもできなかったなんて、自分を責めているんじゃないかと思う」
「……あなたは、なんでもお見通しね……っ」
　ハラハラと流れる涙を拭いながら微笑むお母さんは、きっと愛音のように、無意識に人の心を救ってしまう優しい心の持ち主だったんだろう。
「だけどそれは、まちがいだ。俺が辛いときに死を選ばなかったのは、お前たちと過ごした幸せな時間に引きとめられたからだ。俺の心が壊れる瀬戸際で救ってくれていたの

は、泉、君の優しさ、愛情を感じたからだ。君が、俺の存在を愛してくれていたからなんだ」
「……っ、それは私も同じ……。和彦さんの存在は、私の生きる理由だった……っ」
「それに、死を前にするまで気づかなかった俺を、どうか許してほしい」
「許すもなにも、あたなを恨んでなんか……っ」

　俺は、2枚目の手紙を読みはじめる。

　写真部のみんなも、それを静かに見守っていた。

「傷つけることしかできなくてすまない。どうか、俺がいなくなったあとは、自由に生きてほしい。なににも囚われず、君の幸せのために」
「……自由に……」
「俺が望むのは、泉が心から幸せに笑って過ごせることだ。どうか、それを忘れないでほしい……和彦より……」

　大切な人を残していなくなるのは、どれほどの悲しみだろう。

　心から、幸せに笑って過ごしてほしい……。

　俺も、愛音にそうしてほしいって、願ってる。

　だから、親父さんの気持ちがわかる気がした。

「和彦さんは……私の思うまま、自由に生きることを……望んでくれている。なら私は……」
「お母さん……」

　俺は、読みあげた手紙をお母さんに手渡した。

　すると、お母さんは口角をあげて手紙を見つめる。

「ふふっ、不思議ね……。和彦さんがいなくなって、ひとりで愛音を育てていくことが不安だったのに……」

そうだよな、女手ひとりで子供を育てるのは、並大抵の覚悟じゃできない。

ひとりで、不安だったにちがいないよな。

「私は、愛音を幸せにすることが、和彦さんの心を救えなかった私の罪滅ぼしだと思っていたの」

「罪……」

「でも今は、罪滅ぼしとか関係なく、あの人のために愛音とふたりで幸せにならなきゃって思える……」

「え……」

「私に和彦さんの心を届けてくれた……あなたたちのおかげね。本当に、ありがとう」

そう言ったお母さんは、とても晴れた顔をしていた。

それを見て、心底ここへ来てよかったと思う。

「どうか、愛音のことを救ってあげて。あの子が、和彦さんが死んだあとに初めて、なにかをしたいって言ってくれたのは……写真部に入ることだったの……」

「愛音……」

そうか、俺が強引に誘ったからだと思ってたけど……。

写真部に入りたいって、心から思ってくれてたんだな。

「そして……絶望の中、自分を大切にすることを拒んでいたあの子が、恋をしたあなたなら……」

「お母さん……」

愛音にそっくりな優しい瞳が、俺に向けられる。

「あなたなら、愛音を救ってくれる気がするの。どうか、お願いね……善くん」
　そう言って、お母さんはもう1通の手紙を俺に手渡した。
　それは、【愛音へ】と書かれた手紙。
　早く、愛音に届けてやらねーと……。
「約束します。俺……愛音が自分のために生きられるようになるまで、何回……何万回でもみんなの想いを、俺の想いを伝えるって」
「ありがとう……ありがとうっ」
　泣いているお母さんに、俺は約束する。
　俺は手紙を胸に抱きしめて、ゆっくりと顔をあげた。
「愛音の部屋に……行ってもいいですか？」
　早く、愛音に会いたい……。
　伝えたい、このあふれるばかりの想いを。
「えぇ、2階よ、ついてきて」
　俺はみんなと一緒にお母さんに連れられて愛音の部屋へとやってきた。
「愛音」
　コンコンッと、お母さんが名前を呼びながらノックする。
　でも、返事は返ってこない。
　たぶん、ノックや声かけでは耳が聞こえない愛音には届いていないんだろう。
　それでもノックを習慣づけているお母さんに、優しさを感じた。
「愛ちゃん、寝ちゃってるのかな？」

「え、夕方ですよ、今。さすがに起きてるんじゃ……」
　叶多先輩の言葉に、章人が否定する。
　聞こえてないなら、返事のしようもないけど……。
　たしかに、寝ている可能性もある。
　それか、ふさぎこんで部屋から出てこられない……とか。
　お母さんも、部屋から出られなくなってるって言ってたし……。
「愛音、写真部のみんなが来てくれてるわ。入るわよ？」
　すると、お母さんが静かに扉を開ける。
　もしも着替え中だったら、寝間着姿だったらとか考えて、なんとなく視線はそらしておく。
「無人だな、愛音はどこに行ったんだ？」
「え……」
　先に部屋の中を見た澪先輩の動揺する声。
　俺も部屋をのぞくと、部屋はもぬけの殻で、俺たちは立ちつくした。
「そんなっ、あんな状態で部屋を出られるはずないわ……」
「おばさん、大丈夫ですか？」
　とまどっているお母さんを由真がなだめる。
　主のいない部屋を見渡すと、壁にかけられたコルクボードに、いつか俺が撮って、ビリビリに破いた猫の写真を見つけた。
「これ……」
「お、鈴原にあげた写真か？」
「はい……。俺が感情に任せて破ったのを、繋ぎ合わせて

くれたんっすよ」
　隣に立って一緒に写真を見つめる笹野先生に、そう説明する。
　愛音、大事にしてくれてたんだな……。
　繋ぎ合わせてまで、俺の心を守ろうとしてくれた。
　愛音、俺も今同じ気持ちなんだ。
　愛音に、傷ついてほしくない。
　だけど、傷つくな……だなんて、無茶だってわかってるから、せめてそばで抱きしめさせてほしい。
　その悲しみが癒えるまで、一生。
「あっ、ねぇこれ！」
　すると、愛音の机の上からなにかを手に取った叶多先輩が、まっ青な顔で俺に差し出す。
　それは、愛音の声のかわりだった、猫のノート。
「こ、れ……」
　それを、震える手で受け取る。
　まるで誰かに見せるために開かれていたような、ノートのページに書かれていたのは……。
【みんな、さよなら、ごめんなさい。愛音より】
　それを読んだ瞬間、愛音が死を考えていることを悟る。
「あ、愛音……あのバカ‼」
「善‼」
　ノートを放り投げて走りだした俺の背後で、澪先輩の引きとめる声が聞こえた。
　それでも、早く見つけなきゃという一心で、家を飛び出

す。
「愛音っ!!」
　今すぐにでも、みっともなく泣き出しそうだ。
　もし、もし愛音が俺の世界から消えたら……っ!!
　そんなことを考えるだけで、俺まで死んでしまいそうになる。
　その瞬間、カサリと手から手紙が落ちた。
　その拍子に、留められていない封筒の中身が飛び出る。
「しまっ……」
　あわてて落ちた手紙を拾う。
　そして、見えた手紙の内容に、俺はつい目を走らせた。
【愛する愛音へ】
「俺に、これを読む資格がありますか、親父さん……」
　俺は手紙を手に問いかける。
　すると、フワリと風が吹いて、ふたつに折りたたまれていた手紙が開いた。
『君には、その資格があるよ……』
「っ……」
　たしかに、そう聞こえた気がした。
　俺の聞きまちがい、風の音をそう錯覚しただけかもしれない。
　だけど、そうじゃないかもしれない。
　親父さんが、俺に託してくれたような気がした。
「ありがとう……ございます」
　絶対に愛音を手放したりしません。

だから、俺にこの手紙と、親父さんの想いを受け取らせてください。
　そう誓って手紙を読んだ俺は、まっすぐに顔をあげる。
　届けないと……。
「……ますます、急がなきゃならないな……」
　頼むから……母さん、愛音の親父さんっ。
　愛音を……愛音を、守ってくれ!!
　それで、親父さんの想いを、伝えさせてほしい。
　神にもすがる思いで、俺は駆けだす。
「っ……間に合え!!」
　ひとりで泣いているであろう、世界で一番愛している人のもとへと……。

生きる意味

【愛音side】
　はじめは、生きて罪を償わなきゃいけない、そう思ってた。
　だけど、私は生きているだけで周りの人間を不幸にする。
　生きていることさえ罪だと知った。
　だから、みんなのために……。
「…………」
　なんて、ううん……本当はちがうな。
　誰かのためだなんて、綺麗ごとを言った。
　本当は私が……疲れてしまったんだ。
　生きながら、お父さんを殺した罪に苦しむことに。
　なんの価値もないこの命を、終わらせよう。
　そう思ってやってきたのは、昼と夜をつなぐ夕暮れ、茜色の歩道橋だった。
　この歩道橋から見える人、町並み、走る車。
　みんなどこかへ帰るのか、ただ前を見て歩き続けている。
　帰る場所があるのは、いいな……。
　私は、帰る場所はあっても、もう二度とそこへは戻れないから。
　これから向かう先は世界の終わり。
　そこへまっ逆さまに落ちる私を、お父さんに見てほしい。
「お父……さ、ん……」

そこから、私が見える？
きっと、私のこと恨んでるよね、お父さん……。
人の流れの中にいると遠く感じる空も、ここなら近くに感じるから。
だからこそ、私の償いがお父さんに見えるように、あえてここを選んだ。
そこから見ていて。これが私の償い。
手すりに手をかければ、行きかう車の川が真下に見える。
ここから落ちれば、きっと死ねる。
でも、本当にこれでよかったのかな……。
ううん、今までは生きることを放棄することは、お父さんを殺した罪から逃げることと同じだからって、選択できなかっただけ。
私はずっと"死"を望んでいたんだ。
そのはずだったのに……。
生きたいのか死にたいのか、頭の中が混乱する。
私は、今どうしたいのか……。
直前になって、眼下に広がる道路を前に、とまどっていた。
「っ……はぁぁっ」
吐きだす息が震える。
いざ死のうとすると、怖いと思ってしまう。
それがなんだか許せなくて、もっと自分が嫌いになった。
私は人殺しなのに、死ぬのが怖いだなんて……。
そんなの、許されるはずがないのに……。

目に熱いモノがこみあげてきて、歪んだ視界。
涙がこぼれないように空を見あげる。
綺麗な、本当に綺麗な茜空だった。
最後に見る世界は、こんなにも美しいのに……。
私には、十分すぎる最期なはずなのに。
これ以上、私はなにを望んでるっていうんだろう。
青空に太陽の光が見えた。
「どう、し……て……」
どうして、会いたいなんて思っちゃうんだろう。
あの太陽みたいな笑顔が、チョコレート色の髪が、まぶたの裏にチラつくんだ。
「善……っ」
わがままだってわかってるけど、キミに、会いたいっ。
本当は、私……。
ずっと善のそばにいたかった。
どうして今になって考えちゃうんだろうっ。
最期くらい、善ともっと話しておけばよかった。
はずかしがらずに、善に触れていたらよかった。
「うぅっ……」
だって、こんなに私……後悔ばっかりっ。
まばたきと同時に流れた一筋の涙が、頬、顎を伝って落ちる。
ふいに、風が吹いた気がした。
「な、に……？」
思わず振り返ると、そこには……。

「う、そ……」
「愛音、呼んだかっ!?」
　肩で息をしながら、変わらない笑顔で私の名前を呼ぶ人。
　……善がいた。
　なんで、ここにいるの……?
　どうして、その姿を見ただけで……。
「ぜ、ん……っ」
　……涙があふれてくるんだろう。
「やっと、見つけた……やっとっ」
「来な、いでっ!!」
　私に歩みよった善に、私はそう叫んで一歩後ずさる。
　今善に近づいたら、絶対に甘えちゃうっ。
　もう決めたんだ。
　なのに、せっかくの決心が鈍ってしまう。
　そんなの、絶対にダメなのにっ!!
　私は……存在しているだけで大切な人を不幸にする。
　生きていちゃいけない……人間なのに……っ。
　決心を鈍らせる善から逃げようとして後ずさる。
　背中にカンッと手すりがあたった。
　すると、善はあわてて立ちどまる。
「愛音、それ以上さがるな！　危ないから!!」
「……っ、やめ、て……来ない、でっ」
　歩道橋の手すりは、私の胸もとあたりまでしかなく、落ちるのは簡単だった。
　それでも、今すぐ善から逃げだしたい。

会いたくてたまらなかった人だから、私の決心は揺らいでしまう。
　本当は罪も罰も捨てて、幸せになりたいって思ってしまうことが……怖いんだ。
「私っ、生き、てちゃ……いけない、の!!」
　涙でぐちゃぐちゃな顔で叫ぶ。
　すると、善は静かに私の顔を見つめた。
「なんで……そう、思うんだよ？」
「……今、まで……死ぬ、ことは、逃げ……だと……思って、た！」
　そう、今までは……。
　死ぬことは、生きることより簡単だ。
　自分の罪もなかったことにして、一瞬で終わらせられる。
　だから、私はもっと苦しむために、あえて生きることを選んだのに……。
　今は、死ぬことの方が……怖いだなんて。
　ただ、自分の幸せのために生きようとしているだなんて。
「私……みたい、な……人殺し、は、生きて……たら、ダメ……って……」
「っ……なんで、そう思うんだ？」
「紀、子……さん、に……」
「っ、まさか、またなにか言われたのか!?」
　善は私の言葉をさえぎって、怒ったように言った。
「そんなん、誰かが決めることじゃないだろ!!」
「……ちが、う……」

「ちがうって……愛音は、誰かに人の生き死にを決められることが、正しいって思ってるのか？」
「…………」
　少なくとも、私に自分の命をどうするかなんて、決める権利はないと思う。
　私は、お父さんを死に追いやって、そのうえ他の人まで傷つけながら生きてるんだから……。
「私……の、命は、私……の、ものじゃ、ない……」
「……そうだ、愛音の命は……愛音だけのものじゃない」
　善は怒ったような、泣きだしそうな顔で叫んだ。
　そう……だよね。
　私の命は、傷つけた人たちに裁かれるためにある。
　だけど、なんでかな……ズキズキと胸のあたりが痛い。
　善には、私の存在を否定してほしくない……そんな身勝手なことを思ってる。
「愛音の命は……愛音のことを大切に想う人たちみんなのものでもあんだ」
「……え……」
　私のことを、大切に想う人たちのもの……？
　私の命が……誰かに大切に思われてるってこと？
　善の紡いだ言葉は予想外のもので、困惑する。
　そんな私に、善は話を続けた。
「愛音、親父さんは……愛音のことを恨んだりしてないし、愛音のせいで死んだだなんて思ってない」
「な、に……言って……」

なにを言ってるんだろう。
　私が、『いなくなればいい』なんて言ったから、お父さんは死んだんだよ？
　みんな、私を恨んでる。
　だって……たくさんの声が私を責めていた。
　だから私は、音を失ったのに……。
「愛音の親父さんの担当看護師だった三枝さんって覚えてるか？」
「え……」
　善がどうして、三枝さんのことを知ってるの？
　その名前は、善が知るはずのない人のものだ。
「お父さんは入院中、愛音や、愛音のお母さんを苦しめてしまったって三枝さんに話してたらしい。本当は、ふたりを大切に思ってたって……」
「……そんな、ありえ……ない……っ」
　お父さんが私を、お母さんを大切に思っていただなんて。
　でも、病院に面会に行くたび、三枝さんは私になにかを伝えようとしてた。
『お父さん、今はあんな状態だけど、愛音さんやお母さんのこと、大切に思って……』
　面会に行ったときの三枝さんの言葉が頭の中で蘇る。
　でも私は、そんなのありえないって……口先だけのなぐさめなんていらないって聞こうともしなかったんだ。
　まさか、それがこのこと……？
「クリーニング屋の細野瀧さんは、愛音が音を失ってしまっ

たこと、それを自分のせいだって責めてるお母さんのことを心配してた」
「細野、さん、が…………」
　お母さんが働いている細野クリーニング店のオーナーだ。
　お母さんとは仲よさそうだったな……。
　お母さん、私にはいつも笑顔で「大丈夫」だって言ってた。
　だけど本当は、私のせいで悩んでたんだね。
　私には言えない悩みを、細野さんには打ち明けてたんだ。
　でも善、どうして細野さんのことまで知ってるの？
「それから、親父さんの親友の貴之さん」
「貴、之……あっ……」
　私が小さいときによく遊んでくれた、貴之お兄ちゃんのことだ。
　お父さんの親友で、いつも服から染物の染料の匂いがしてたのを覚えている。
「貴之さんは、親父さんが愛音とお母さんに残した手紙を預かってたんだ。それは、親父さんの部屋の机の引き出しの中にがあるはずだって。だから、それを確かめるために今日、愛音の家に行った」
「どう、して……？」
　善は、私の知り合いみんなに会ったの？
　どうして、そんなことを……？
「愛音の過去を知らない限り、愛音に俺の声は届かないっ

て思ったからだ」
「善……」
「愛音、俺はすべてを知っても、ありのままの愛音を受け入れる。だから、俺の言葉を信じてくれ」
　善……そこまでして私のことを救おうとしてくれたんだ。
　ありのままの私を、キミは受け入れると言ってくれる。
「うぅっ……」
　すごく、うれしい……っ。
　泣きそうで、声が唇からこぼれた。
　善の言葉は信じたい。
　でも……家族なんて、酒を買ってくるための手足としか思っていなかったあの人を、どうやって信じればいいの？
　私たちのために、手紙を残すなんてこと、するはずない。
　私の記憶の中のお父さんは、そういう最低な人だった。
「手紙は、親父さんの机の引き出しに入ってた」
「……えっ……」
　嘘、本当に手紙があったの？
　それに、お父さんの部屋の引き出しって、まさか……。
『愛音が大きくなったら、この宝箱は愛音のものだよ』
　幼い頃の記憶が蘇る。
　それは、お父さんと交わした宝箱の約束。
「愛音の、宝箱らしいな」
「っ!!　どう……して、それを……？」
　大人になったら、お父さんがくれると約束してくれた宝

箱。

　誰も知らない、お父さんとお母さん以外に知りえるはずのない約束なのに、善はどうして……。

「愛する愛音へ」

「え……」

「俺は、父親でありながら、大切な娘から可愛い笑顔を奪ってしまった」

　それは、お父さんからの手紙なのだと、理解できた。

　お父さんが私に残した最後の言葉に、善の口もとから目が離せなくなる。

「こんなことを言って、信じてはもらえないかもしれないけれど、本当は……忘れた日なんてないほどに、愛音を愛してる」

　愛してる、だなんて……。

「嘘、だ……っ」

　お父さんは、家族のことなんて嫌いで、これっぽっちも愛してなんてない、ひどい人。

　ひどい……人のはずなのに……っ。

　だって、憎む理由を失ったら、優しいお父さんを苦しめた私は……もっと最低な人間になる。

　それが、怖い……っ。

「あっ……」

　ポロリと涙が流れて、次から次へと止まらない。

　それを拭うこともできずに、私は放心状態になる。

「優しい愛音のことだから、こんな父親でも、俺が死んだ

ことを自分のせいだと責めているんだろう。そういうところは、母さんにそっくりだな」
「……っ……どうし、てっ」
　父親面なんて、しないで……っ。
　お酒に依存するようになってからは、父親らしいことなんて、なにひとつしてくれなかったくせに……！
　なのにどうして……私の考えていることがわかるの？
　こんなときばっかり、父親なんだってわからせるなんて、本当にひどい人っ……。
「気づ……かれてた……なんて……っ」
　お父さんに言ってしまった言葉の数々に、後悔してる素振りなんて見せたつもりはなかった。
　でも、私がお父さんにひどいことを言うたびに本当は後悔してたって、お父さんは気づいてたの……？
「俺は、母さんを愛して幸せだった。だからどうか、愛音にも、愛音を愛してくれる誰かが現れてほしいと思っている。父親である私が、注いであげられなかった分の愛情を、与えてあげてほしいと願っている」
「そん、な……」
　父親らしいこと、言わないでよ……っ。
　今までずっと憎んできた人なのに、今さらどうしたらいいっていうの。
「最愛なる娘、愛音は私の宝だ。どうか、愛音の未来が、幸せと愛であふれていますように」
「やめ、て……」

急に、続きを知るのが怖くなった。
　今、お父さんや自分を許したら……私は、私でなくなる気がして、怖いっ。
「聞き、たく……な……い!!」
　両手で目をふさぎ、もうなにも知りたくないとしゃがみこむ。
　そんな私の手を、やんわりと解いたのは……。
　いつの間にかそばにいた、善だった。
　同じように地面にしゃがみこんで、私をまっすぐに見つめる。
「愛音が、生きていることを罪だと言うのなら、俺はちがうと思う。本当の罪は……今、この手紙から、親父さんの言葉から逃げることだ」
「あっ……」
　私は……その言葉の続きを知るのが怖くて、逃げようとしてる。
　それが、善は罪だと言うのかな。
　それでも、私は知りたくない。
　だって、知ってしまったら……私はなにを理由にして生きていったらいいの。
　自分のために生きるには、罪悪感が重すぎるんだよ。
「愛音、愛音が俺に教えてくれたんだろ。誰かが必要としてくれる限り、生きろって」
「それ、は……っ」
　善のことが大切で大好きだから、私が必要としてるから、

どうか、幸せに生きてほしいって思った。
　でも、私と善とじゃ……罪の重さが、命の重さがちがう。
「そうでなくても、俺は母さんの死も受け入れて、母さんがくれた思い出とともに生きてる。なぁ、愛音は？」
「わた、し……？」
　流れる涙を善に拭われながら、首を傾げる。
「愛音は、俺にも、親父さんやお母さんにも、写真部のみんなにも必要とされてるのに、いなくなろうとしてるのか？」
「あっ……」
　その言葉にハッとする。
　私は、私がいなくなることで傷つく人がいることを、忘れてた。
　お母さん、写真部のみんな、そして……。
　目の前にいる、大好きな人。
　私、また……大切な人たちを、傷つけようとしてたんだ。
「愛音が自分自身のために生きられないなら、俺のために生きてって、そう言うつもりだった。けど……それじゃあダメなんだ」
「どう、いう……こと？」
「愛音が生きたいって、心から思えないと……きっとまた勝手にいなくなろうとする」
　善の目から、雫が落ちた。
　善、泣いているの？
「ぜ、んっ……」

息が、心臓が止まりそうだった。
悲しかったの？
私のせいで傷ついたの？
善が泣いていると思うと、死んでしまいそうなくらい辛い。
私がいなくなることが、善にとってそんなにも辛いことだなんて、思わなかった……。
「愛音、俺と一緒に生きてほしい。愛音が自分から望んで生きてほしいんだよ、俺は……」
「でも……っ」
私、今まで自分のために生きるだなんて、考えたことなかった。
だから、急にそんなこと言われても……わからない。
「なぁ、愛音。愛音は、俺と離れて生きていけるのか？」
「え……」
「俺は、無理だった。少し離れてただけなのに、愛音のことばっか考えて……死にそうだったんだぞ」
泣き笑いをしながら見つめる善は、愛しげに私の頬の輪郭を両手でなぞる。
まるで、私の存在を確かめるかのようなその仕草に、私の胸は切なくなった。
愛する人が突然、目の前から消えてしまう、そんな恐怖を私はこの人に味わわせようとしてしまった。
そう思ったら、無性(むしょう)に申しわけなくなった。
「俺は、いつか寿命(じゅみょう)が来てあの空に旅立つときも、愛音と

第5章 届ける想い、愛の形 >> 413

一緒がいい。死ぬ瞬間でさえ、愛音と離れたくないって思ってる」
「え……」
「それくらい、愛音を求めてる。愛音は、俺をそこまで求めてはくれないのか？」
　死ぬまでずっと一緒がいいなんて……。
　そんなの、許されるなら、私だって……。
「そば、に……いた、い……」
「愛音……」
　ポツリとつぶやいた私を、善が驚いたように見つめる。
　私はすがるような瞳で、善を見あげた。
「わた、し……」
「愛音、愛音の心を俺に教えてくれ。俺は、愛音がなにかを望んでくれることが、すげぇ、うれしいから」
　うれしい、なんて……言ってくれるんだ。
　善は、いつも私が欲しい言葉をなにげなく言ってくれる。
　それにどれだけ私が救われたか、気づいてるかな……？
「ずっ……と、生きてる……こと、苦し、かった……っ」
「うん……」
　でも、こうして、たどたどしい私の言葉を急かすことなく待ってくれてる人がいること。
　私の帰りを待ってくれている人たちがいること……。
　それに気づいた今、少しずつ凍りついた心が溶けていくのを感じた。
「でも……今、は……」

「今は？」
　本当は……心からみんなと、善と……一緒にいたいって思う。
「善の、そばで……生き、たいっ。こんな……こと、言っても、いい……の、かな？」
「っ……愛音が望むなら、それでいいんだ。それが、親父さんが望んだことでもあるんだから」
「そっ……か……」
　お父さん……。
　本当は、憎いだけじゃなかった。
　小さい頃、私だけにくれると言った宝箱。
　一緒に手を繋いで歩いた夕暮れの道。
　すべてが辛い記憶ではなくて、愛にあふれた記憶もあったからこそ……悲しかったの。
　どうしてお父さんは変わってしまったの？
　信じていたのにって……。
　お父さんに、裏切られた気がしたから悲しかった。
　でも、お父さんは私を愛してくれてたんだね。
　変わってなんていなかったんだ。
　ただ、リストラや、辛い現実に……耐えられなかっただけ。
「もう、手紙の続き、聞けるな？」
「う、ん」
　私は、善に強くうなずいて見せた。
　善は、私の頬を両手で包みこんだ。

「でももう、一言だけなんだ」
　一言……？
　善から紡がれるお父さんの最後の言葉を待つ。
「この命が終わっても……愛してる、永遠に」
「あっ……」
　その一言で、せき止められていた想いがあふれる。
　ねぇ、お父さん。
　私、本当はお父さんが大好きだったよ。
　約束、果たしてくれてありがとう。
　言葉の贈り物、これは……私の、最大級の宝物だよ。
　目を閉じて微笑めば、優しく抱きよせられる。
　その腕の中で、世界で一番大好きな人の顔を見あげた。
「愛音、俺と生きて。それで、一緒に幸せになって」
「あ……っ」
　善くんの言葉が、心に染みわたっていく。
　善と生きる未来は、きっと幸せにあふれてるんだろうな。
　それを、私も望んでいいんだ。
「ふっ、うぅ……ぜ、んっ」
「ん？　なあに、愛音」
　優しく、諭すように善が私の名前を呼んだ。
「わた、しも……っ」
「ん……」
　ボロボロと目から涙がこぼれる。
　そんな私を、善は温かい眼差しで見守ってくれていた。
「善、と……生きた、い……」

「っ……あぁ、俺と生きよう」
　私の言葉に、善は感極まったようにくしゃりと顔をゆがめて、泣きそうな顔をした。
「一緒……に、幸せ、になり……たいっ」
「おう、一緒に幸せになろうなっ」
　私はようやく、心から笑うことができた。
　その瞬間、私を苦しめていた鎖がすべて壊れて、解放されたかのような、不思議な開放感があった。
「あ……」
「え……」
　驚いている善の顔を、私は首を傾げて見つめる。
　すると、頬を両手で包みこまれた。
「やっぱり、愛音は笑顔が一番可愛いな！」
「ぜ、善……」
「ほら、ニーッ‼」
「いひゃい〜！」
　善が私のほっぺたをひっぱり、無理やり口角を持ちあげる。
　私……笑っただけなのに、こんなに喜ばれるなんて思ってもみなかったよ……。
　そっか……私、今までちゃんと笑ったことなかったんだ。
　でも、なんでかな。
　善が笑ってると、私もつられて……自然と笑顔になれるんだ。
「っ……ふふっ」

「愛音、もっと笑えって！」
　善は笑顔で私を強くギュッと抱きしめる。
　それが苦しくて、なのにおかしくて……。
「あははっ、くる、しー！」
「いいんだよ、愛音が笑ってるから！」
　善と見つめ合っていると、ふいに言葉が途切れる。
　そして、どちらからともなく……。
「愛音……」
　温かい唇が、重なった。
　それは、離れていた時間も埋めるかのように、私たちを繋げてくれた。
「やべ、照れるな……」
「うん……」
　ふたりでおでこをくっつけて、顔を赤くする。
　あぁ、やっぱり私、善が好きだ。
　今まで離れていられたのが不思議なくらい、もう……二度と離れたくない。
「あ、アイツら……」
　すると突然、善が顔を離して遠くを見つめる。
　同じように顔をあげれば、遠くから写真部のみんなが走ってくるのが見えた。
「え、どう……して……？」
「みんな、愛音を迎えにきたんだ」
　善が笑顔でそう教えてくれる。
　そして、その言葉が本当だと裏づけるように、私たちに

気づいたみんなが手を振ってきた。
「愛音っ、無事か！」
　あの普段はクールな表情を崩さない澪先輩が、額に汗をかいている。
「あぁ〜よかったぁ！　愛ちゃん、生きてたぁ〜っ。もうダメ、僕走れない〜っ」
　叶多先輩は、ここまで全力で走ってきてくれたのか、今にも崩れ落ちそうになっていた。
「生きてたって……縁起でもないですよ！　ほら、立てますか？　叶多先輩」
　そんな叶多先輩を、章人くんが立たせてあげる。
「ほーら由真ちゃん、鈴原のところに行かなくていいの？」
「あ……」
　嘘っ、笹野先生まで来てくれたんだ……っ。
　笹野先生は普段はやる気がないけど、善くんが階段から落ちたとき、私がパニックになっていると、「大丈夫だ」って落ちつかせてくれた。
　本当に困ってるとき、笹野先生は助けてくれるんだ。
　笹野先生に背中を押されて前へ出た由真は、泣きはらした目をしていた。
「心配した……」
「由真……」
「うぅっ、心配して、心臓が止まりそうになったっ！」
　由真が駆けよってくる。
　その勢いのまま、力いっぱい私を抱きしめる。

第5章 届ける想い、愛の形

「由真……ごめ、ん……」
その震える肩を抱きしめれば、由真がよりいっそう私を抱きしめる腕の力を強めたのがわかった。
そして、少し体を離すと、私を泣きながら見つめる。
「私、親友なのに、なにもできなくてごめんっ。でも、本当に心から、愛音に幸せになってほしくてっ……ううっ」
「由、真……ありが、とう……っ。私……みんな、が……いた、から……っ」
私は泣きそうになりながら、由真とみんなの顔を見渡す。
そして、最後に善を見ると、優しくうなずいてくれた。
「こう、して……今、ここ、に……いられる……」
私に、この世界で生きていたいと思わせてくれたのは、ここにいるみんなだ。
善に恋をして、由真という親友がいて、写真部の仲間がいたから……。
ここが私の居場所なんだって思える。
「あり、がと……。私、に……生きる……意味、くれ……て」
取りもどしたばかりの笑顔を向けると、みんなが息をのんだのがわかった。
「愛音、また笑えるようになったんだね……。ううん、私が知ってる笑顔より、ずっと……輝いてる」
由真が、うれしそうに笑い返してくれた。
すると、叶多先輩が私のそばにやってきて両手を握る。
「愛ちゃん、愛ちゃんがいなくちゃ、写真部は成り立たないよ。みんな、こうして会いにきちゃうくらいに、大事

仲間だって思ってる」
「叶多……先、輩……」
　握られた手が温かい。
　私を仲間だと言ってくれる、この写真部に入ってよかった。
「愛音、早く帰ってこい」
「あ、そうそう、退部届なら、破ってゴミ箱に捨てといたからね〜」
「たまにはいい仕事しますね、笹野先生」
　澪先輩、笹野先生、章人くん……。
　ここは、私の居場所なんだ。
　私に居場所をくれた善は……私の世界を、180度変えてくれた。
「ううっ……あり、がとうっ」
　ポタポタと流れる涙を両手で何度も拭う。
「よかったな、愛音」
　善が私の頭をポンポンとなでてくれた。
　それに、スッと胸が落ちつく。
　私、みんなのためにも、自分のためにも……。
　幸せに、なりたい……。
「愛音、みんなが愛音の幸せを望んでる。もし、誰かが愛音の生き方を否定したとしても、俺たちだけは味方だからな」
「善……」
　善の言葉に、私はまた泣いてしまった。

第5章　届ける想い、愛の形 >> 421

　そして、私なりに自分の幸せを考えてみる。
　私の幸せはきっと……耳の治療を受けて、みんなと同じになること。
　まだ間に合うかもしれない、もうあきらめたくない。
　その希望を、信じてみたい。
「私……治療、受け、る……」
　驚くくらいにすぐに浮かんだ自分の幸せの形を、言葉にしてみる。
　すると、みんなが温かい目で私を見つめていることに気づいた。
「あ、愛音……マジか!?」
「へっ、う、うん……」
　善が、私の両肩をつかんで驚いているのがわかる。
　すると、ニカッと、私の大好きなあの太陽の笑顔が向けられる。
　それに目を奪われていると、その目に涙が浮かんでいることに気づいた。
「すげぇうれしい！　愛音のこと、ずっと俺が支える。だから、あきらめないで一緒に歩いていこうな？」
　まっすぐに向けられた優しさに、私まで泣きたくなって、もう何度目かわからない涙が流れた。
　この人は、どこまでも優しい。
「そばに……いて……？」
　人生で数えるほどしかしたことがないお願いを、善にしてみる。

甘えすぎかな……。
　不安になっていると、善に両手を取られた。
「っ……約束する、絶対離れねーって」
　そして、指と指を絡めるように握られる。
「好きだ、いや……愛してる。愛音の願いなら、なんでも叶えるから！」
「っ!!　……あり、がとっ」
　もし、善が私になにかお願いをしたときは……。
　善のお願いも、いつか私が叶えたいな。
　そうしたら、私も全力であなたの願いを叶える。
　だって、私も善を……。
「愛し……てる……」
　……心から、愛してるから。

かけてほしかった言葉

【愛音side】
「ん……」

朝、目が覚めた私は、ゆっくりとベッドから体を起こす。

いつもより体が軽いな……。

今までなら、また償うために生きる1日が、誰にも受け入れられない孤独が始まるんだと、朝が来るたびに絶望していたのに。

気持ちの変化からなのか、今はこれから始まる1日が、楽しみで仕方ない。

「よ、いしょ……」

ベッドを出て私服に着替えると、鏡台の前に立つ。

今日はお母さんに大事な話をする日だから、気合いを入れなくちゃ。

そう、今からお母さんに治療を受けることを伝えようと思ってるのだ。

昨日、善や写真部のみんなに話した私の願い。

その希望に向かって、これからは私の心のままに生きていきたいから……。

私は、いつもならなんとなく避けていたワンピースを着てオシャレをする。

本当は、誰よりもオシャレをしたかったし、友達とはしゃいだり、好きな人とデートをしたり……夢がたくさんあっ

た。
　でも、自分らしく生きることは、お父さんの人生を奪った私にとって、許されないことのような気がして……。
　なるべく目立たないように、普通以下の生活をするように心がけていた。
　善に出会うまでは……。
　善に出会ってからは、入りたかった部活に入ったり、部員のみんなと毎日騒ぎながら過ごして、なにより……恋をした。
　私の身には余るほどに、充実した毎日に変わったんだ。
「がんば、ろう……」
　勇気をもらいたくて、部屋に飾っていた猫の写真を見た。
　生き物を撮れなくなった善が撮ってくれた、この猫の写真は、今では私のお守りのようになっている。
　変わることは、すごく勇気がいる。
　それでも、今は大切な人たちのためにも、これからは自分らしくいたい。
　そう思わせてくれた善や、写真部のみんなには、感謝してもしきれない。
　私は、身支度を整えて部屋を出る。
　すると、廊下の途中、お父さんの部屋の前でなんとなく立ちどまった。
「お父、さん……」
　ずっと、お父さんが死んでからは入れずにいた部屋。
　私はゆっくりとドアノブに触れて、回す。

開いた扉の向こうには、6畳くらいの広さに、ベッドと茶色いアンティーク調の机。
　なにも、変わらないんだな……。
　その机の1番下の引き出しは、私にとって宝箱だった。
『愛音が大きくなったら、この宝箱は愛音のものだよ』
　そう言って、優しく笑ってくれたお父さん。
　私はその思い出に触れたくて、ゆっくりと机の前に歩みより、しゃがんだ。
　お父さん……。
　私はまだ大人じゃないけど、それでも……。
　この宝箱を開けても、いいかな？
『仕方ないな』
　なんとなく、お父さんがそう言って笑っている気がした。
　その声に導かれるように、私は引き出しの取っ手に手をかけてゆっくりと開けた。
「あっ……」
　すると、そこには家族の写真や、小さい頃に行った海で私が拾った貝殻が入っていた。
「こんな、もの……っ」
　宝箱だなんて言って、大切にしまってたなんて……っ。
　こみあげるこの感情を、なんて表現したらいいのかわからない。
　けど、ハッキリわかるのは……。
　温かくて、確かな"愛"を感じるってこと。
「お父、さんっ」

私は……こんなにも愛されてたんだっ。
　こんなにもっ……お父さんにっ。
　私はその引き出しに手をついて、すがるように泣く。
　そんな私の肩に、ポンッと誰かの手が置かれた。
　顔をあげると、お母さんが心配そうな顔で私を見つめている。
「愛音……どうしたの？」
「ううっ……お父、さん、私、たち……愛し、て……っ」
「……えぇ、そうね……」
　私の言いたいことがわかったのか、お母さんは私の肩を引きよせて、一緒に宝箱を見つめる。
「私たちは、お父さんが生きられなかった分、幸せにならなきゃダメだったわね……」
「う、ん……」
　大切な人を失った悲しみ。
　その大切な人を憎むことで、盲目になってた。
　私は音だけでなくて、大切な命、人との繋がりまで失うところだったんだ。
「お父さんも、お母さんも、あなたの幸せがなによりの宝よ」
「ううっ……う、ん！」
　もう、ためらったり、自分の気持ちを押し殺すのはやめよう。
　善が教えてくれた。
　私が善やお母さん、由真や部員のみんなにとって必要な人なんだって。

私の世界は、善と出会った瞬間から変わった。
　まっ暗で、なにも感じない閉ざされた世界から、光あふれる、希望に満ちた世界になったんだ。
　私に愛を教えてくれた善と生きるために、私は自分の意思で生きたい。
「お母……さん」
「ん？」
「ついて、きて……ほしい、とこ……ある、んだ」
　そう言って手を引くと、お母さんは不思議そうに首を傾げた。
「どこへ？」
「斎、藤……先生、の、とこ……ろ」
「愛音……もしかして……」
　目玉が飛び出そうなほどに見開かれたお母さんの瞳を、笑顔で見つめ返す。
「私……治療、受け……る」
「っ!!　ほ、本当に……？」
　お母さんはまだ信じられないのか、口をパクパクさせている。
「……う、ん！」
「そう……ふっ、うぅっ……」
　お母さんはたまらず泣きだして、私をまた抱きしめる。
　バラバラだった家族が、今ようやく、繋がった気がした。
　お母さんの胸に顔を押しつけて、その温もりに身をゆだねる。

いつも凛としていた背中も、頼もしい腕も、いつの間にか細くなって、顔も少しだけ老いていることに、今さらになって気づく。
　そうか、お父さんが死んでから1年もたったんだね。
　それに気づけたのは、きっと私の置き去りにしてきた時間が、やっと動きだしたからだ。
　取りのこされることなく、ようやく歩きだせた。
　お母さん、今まで傷つけてばかりでごめんなさい。
　私、お母さんを守れるくらい強くなるから……。
　ねぇ、お父さん。
　私、お父さんのかわりに、お母さんのこと、守るからね。
　そう心に決めたから、どうか安心して見守っていて？
　私は空の向こう、心配しているだろうお父さんに向かって、そう誓った。

　そして、朝食を終えた私たちは、すぐにクリニックへと向かった。
　予約もなしに、クリニックを訪れた私たちを、斎藤先生は驚きながらも招き入れてくれる。
「先、生……。私、治療……受け、ます」
　診察室に呼ばれて、席に座りもせず、私はそう言った。
　すると、先生はうれしそうな、それでいて困ったような顔で微笑む。
「まいったな……」
　そう言って、目もとを手で押さえていた。

そして、手を離すと、涙で潤んだ瞳で私を見る。
「いつ、愛音ちゃんの心が、前を向いてくれるだろうって、ずっと思っていたんだ……」
「先、生……」
「それが、やっと来たんだ……すごくうれしいよ」
　先生がそんな風に思ってくれてたなんて、知らなかった。
　私はあのとき、悲しくて、苦しくて、自分のことしか見えていなかった。
　本当はたくさんの人に支えられてたのに、勝手にひとりぼっちだとカンちがいしていた。
「それならそうと、話をしよう。そこへ座って」
「は、い……」
　先生がイスを勧めてくれ、私とお母さんは並んで腰かけた。
「これからする話は、決して希望だけではないことは、先に言わせてほしい」
「……は、い」
　それは、前々から先生に言われていた。
　私は、治療を始めるには遅すぎる。
　突発性難聴は早めの治療が肝心だって、何度も先生に言われてたから……。
「愛音ちゃんの、突発性難聴が完治する確率は約30％と言われています」
「っ……」
　聞くと、やっぱり心臓が痛い。

確率も決して高いものではないし、時間もたってるから治る可能性はかなり低い……。
「早く治療を開始することができれば、それだけ完治する確率もあがりますが、愛音ちゃんの場合は１年も期間が開いている。それは頭に置いておいてください」
　怖い……。
　この希望が絶たれたら、応援してくれたみんなも落胆させてしまう。
　でも、みんなの笑顔のためにも、あきらめることはしたくない。
　だから……。
「それ、でも……受け、ます」
「……うん、一緒にがんばろうね。まずは、ここから紹介状を出して、大きな病院に入院してもらいます。前にパンフレットを渡したのは、覚えてるかな？」
　すると、お母さんがバッグからパンフレットを取り出す。
　それは、病院の入院案内だった。
「あの……入院、で……どんな、治療、を……するん、ですか？」
「今、愛音ちゃんが飲んでいる薬を点滴で、量を増やして治療するんだ。ステロイドは副作用も強いから、量が多いと入院が必要なんだよ」
　ステロイド……。
　今飲んでる薬と同じだ。
　それを、点滴で大量に打つってこと……？

「あとは、高圧酸素療法かな。これは、純酸素の気圧の高い個室に入って一定時間安静にすると、耳の内耳というところに酸素を多く供給できるんだ。これで耳の機能を修復できる」

それで、耳が聞こえるようになるかもしれないってことだよね。

先生が、紙に耳の絵を書いて説明してくれる。

パンフレットのページをめくると、高圧酸素療法ができる病院があまり多くないことがわかった。

「他にも、注射や点滴でする治療法もたくさんあるから。私も、可能性にかけてみたい」

「……先生……あり、がとう、ござい、ます……」

私は頭をさげる。

先生も、私の可能性を信じてくれている。

「一緒にがんばろう、愛音ちゃん」

「は、い！」

どんな治療にも耐えて、がんばろう。

先生の笑顔に背中を押されて、私は1週間後、入院して治療を受けることになった。

* * *

9月。

個室に入院してから1ヶ月。

私はステロイドの治療や高圧酸素療法を行っていたけれ

ど、効果は見られなかった。
 毎日、焦りばかりが募って、今みたいにあっという間に日が暮れる。
「はぁ……」
 つい、ため息が出る。
 焦りばっかりが胸の中を支配していた。
 診察してくれる先生も、いつも苦い顔をしていて、なおさら不安になる。
 すると、病室のドアが勢いよく開いた。
「愛音！」
「あ……善っ！」
 そこにいたのは、いつも私を元気にしてくれる、彼氏の善だ。
 学校が終わると、こうして毎日お見舞いに来てくれる善は、私の心を支えてくれている。
「愛音、会いにき……って、どうした？」
 私の顔を見ただけで、悩んでることに気づくなんて。
 善はやっぱりすごいなぁ。
 私の顔をのぞきこんで、「うーん」と考えている。
 そして、私の眉間のシワを伸ばすように、人さし指で額を押された。
「可愛い顔が悲しそうだと、俺も悲しくなる」
 そんな大げさな……。
 だけど、下げられた善の眉に、それが本心なのだとわかった。

「今、大げさだなぁ、とか思ったろ！」
「えっ」
　なんでわかったんだろう!?
　善にジトッとした目で見られて、私は目をパチくりさせる。
「で、今は、どうして俺が愛音の考えてることがわかるのか、ビックリしてる！」
　頬をツンツンと指で押されて、私は顔をまっ赤にした。
　善は、不意打ちすぎる。
　好きな人に触れられたら、心臓も私のものじゃないみたいにドキドキ、バクバクする。
「な、んで……わか、るの？」
「そーだな、愛音のことが好きだからだな」
「ひうっ！」
　ヘンな声をあげて、私は胸を押さえた。
　やだ、心臓に悪いっ!!
「それで？」
「え？」
　私のベッドサイドにあるイスに腰かけた善は、ベッドに肘をついて首を傾げた。
「なにに悩んでたんだ？」
「あ……」
　優しく微笑んで、私の答えを待つ善。
　この表情は、善が私の話を聞いてくれるときの合図。
　だから、安心して話そうと思えた。

「効、果……なく、て……」
「効果……治療の？」
　善の問いに、うなずいて返す。
　すると、善は私の左手を両手で握った。
「不安だった？　本当に治るのかって……」
「……う、ん……。ごめ、ん」
「え、なんで謝んだ？」
　だって、私がいつまでたっても……。
「わた、し……弱い、まま……」
　強くなりたいのに、すぐに怖くて泣きそうになる。
　こんなんじゃ、ダメだよね。
　早く治って、善のためにも普通になりたいのに……。
　すると、今度は私の手を握っていた善の手の片方が、私の頭にのせられた。
「善……？」
「俺はそんな風に弱さを見せてくれる方がうれしい。愛音の心に寄りそってやれるからな」
　私の、心に寄りそって……。
　そうか、善は私の心ごと、守ろうとしてくれてるんだ。
「焦るな……なんて、がんばってる愛音を逆に追いつめそうで嫌だけど……。俺は、いつまでだって、そばで支えるから」
　優しく、何度も頭をなでる手が、私を甘やかしてくれる。
　その感覚を感じるために、目を閉じる。
　すると、ふいに唇に温かくてやわらかいものが触れる。

「んっ!?」
「んっ、おまじない。愛音が笑顔になれるように……って、気持ち、こめたつもり……」
　至近距離で見つめ合う善の顔も、私と同じくらい赤かった。
　照れるくらいなら、やめてほしい。
　とか思いながら、本当はうれしいから複雑だ。
「お、俺はだなっ、元気になってほしくて、や、やましい気持ちはまったく……いや、ごめん、本当は愛音見てたら、ついしたくなって……」
「ふふっ」
「わ、笑うとかひでぇ……けど、可愛いから許す!」
　照れながら、私のことを抱きしめてくれる善。
　私ははずかしかったけど、その背に腕を回した。
　幸せだなぁ……。
　そう思える今が、かけがえのない宝物だと思った。
「あ、そうだ、写真撮ってきたんだ」
　善は抱き合っていた体を離して、カバンから数枚の写真をベッドテーブルの上に並べた。
「あっ、善、これ……」
　それは、写真部のみんなの写真や、今や青葉をつけたあの桜の木の下でじゃれている猫たちが写っている写真だった。
　善が、生き物を写真に撮ってる!!
　1枚撮るのだって大変だったのに、こんなにたくさん。

「愛音が……俺にまた、写真の楽しさを思い出させてくれたんだ。愛音は、本当にすごい彼女だな！」

人を撮ることが怖いと言っていた善が、今では楽しそうに写真と向き合っている。

そんな善を、誇らしく思った。

「私、が……すご、い……？」

「そー、俺の世界を変えた、唯一無二の女の子なわけだ」

本当に愛おしそうに、私を見つめる善。

私にそんなことを言うのは、善くらいだよ……本当に。

「本当、に……いい、笑顔……」

写真部のみんなが笑っている写真を見て、口もとが緩む。

善の写真を手に撮ると、ブワッと涙が出た。

「善が……これ、を……撮った、んだ……っ」

過去を乗り越えてくれたことがうれしい。

「愛音……？」

ポロポロと泣いている私に、善が驚いているのがわかる。

だから私は、笑顔で善を見つめた。

「本当……に、よか……った、ねっ」

「愛……音……。そっか、俺のために泣いてくれるんだな、愛音は……」

善が自分らしい写真を、心から撮りたい写真を撮れたこと、それが本当にうれしい。

泣かずにいる方が難しい。

そっか……これが、大切な人が自ら望んで生きてくれることへの、喜び。

大切な人だからこそ、それが自分のことのようにうれしいんだ。
「泣き虫だな、本当に」
　善は、私の涙を手で拭ってくれる。
　何度、この手に涙を拭われただろう。
　そのたびに、悲しみもやわらいだ。
「優しい愛音を……愛してるって言ったら……重いか？」
　不安げに尋ねられたその言葉に、私は首を横に振る。
　だって、私も同じ気持ちだから……。
「私、も……愛して、る……から、うれし……い」
「ハハッ、そっか！」
　うれしそうに笑う善の顔を飽きずに見つめる。
　やっぱり、善が好きだ。
　ずっとずっと、そばにいたいと思うよ。
　——カラカラカラ……。
　そんなときだった、病室のドアがまた開く。
　そこに入ってきたのは……。
「見つけたわよ、人殺し」
「あっ……紀子さ……っ」
　そこに現れたのは、紀子さんだった。
　どうしてここに、紀子さんが……？
「アンタの家に行ったら、入院したっていうじゃない。母親が口すべらしたわよ」
　紀子さん、また家に来たんだ……。
　お母さん、大丈夫だったかな……。

「あんた、治療受けるなんて許さないわよ!」
「っ……」
「和彦を殺しておいて、アンタだけ幸せになろうだなんて、許さない……っ」
　ものすごい剣幕でこちらに向かってくる紀子さんの前に、善が立ちはだかる。
「人殺しなんて言葉、撤回してください」
　善の横顔を見ると、たしかにそう言っているのがわかった。
「まちがったことは言ってないわよ。そいつは、和彦を殺したんだから!!」
「…………」
　紀子さんは、きっと私と似てる。
　誰かを憎んで、そうしなきゃ心が保てないんだ……。
　大好きだから、悲しみを紛らわすために誰かを憎んだり、自分に罰を与える。
　紀子さんはきっと、お父さんの死を今も……受け入れられずにいるのかもしれない。
「……紀、子さ……」
　こんなとき、なんて声をかけられたいんだろう。
　そんなことを考えていると、続きの言葉を繋げられなくなる。
　そんなとき、また病室の扉が開き、紀子さんの肩をつかんだ誰か。
　それは、とても意外な人だった。

第5章　届ける想い、愛の形 >> 439

「やめないか、ここは病院のはずだよ」
　そう言って現れたのは、なんと善のお父さんだった。
「え……」
「あ、あなた誰よ!?」
　私と紀子さんの驚きの声が、おそらく重なったであろう今、頭はパニック状態だった。
　どうして、善のお父さんがここに!?
　スーツを着ているところを見ると、仕事帰りみたいだ。
「私は、柄沢玄だ。それより、彼女に人殺しだなんて言ったこと、詫びなさい」
「なっ、他人にとやかく言われる筋合いはっ……」
「他人ではない、彼女は私の息子の大切な人だからね。私にとっても、大切な人だ」
　動揺している紀子さんにキッパリとそう言い放つ。
　それに驚いたのは、私の方だった。
　お父さん、前は私に善のことをあきらめてって言ってたのに……。
　なのに、こうして紀子さんからかばおうとしてくれてる。
　そんな、どうして……。
「愛音さん、この間はすまなかった。善がまた楽しそうに写真を撮れるようになったのは、あなたのおかげだって善から聞いてね。自分の愚かさを、つくづく思い知ったよ」
　善のお父さんは、自嘲的な笑みを浮かべて私に頭をさげる。
「そん、な……。顔、あげて、ください。子供……の、幸せ、

を、考える、のは……親、から、した……ら、あたり、まえの……こと、です」
「愛音さん……。その言葉だけでも、あなたが心の綺麗な人なんだと、わかるな……」
　優しい、善に似た眼差しが、私に向けられる。
　それだけで、胸がいっぱいになった。
「私の大事な息子の心を救ってくれてありがとう。これからも、善のそばにいてやってくれ」
　え、それって……。
　善のそばにいてもいいってこと？
「は……はい」
　意味がわかって、私は笑みがこぼれる。
　温かくなる胸をそっと両手で押さえた。
「あなた、正気？　こんなのと一緒にいさせるなんて、親としてどうかしてるわ」
「……愛音さんがどんな過去を持っていたとしても、私は、善が信じる愛音さんを信じたい」
　あ……やっぱり、善のお父さんだ。
　だって、正義感の強いところ、まっすぐなところがそっくりだもの。
　でも、私ばかりが守られてるのは、ダメだ。
　私が、ちゃんと紀子さんと向き合わなきゃ。
「……大丈夫か、愛音」
　私のそばにいた善が、心配そうに顔をのぞきこんでくる。
　うん、この強い人のそばにいて恥じない私でいたい。

そうあらためて思った。
「大、丈夫……」
　私はベッドからおりると、善の手をギュッと握った。
　……勇気が欲しい。
「え……？」
　突然手を握った私を、善は一瞬、驚いたように見つめる。
　でもすぐに、なにかを察したのか、強くうなずき返してくれた。
「あ……そうだな、愛音なら大丈夫だ」
　善の言葉と笑顔に勇気をもらいながら、私は笑った。
「あり、がと……」
　私がお父さんに「いなくなれ」と言った一言で、一番傷つけてしまったのは、おそらく紀子さんだ。
　だからこそ、向き合うことから逃げないで、紀子さんに想いを伝える勇気が欲しかった。
　私はその手を握りしめて、深呼吸をする。
「紀、子……さん……」
「な、なによ!?」
「私、は……お父、さんに、言った言葉、を……ずっと、後悔、して……まし、た」
「っ……だから、なによ」
「だか、ら、治療を受けないで、耳が、聞こえ……ないまま、苦し……んで、生きなきゃ、いけない、と……思ってた」
　それが、お父さんへの罪滅ぼしのためだと思っていたけれど、本当は違（ちが）う。

「本当は、そう、しなきゃ……罪悪感、に……押しつぶされ、て……しまい、そうで、心が……保てなかった、からなん、です」

そう、本当は私自身の心を守るためだった。

生きる理由がほしかったんだ。

それが、罪滅ぼしという形だった。

「紀、子……さん、は……私を、憎めば、悲しさ……を、やわらげ、られる？」

「なっ……」

息を詰まらせた紀子さんは、とまどっているように見えた。

大好きな人だから、もう二度と会えないことが、悲しくて、私を憎み続けていたんじゃないのかな。

お父さんの死を今も……受け入れられない。

きっと、私もそうだったんだ。

こんなとき、思い出すのは……。

『愛音、みんなが愛音の幸せを望んでる。もし、誰かが愛音の生き方を否定したとしても、俺たちだけは味方だからな』

そう、善がくれたあの言葉。

その言葉に、私がどれだけ救われたか……。

「紀子、さん、私を……恨んでも、いい……。それで……痛みが、和らぐ、なら……私は、その生き方、を……否定、しない……です」

「あなた……なに、言っているの……」

「紀、子……さんの、幸せを……願い、ます。お父……さんも、願ってる、はず……だから」
 私も、これからの人生は胸を張って、幸せって言えるように生きたい。
 紀子さんにも、そうやって自分のために生きてほしい。
 それは、私が長い間悩んで、ようやくたどり着いた答えだった。
 善が、親友の由真が、写真部のみんなが、私の幸せを願ってくれている人がいることに気づかせてくれた。
 お父さんとお母さんが育んでくれた、みんなが守ってくれた命を、私も大切にしたい。
「……あなた……どうして？　私はあなたにひどいことばかり言ったのよ？　あてつけだってわかってながら、止められなかった……っ」
 泣きそうな顔で私を見る紀子さんに、私はうなずいて、歩みよる。
 そして、いつか善がしてくれたみたいに、ギュッと抱きしめた。
 紀子さんがビクッと体を震わせる。
 それでもかまわず、抱きしめ続けた。
 そして、紀子さんに向かって笑ってみせる。
「っ……ヘンな子ね……。自分を傷つけたおばさんを抱きしめるなんて。でも……ありがとう、本当は苦しかったの。誰かを恨むのも、傷つけるのも……」
 そう言って、ぎこちなく微笑む紀子さん。

「今度は……ちゃんとお線香あげにいくわ」
「は、い……待って、います」
　どうか、紀子さんも、これからは自分のために生きられますように。
　そう願いながらもう一度紀子さんに微笑むと、やっぱりきごちない笑みを返される。
　それから少しして、紀子さんは帰っていった。
　そして病室には、私と善、善のお父さんの３人になる。
「そう、いえば……お父、さん、どうして、ここ、に？」
「あぁ、俺が呼んだんだよ」
　すると、善が苦笑いで軽く手をあげる。
　それに、ますます意味がわからなくなる。
「善から、俺の大切な人とちゃんと向き合ってほしいって頼まれてね」
　私の肩に手を置き、お父さんが説明してくれる。
　あぁ、そういうことだったんだ……。
　それで、お父さんはここに来てくれた。
　そう言ってくれた善と、私を認めてくれたお父さんの心に、胸がジンと温かくなる。
「誰に文句言われても、俺だけが好きでいればいいって思ってたんだけどさ、それじゃダメだって気づいたんだ」
「善……」
「わだかまりを抱えたままじゃ、自分のせいでって、優しい愛音はずっと罪悪感に苦しむことになるだろ？　だから、ふたりで幸せになることを、ちゃんと認めてもらわねー

とって」

　それは、私も痛いほど感じた。

　私のせいで善とお父さんの仲が悪くなるなんて、それこそ自分を許せなくなる。

　心ごと守ってくれようとした善に、泣きそうになった。
「それじゃあ、私はもう行くよ」
「お父、さん……来て、くださって、あり、がとう……ござい、まし、た」

　お父さんに私は頭を下げた。

　私に向き合ってくれて、感謝の気持ちでいっぱいだった。
「いいや、お礼を言うのは私の方だ。可愛らしい娘ができるなんて、うれしいからね」
「あっ……ふふっ」

　お父さんがうれしそうにはにかむから、私もつい笑みがこぼれた。

　私を受け入れてくれたことがうれしかった。
「じゃあ、愛音さんのこと、ちゃんと守るんだぞ、善」
「親父に言われなくても守るっつーの」

　善の言葉に、お父さんは笑いながらヒラヒラと手を振って、病室を出ていった。

　お父さんが部屋を出ていくのを見送ると、私は善に向き直る。
「善、あり、がと……っ」

　いつも、どんなときでも私は善に救われている。

　善は、命の恩人で、大好きな人で、愛している唯一無二

の人だよ。
「愛音、やっぱ泣き虫……」
「う、ん」
 それは、善の前だからだよ……。
 善を見るとホッとして、涙が出るんだよ。
「俺の前だけにしろよ？　泣くのはさ。俺だけの特権にして」
 善が、その指で私の涙を拭ってくれる。
 それに瞳を閉じれば、優しくまぶたに口づけられた。
 善だけだよ……。
 私が触れたいと思うのも、涙を流せるのも、安心できるのも……。
 この人だけの特権だと、つくづく思うのだった。

第5章 届ける想い、愛の形 >> 447

これから歩むふたりの未来

【愛音side】
　肌寒さが目立つようになった、11月。
　入院して3ヶ月がたっていた。
　治療の効果も虚しく、覚悟はしていたけれどよくならない現実に、私はかなり精神的に不安定になっていた。
「愛音、昨日は寝れた？」
「…………」
　お母さんの心配そうな顔を見ても、力なく首を横に振ることしかできない。
　やっぱり、遅すぎたのかな……。
　本当に今さら、ずっと聞こえないままだったらどうしようって、不安になる。
　私はなにもやる気が起きなくて、掛け布団を頭まですっぽりかぶるようにして、引っぱった。
　今は、なにも考えたくない……。
　瞳を閉じれば、その拍子に溜まっていた涙が流れた。
　そして、横になっているうちに泣き疲れて眠ってしまったのか、気づいたら茜色に暮れはじめている空。
「ん、ん？」
　やだ、私、いつの間に寝てたんだろう。
「起きたか、愛音？」
　寝ぼけた私の視界に、善の笑みがいっぱいに広がった。

そして、優しげな眼差しで私を見つめて髪を梳いてくれる。
「……泣いた？」
　善が私のまぶたに触れて、心配そうに見つめてきた。
　それにぎこちなく笑うと、今度は頭をなでられる。
　心配かけちゃったな……。
　それがなんだか申しわけなくて、私は無理に笑った。
「……今日、は……学校、どう……だった？」
　だから、ごまかすように善に話を振る。
「そうだ、愛音に報告があるんだった！」
　すると、善はそんな私のごまかしに気づいてないのか、カバンを漁って１枚の紙を見せてきた。
「こ、れ……」
　気づかれなくてよかったと思いながら、紙に視線を落とすと、そこには【マノン写真コンテスト】と書かれていた。
　マノンって、有名なカメラメーカーだ。
　そこが主催(しゅさい)してるコンテストに、善が応募するってこと？
「俺、これに作品を出してみようと思う。写真家の登竜門(とうりゅうもん)のコンテストだし、実力を試してみたいんだ」
「善……」
　善なら、優勝も夢じゃない。
　私も、善の写真に心動かされたからわかる。
　きっと、みんな善の写真を好きになるよ。
「善、なら……大、丈夫」

善は、過去の傷も苦しみも乗り越えたんだ。
　きっともっと高い夢に向かって歩いていける。
　それが、すごくうれしい。
　うれしい、はずなのに……。
「愛音……？」
「っ……ごめん……ねっ」
　止められずに涙が流れてしまう。
　なにが気に食わないの？
　ちがう、なにが怖いんだろう。
　私は自分がなんで泣いているのかわからないけれど、なんとなく……善に置いていかれてしまう気がした。
　私だけ、立ちどまったままだから……。
　この耳がよくなれば、なにかが変わる気がしてたけど、私はなにひとつ変わっていない。
　こんな私が善のそばにいていいのか、すごく不安だった。
「愛音、やっぱり俺……不器用だから、嘘つくのも下手くそだし、単刀直入（たんとうちょくにゅう）に言うな」
「えっ……」
「悩んでるなら、聞かせて？　俺は、愛音の言葉ならなんでも聞きたいと思ってる」
　私の嘘に気づいてたの？
　笑顔でごまかした本心に、善は気づいてくれてた？
「迷惑とか、心配かけるとかじゃなくて……俺に、頼ってって言ってるんだけど、わかるか？」
「善……うぅっ」

優しく諭す善に、私はたまらず泣きだした。

すると、優しく涙を拭ってくれる。

それに背中を押されて、私は自分の気持ちを話すことにした。

「治、療……うまく、いかな、くて……っ」

「うん……」

「私、だけ……置いて、いかれ……ちゃう、気が……して、怖かった、の……っ」

ずっと、足踏みしているみたい。

変わらない現状、焦りばかりが募って、もう苦しい。

善のことは応援してる。

だけど、遠くにいってしまいそうで、ふいに怖くなった。

両手を胸の前で握りしめれば、そこに善の手が乗せられた。

「恩返し……したかった。みんな……に、喜んで、ほしくて……がんばった……けど、こんな私、じゃ……」

「俺もみんなも、愛音には治ってほしいけど……」

その一言に、胸がさらに重くなる。

やっぱり……。

でも私、もしかしたらこのまま……治らないかもしれない。

そうしたら、みんなもガッカリするよね……。

永遠に、音のない世界で生きていくのかもしれない。

そうしたら、善は、みんなは……落胆する？

いつか、こんな私のそばにいることが嫌になって、離れ

ていってしまったら……。
　そんな……そばにいられなくなるのは、嫌……。
「あのさ、これを言ったら、治療をがんばってる愛音に申しわけないって、思うけど……」
「え……？」
「……その、耳がよくなってもならなくても、愛音には変わりない。俺にとっては、難聴の愛音も、俺の愛した人だし……」
「っ……」
　それに、トクンッと心臓が跳ねた。
　どんな私でも、善は愛してくれる……そういうこと？
　その一言を受けとめると、胸が温かくなっていくのを感じる。
「だから、愛音さえいてくれるなら、俺はそれだけでうれしいんだ」
「うぅっ……わた、しっ」
「あっ、ごめんな、なんか泣かせた!?」
　私が泣いているのを自分のせいだと思ったのか、善があわてはじめる。
　それに首を横に振ると、私は私の手を握る善の手を入れ替えて、包むように手を重ねた。
「うれ……しく、て……っ」
「うれしい……そ、そっか！」
　ポロポロ泣く私を、優しく胸に抱きよせる。
　その世界一安心できる腕の中で善を見あげれば、視線が

重なった。
「愛音がどんな過去を抱えていても、耳が聞こえなくても、ずっとそばにいる。だって、俺がそうしてーからさ」
　あぁ……。
　さっきまで悩んでいたのが嘘みたいに、胸が軽くなる。
　私、ずっとひとりで焦ってた……。
　耳が治らなきゃ、私は善やみんなのそばにいられないと思ってた。
　だけど、善は私がどんな人間でも愛してるって言ってくれる。
　私が私自身を好きになるには、まだ時間がかかりそうだけど……善が愛してると言ってくれたその言葉だけは、信じられる。
「っ……わた、し……もっ」
　私も、たとえどんな私でもそばにいてくれるだろう、優しいキミのそばに、ずっといたい。
「愛、して……る」
　誰よりも愛したキミと、生きていくんだ。
　これから先、何十年先も、唯一無二のキミと。
「あ……やばい、今すぐキスしたいんだけど……その、いいですか？」
「えっ……」
　突然、敬語でお願いされたのは、予想外のキス。
　だけど、それを断る理由なんてない。
　だって私も……。

「う、ん……お願い、します……」
　……私も、それを望んでるから。
「愛音してる、愛音……っ」
「んっ」
　重なる唇に、どこか神聖な空気が満ちたような気がした。
　まるで、結婚式の誓いのキスみたい。
　私をいつも光のある方へ導いてくれる善の手。
　存在を認めてくれる善の唇。
　私を笑顔にする善の太陽の笑顔……。
　そのすべてに救われてきたから、いつか、私が善を幸せにできたらいいな。
　これから先もずっと、誰よりも愛しい人が、私のそばで笑ってくれますように。

最終章

はじまりの音は、キミの愛だった

【愛音side】

12月24日、入院して4ヶ月がたった日のこと。

今日はいつもよりソワソワした気持ちで、私は病室の窓際に立っていた。

今日は、マノン写真コンテストの結果が出る日。

私は、善のコンテストの結果が出るのを今か今かと待っている。

冬休みに入ったばかりの今日は、恋人たちにとっては大切な、クリスマスイブ。

そんな大事な日だけど、善とはとくに約束はしていなかった。

でも今日は、コンテストの結果を私に伝えにきてくれるから、一緒に過ごせることは、まちがいない。

善はどんな写真を出したのか、聞いても教えてくれず、ただ結果が出たら、とごまかされて今日を迎えてしまった。

「はぁ……」

まだ日の高い空を見あげると、分厚い雲から雪が降りそうになっていた。

ゴーッと、かすかに耳が音を拾った。

実は最近、治療の効果が出てきたのか、ハッキリとは聞こえないけれど、ときどき音を拾えるようになっていた。

でも、善には言えずにいる。

これ以上よくならなければ、結局聞こえないことに変わりないから、落胆させたくなかった。
　そんなことを考えていたときだった。
　空からハラハラと雪が降るのが見えて、私は窓に手をつく。
　少しだけ開いた窓から、冷たい風が入りこんだ。
　また、1年が終わろうとしてるんだ……。
　今年は早かった……とくに、善と出会ってからの時間は。
　入院してからも、写真部のみんな、親友の由真が面会に来てくれて、治療の効果が出なくて不安なときもあったけど、毎日が楽しくてあっという間だった。
　お父さん、私は今、幸せに暮らしてるよ……。
　あの空の向こうにいるお父さんに、心の中で声をかける。
　その瞬間だった。
『愛音、よかったね』
「え……？」
　それは、聞こえるはずのない懐かしい声。
　まるで夢でも見ているかのような、そう錯覚するほど、ありえないことだった。
　だってこれは、お父さんの声……。
『幸せに、なるんだよ』
　ただの幻聴なのか、神様がくれた贈り物なのか……。
　さだかではないけれど、たしかに聞こえた。
　それに、ひとしずく涙が流れたとき……。
　──ガラガラガラッ。

「愛音、優勝した!!」

　勢いよく開いた扉の音、そして明るい善の声に、振り向く。

　そう、音に振り向くことができた。

「え……」

　どうして、どうして私……。

　なにがどうなったの？

　くぐもってはいるけれど、音が、声が聞こえる……。

「愛音、驚いてるのか？　優勝したんだよ、ほら！」

　すると、善が賞状と、コンテストに出した写真を手渡してくる。

　それはいつか、雨の日の学校帰りに善と行った公園で撮った、私の写真だった。

　雨に濡れるのもかまわず、池の中にいる鯉にはしゃいでいた私が、善を振り返った瞬間が残ってる。

　この写真は、善が初めて人を……私を撮ってくれた、特別な物だった。

　写真の中で、私は微笑んでいる。

　そっか、善の前で私……こんな風に笑うんだ……。

　私がこの写真を見るのは、これが初めて。

　善、私の写真をコンテストに出すんなら、言ってくれればいいのに。

　それなら、善のために時間を作って、コンクールのために協力したのに。

　こんな、デートのときに撮ったなにげない写真でよかっ

たのかな？
　そんなことを考えながら、まだ自分に起きている奇跡に頭がついていかない。
「なーんだ、そんなびっくりしたか!?」
　ボーッとしている私を、善は優勝したことに驚いているからだと思っているみたいだった。
「おめ……で、とう……」
　おそるおそる声を出すと、やっぱり自分の声も聞こえる。
　聞きづらく、まるで耳に水が入ったみたいな反響もあるけれど、ちゃんと聞こえた。
「おめでとう、善」
「え……あ、愛音……声、が……」
　私の流暢な発音に、善が目を見開く。
　信じられないと言わんばかりに驚いた顔で、善は私を見つめていた。
「ぜ、善……私、聞こえる……みたい」
「みたいって……ほ、本当にか……？」
　これは、夢か幻？
　それとも、お父さんがくれた奇跡？
　きっと……後者だ。
　さっき聞こえたお父さんの声、たぶんだけど……お父さんが、私の願いを叶えてくれたんだ。
「あ、愛音……っ」
　あぁ、善の声が聞こえる……。
　善の声を聞くのはこれが初めてで、心臓がドキドキとし

た。
　想像より低い、それでいてハッキリとした声だった。
　これが、私の愛した人の声なんだ……。
　洪水のように感動が襲ってきて、私は泣きそうになりながら善を見あげる。
「善……っ」
「あっ、本当に、うれしすぎて俺っ」
　会話のときは唇に集中して視線を向けていた私は、今、ちゃんと善の目を見つめている。
　善、こんな風に私の名前を呼んでたんだ。
　善の弾むような声に、私が大好きでしょうがないって気持ちが伝わってくる。
　善も今すぐにでも泣いてしまいそうな顔で、私たちは自然と体を寄せた。
　善の腕が背中に回り、すっぽりと包みこまれる。
「なぁ愛音、俺の声が聞こえる？」
「うん……ちゃんと、聞こえたよ……善の声っ」
「ハハッ、そっか！」
　そう笑って、善は「そっか」と何度も繰り返して私を抱きしめる。
「愛音……目、閉じて」
「え……？」
「いいから！」
　善が私の両手を握って、なにかをたくらんだような笑みで目を閉じるよう促す。

なんだろう、でも……。
　善が楽しそうだからいいやと、私は言われたとおり目を閉じた。
　すると、右手の薬指になにかが通るような感覚がある。
　これって、まさか……。
　なにがはめられたのか、予測できる感覚。
　だけど、信じられなくて、私は動揺しながらまぶたを持ちあげた。
「こ、れ……っ」
　そこにあったのは、右手の薬指に光るシルバーリング。
　指輪と善を交互に見つめると、善は苦笑いを浮かべた。
「愛音、目開けちゃったか？　えーと、クリスマスプレゼントと、ずっと一緒にいようっていう……その、誓いっつーか……はは……」
「善……う、うれしい……」
　うれしすぎて、他に気の利いた言葉が出ない。
　顔がまっ赤な善に、私まで茹でダコのようになる。
　お互いに照れながら、先に動いたのは善だった。
　私の右手を持ちあげて、薬指に唇を落とす。
「わっ、善っ……!?」
「この右手の薬指に誓う、ずっと愛音のこと守るし、なにがあっても離れない。愛音のことだけを永遠に愛してる」
　すでに赤い顔がさらにまっ赤になる私。
　そんな私を見つめる善も負けじと赤いから、もうそれでもいいやと思う。

「で、こっちは……」
 善が、今度は私の左手を持ちあげた。
 そして、右手にもそうしたように、左手の薬指に唇を落とす。
 それがくすぐったくて手を引くと、離すまいと強く握られた。
「こっちは、本番な。俺以外に渡すなよ？」
「っ……」
 まるで、そこにも見えないリングがあるように錯覚するから、不思議だ。
「これから愛音が俺の声に慣れるまで、そばにいることが自然に思えるまで、愛をささやくことにするな？」
「っ……そんなことされたら、はずかしくて死んじゃう」
「そ、それは困るけど、ごめん、もう愛してるって言いたい。だって、うれしくて、好きすぎて俺の方が死にそうで」
 お互いの好きの想いに、死にそうになる私たち。
 目と目が合えばおかしくて、噴きだしてしまう。

『なにも……聞こえなくなればいい！』
 そう願って、世界から音が消えた日。
 それは、私にとって償いの始まりだった。
『俺は……人は撮らないことに……してんだ……』
 永遠を信じられなくなった善は、太陽の笑顔からは想像できないくらい、心に見えない傷を抱えていた。
 お互いを知って、私たちはきっと出会う運命だったん

だって、胸を張って言える。
「なぁ、俺の気持ち、伝わってる？　なんか、言葉だと伝えきれてない気がする……」
「でも、ちゃんと聞こえたよ……」
　善は、私が不安になる間もないくらいに愛をささやくから……。
「いや、伝えきれないので、俺は愛音にキスしたい」
「わっ、ん！」
　なにかを言う前に、キスで唇をふさがれる。
　さっきの優しく触れるそれとはちがって、今度は深く重なった。
　……好き。
『好きだ』
　ふさがれた唇の温もりから、たしかに聞こえた。
　あぁ、こんなにも……愛おしい。
　聞こえるはずのない、キミの声。
　閉ざされた私の世界に、幸せの音が鳴る。
　そう、私にとってのはじまりの音は……キミの愛だった。

END

あとがき

こんにちは。涙鳴(るいな)です！

このたびは『世界から音が消えても、泣きたくなるほどキミが好きで。』を手に取っていただき、本当にありがとうございます！

今作で4冊目となりますが、今回は書き下ろしでの書籍化(しょせき)という貴重(きちょう)な体験をさせていただきました。

これも、読者様の応援(おうえん)のおかげです！

この作品では、物語の中心となる愛音と善が、それぞれ過去に犯した罪を抱えて生きています。

罪の内容はちがいますが、共通するのは「大切な人を殺してしまった」と思いこんでいること。

それを償うために、愛音は治療を受けず、善は写真を続けて、自分に罰を与えながら生きています。

一見、物静かな愛音と明るい善は正反対のタイプに見えますが、どんな人にも少なからず抱えているモノがあります。愛音のように、誰にも気づかれないよう、悲しみも苦しみも胸の内に隠してしまったり、善のように辛いときこそ明るく振るまってしまったり……。

言葉にしなくても、誰もが大小関わらず、傷を抱えているんですよね。

あとがき ≫ 465

　この作品を書きながら、私も見えているものだけが真実ではないんだなぁと、感じさせられました。
　お互いの抱えるモノに触れることを恐れてすれちがってしまったり、同じ痛みがわかるからこそ、相手の存在に救われたり。
　傷だらけでも、寄りそいながら前に進むもうとするふたりに、なにか感じていただけたらうれしいです。

　また、今作は今まで書いてきた作品の中で一番登場人物が多く、それぞれ個性を出すのが大変でした。
　中でも、写真部の部員はいろんなキャラがいるので、読者様にもぜひお気に入りのキャラを見つけていただけたらうれしいです。
　あ、笹野先生もお忘れなく！（笑）。くせ者ですが、写真部には欠かせない存在です。

　最後に、この作品のラストを見届けてくださった読者様、デビュー作から作家として私をここまで育ててくださった担当の渡辺さん、書籍化の機会をくださったスターツ出版の皆さま、本当にありがとうございました！
　これからも、ケータイ小説サイト「野いちご」を通して、たくさん作品を投稿していくので、楽しみにしてくださるとうれしいです。
　それでは、またお会いできる日を楽しみにしています。
　　　　　　　　　　　　　　　　2017.07.25　涙鳴

この物語はフィクションです。
実在の人物、団体等とは一切関係がありません。

涙鳴先生への
ファンレターのあて先

〒104-0031
東京都中央区京橋1-3-1
八重洲口大栄ビル7F

スターツ出版(株)書籍編集部 気付
涙鳴先生

KEITAI SHOUSETSU BUNKO
野いちご SINCE 2009

世界から音が消えても、
泣きたくなるほどキミが好きで。

2017年7月25日　初版第1刷発行
2020年4月7日　　第4刷発行

著　者　涙鳴
　　　　©Ruina 2017

発行人　菊地修一

デザイン　カバー　平林亜紀（micro fish）
　　　　　フォーマット　黒門ビリー＆フラミンゴスタジオ

ＤＴＰ　朝日メディアインターナショナル株式会社

編　集　渡辺絵里奈

発行所　スターツ出版株式会社
　　　　〒104-0031 東京都中央区京橋1-3-1　八重洲口大栄ビル7F
　　　　出版マーケティンググループ TEL 03-6202-0386
　　　　（ご注文等に関するお問い合わせ）
　　　　https://starts-pub.jp/

印刷所　共同印刷株式会社
Printed in Japan

乱丁・落丁などの不良品はお取替えいたします。上記出版マーケティンググループまで
お問い合わせください。
本書を無断で複写することは、著作権法により禁じられています。
定価はカバーに記載されています。

ISBN 978-4-8137-0291-7　C0193

ケータイ小説文庫　2017年7月発売

『悪魔くんとナイショで同居しています』＊菜乃花＊・著

平和な高校生活を送っていた奏は、ある晩、いじめられっ子が悪魔を召喚していたのを目撃する。翌日、奏のクラスに転校してきた悪魔・アーラに、正体を知る奏は目をつけられてしまった。毎晩部屋に押しかけてきては、一緒に過ごすことを強要され、さらには付き合っているフリまでさせられて…？

ISBN978-4-8137-0288-7
定価：本体590円+税

ピンクレーベル

『俺様王子とKissから始めます。』SEA・著

高2の莉乙は、「イケメン俺様王子」の翼に片思い中。自分の存在をアピールするため莉乙は翼を呼び出すけど、勢い余って自分からキス！　これをきっかけに莉乙は翼に弱味を握られ振り回されるようになるが、2人は距離を縮めていく。だけど翼には好きな人がいて…。キスから始まる恋の行方は!?

ISBN978-4-8137-0289-4
定価：本体590円+税

ピンクレーベル

『南くんの彼女（熱烈希望!!）』∞yumi＊・著

高2の佑麻は同じクラスの南くんのことが大好きで、毎日、佑麻なりに「好き」を伝えるけど、超クール男子の南くんはそっけない態度ばかり。でも、わかりにくいけど優しかったり、嫉妬してきたりするじれ甘な南くんに佑麻はドキドキさせられて!?　野いちご大賞りぼん賞受賞の甘々ラブ♥

ISBN978-4-8137-0287-0
定価：本体590円+税

ピンクレーベル

『きみに、好きと言える日まで。』ゆいっと・著

高校生のまひろは、校庭でハイジャンプを跳んでいた男子にひとめぼれする。彼がクラスメイトの耀太であることが発覚するが、彼は過去のトラウマから、ハイジャンを辞めてしまっていた。まひろのために再び跳びはじめるが、大会当日に事故にあってしまい…。すれ違いの切なさに号泣の感動作！

ISBN978-4-8137-0290-0
定価：本体590円+税

ブルーレーベル

ケータイ小説文庫　好評の既刊

『涙のむこうで、君と永遠の恋をする。』涙鳴・著

幼い頃に両親が離婚し、母の彼氏から虐待を受けて育った高2の穂叶は、心の傷に苦しみ、自ら築いた心の檻に閉じこもるように生きていた。そんなある日、心優しい少年・渚に出会う。全てを受け入れてくれる彼に、穂叶は少しずつ心を開くようになり…。切なくも優しい恋に涙する感動作！

ISBN978-4-8137-0241-2
定価：本体590円＋税

ブルーレーベル

『一番星のキミに恋するほどに切なくて。』涙鳴・著

急性白血病で余命3ヶ月と宣告された高2の夢月は、事故で両親も失っていて、全てに絶望し家出する。夜の街で危ない目にあうが、暴走族総長の蓮に助けられ、家においてもらうことに。一緒にいるうちに蓮を好きになってしまうけど、夢月には命の期限が迫っていて…。涙涙の命がけの恋！

ISBN978-4-8137-0151-4
定価：本体580円＋税

ブルーレーベル

『最後の世界がきみの笑顔でありますように』涙鳴・著

網膜色素変性症という目の病気に侵された高3の幸は、人と関わることを避けて生きていた。そんな時、太陽みたいに笑う隣のクラスの陽と出会う。いつか失明するかもしれない恐怖の中で、心を通わせていくふたり。光を失う幸が最後に見た景色とは…？　ラストまで涙なしには読めない感動作！

ISBN978-4-8137-0081-4
定価：本体570円＋税

ブルーレーベル

『涙があふれるその前に、君と空をゆびさして。』晴虹・著

咲夜は幼い頃、心臓病を抱える幼なじみの麗矢が好きだった。しかし、咲夜は親の再婚で町を去ることになってしまい、離れ離れに。新しい家庭は父の暴力により崩壊し、母は咲夜をかばって亡くなった。ボロボロになった15歳の咲夜は再び町に戻り、麗矢と再会するが、麗矢には彼女がいて……。

ISBN978-4-8137-0273-3
定価：本体590円＋税

ブルーレーベル

ケータイ小説文庫　好評の既刊

『もし明日が見えなくなっても切ないほどにキミを想う。』柊 湊・著

片目の視力を失い、孤独な雪那は、毎日ただ綺麗な景色を探して生きていた。ある日、河原で携帯を拾い、持ち主の慧斗と出会う。彼は暴走族の総長で、雪那に姫になるように言う。一緒にいるうちに惹かれあう二人だけど、雪那はもうすぐ両目とも失明することがわかっていて…。切ない恋物語！

ISBN978-4-8137-0274-0
定価：本体590円+税

ブルーレーベル

『星の涙』みのり from 三月のパンタシア・著

友達となじめない高校生の理緒。明るくて可愛い親友のえれなにコンプレックスを持っていた。体育祭をきっかけにクラスの人気者・颯太と仲良くなった理緒は、彼に惹かれていく。一方、颯太はある理由から理緒のことが気になっていた。そんな時、えれなが颯太を好きだと知った理緒は…。

ISBN978-4-8137-0259-7
定価：本体590円+税

ブルーレーベル

『新装版　この涙が枯れるまで』ゆき・著

高校の入学式の日に出会った優と百合。互いに一目惚れをした2人は付き合いはじめるが、元カレの存在がちらつく百合に対し、優は不信感をぬぐえず別れてしまう。百合を忘れようと、同じクラスのナナと付き合いはじめる優。だけど、優も百合もお互いを忘れることができなくて…。

ISBN978-4-8137-0258-0
定価：本体600円+税

ブルーレーベル

『いつか、このどうしようもない想いが消えるまで。』ゆいっと・著

高2の美優が教室で彼氏の律を待っていると、近寄りがたい雰囲気の黒崎に「あんたの彼氏、浮気してるよ」と言われ、不意打ちでキスされてしまう。事実に驚き、キスした罪悪感に苦しむ美優。が、黒崎も秘密を抱えていて――。三月のパンタシアノベライズコンテスト優秀賞受賞、号泣の切恋!!

ISBN978-4-8137-0240-5
定価：本体590円+税

ブルーレーベル

ケータイ小説文庫 好評の既刊

『新装版 白いジャージ』reY・著

高校の人気の体育教師、新垣先生に恋した直。家族や友達とのことを相談していくうちに、気持ちがあふれ出して好きだと伝えてしまう。一度は想いを通じ合わせた先生と直だが、厳しい現実が待ち受けていて…。先生と生徒の恋愛を描いた大ヒット人気作が、新装版となって登場！

ISBN978-4-8137-0271-9
定価：本体590円+税

ピンクレーベル

『山下くんがテキトーすぎて。』柊乃・著

ハイテンションガールな高2の愛音は、テキトーだけどカッコいい山下くんに一目ボレしたけど、山下に友達としか思われていないと諦めようとしていた。しかし、パシったり、構ったりする山下の思わせぶりな行動に愛音はドキドキする。そんな中、爽やかイケメンの大倉くんからも迫られて……？

ISBN978-4-8137-0272-6
定価：本体590円+税

ピンクレーベル

『新装版 狼彼氏×天然彼女』ばにぃ・著

可愛いのに天然な実紅は、全寮制の高校に入学し、美少女しか入れない「レディクラ」候補に選ばれる。しかも王子様系イケメンの舜と同じクラスで、寮は隣の部屋だった!! 舜は実紅の前でだけ狼キャラになり、実紅に迫ってきて!? 累計20万部突破の大人気作の新装版、限定エピソードも収録!!

ISBN978-4-8137-0255-9
定価：本体590円+税

ピンクレーベル

『だから、俺にしとけよ。』まは・著

高校生の伊都は、遊び人で幼なじみの京に片思い中。ある日、京と女子がイチャついているのを見た伊都は涙ぐんでしまう。しかも、その様子を同じクラスの入谷に目撃され、突然のキス。強引な入谷を意識しはじめる伊都だけど…。2人の男子の間で揺れる主人公を描いた、切なくて甘いラブストーリー！

ISBN978-4-8137-0256-6
定価：本体580円+税

ピンクレーベル

ケータイ小説文庫　2017年8月発売

『岡本くんの愛し方』宇佐南 美恋・著

親の海外転勤のため、同じ年の女の子が住む家に居候することになったすず。そこにいたのはなんと、学校でも人気の岡本くんだった。優等生のはずの彼は、実はかなりのイジワルな性格で、能天気なすずはおこられっぱなし。けど、一緒に暮らしていくうちに、彼の優しい一面を発見して…。

ISBN978-4-8137-0304-4
予価:本体 500 円+税

ピンクレーベル

『さよなら、涙。』稀音りく・著

美春は入学してすぐに告白された亮介と交際中。しかし、彼の気持ちが自分にむいていないことに気づいていた。そんな中、落としたメガネをひろってくれた「アキ」と呼ばれる男子が気になり、探し始める美春。彼は、第3校舎に通う定時制の生徒だった。だんだん彼に惹かれていく美春だが…。

ISBN978-4-8137-0305-1
予価:本体 500 円+税

ブルーレーベル

『星の数だけ、君に愛を。(仮)』逢優・著

中3の心咲が違和感を感じ病院に行くと、診断結果は約1年後にはすべての記憶をなくしてしまう、原因不明の記憶障害だった。心咲は悲しみながらも大好きな彼氏の瑠希に打ち明けるが、支える覚悟がないとフラれてしまう。心咲は心を閉ざし、高校ではひとりで過ごすが、優しい春斗に出会って…?

ISBN978-4-8137-0306-8
予価:本体 500 円+税

ブルーレーベル

『自殺カタログ』西羽咲花月・著

同級生からのイジメに耐えかね、自殺を図ろうとした高2の芽衣。ところが、突然現れた謎の男に【自殺カタログ】を手渡され思いどどまる。このカタログを使えば、自殺と見せかけて人を殺せる。つまり、イジメのメンバーに復讐できることに気づいたのだ。1人の女子高生の復讐ゲームの結末は!?

ISBN978-4-8137-0307-5
予価:本体 500 円+税

ブラックレーベル

書店店頭にご希望の本がない場合は、
書店にてご注文いただけます。